文化研究视野中的英美文学

翟　江　吕婷婷　韩芸华　主编

中国纺织出版社有限公司

内 容 提 要

本书是一本关于英美文学的研究专著，以文化研究的视角，探讨英美文学的多个方面。本书分为七章，分别涵盖了英美文学的基本概述、文学与文化研究的关系、中国文化视野中的英美文学、英美生态文学、女性文学以及英美文学研究与文学教育的结合等多个方面。每一章都以翔实的案例和细致的分析，呈现了当代英美文学的重要研究领域和研究成果，旨在启发读者对英美文学的深入思考和理解。

图书在版编目（CIP）数据

文化研究视野中的英美文学 / 翟江 , 吕婷婷 , 韩芸华主编. -- 北京 : 中国纺织出版社有限公司, 2023.6
ISBN 978-7-5229-0725-3

Ⅰ . ①文… Ⅱ . ①翟… ②吕… ③韩… Ⅲ . ①英国文学—文学研究②文学研究—美国 Ⅳ . ①I561.06 ②I712.06

中国国家版本馆 CIP 数据核字（2023）第 120780 号

责任编辑：张 宏 责任校对：高 涵 责任印制：储志伟

中国纺织出版社有限公司出版发行
地址：北京市朝阳区百子湾东里 A407 号楼 邮政编码：100124
销售电话：010—67004422 传真：010—87155801
http://www.c-textilep.com
中国纺织出版社天猫旗舰店
官方微博 http://weibo.com/2119887771
三河市宏盛印务有限公司印刷 各地新华书店经销
2023 年 6 月第 1 版第 1 次印刷
开本：787×1092 1/16 印张：10
字数：206 千字 定价：98.00 元

前 言 Preface

　　《文化研究视野中的英美文学》是一本关于英美文学的研究专著，旨在以文化研究的视角，探讨英美文学的多个方面。本书分为七章，分别涵盖了导论、文学研究与文化研究的关系、英美文学的基本概述、中国文化视野中的英美文学、文化研究视野中的英美生态文学、文化研究视野中的英美女性文学以及英美文学研究与文学教育的结合等内容。每一章都以翔实的案例和细致的分析，呈现了当代英美文学的重要研究领域和研究成果，旨在启发读者对英美文学的深入思考和理解。

　　为何要写这样一本书呢？事实上，英美文学一直是人们关注和研究的热点之一。无论是英国文学还是美国文学，其历史悠久，文化底蕴深厚，作品数量众多，经典程度不凡。然而，传统的文学研究只关注作品本身的内在美学价值，而缺乏对文学与社会、历史、文化等方面的全面考量。为此，我们选择以文化研究的视角来探讨英美文学，旨在将文学置于其所处的文化环境中，同时关注作品本身的内在价值。

　　同时，本书还涉及了多个主题，从传统的英美文学到当代的生态文学、女性文学，涵盖了多个领域和学科。这一方面是为了满足读者不同的需求和兴趣，另一方面是为了突出文化研究在英美文学研究中的重要性和应用价值。

　　当然，我们也清楚地意识到，本书并未全面、深入地涵盖了所有关于英美文学的研究领域和研究成果。因此，在写作过程中，我们主要以对当前热点和前沿问题的关注为出发点，力求以案例为基础，为读者提供有益的研究资料和启示。

　　最后，感谢广大读者的支持和关注。希望本书能够为读者提供有益的帮助和启发，也欢迎读者对本书提出宝贵的意见和建议，以便我们不断改进和完善。

著者

2023 年 3 月

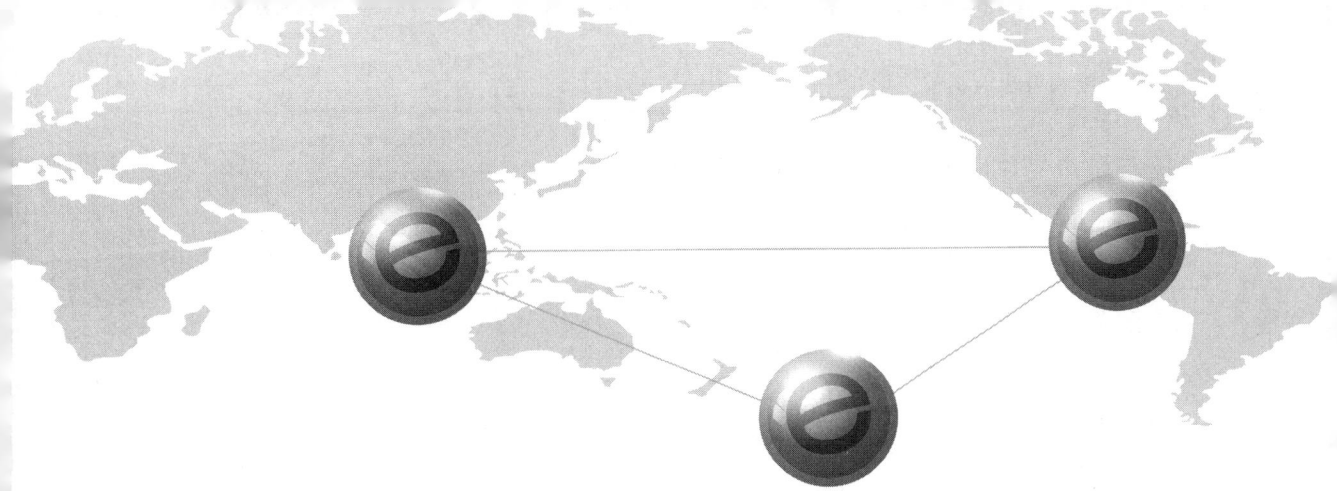

目 录 Contents

第一章 导论

第一节 研究背景

英美文学是世界文学中的重要组成部分，它具有深厚的文化底蕴和丰富的文学资源，被誉为"西方文化的瑰宝"。英美文学不仅是英美文化的重要组成部分，更是人类文明史上的重要遗产，对全球文化产生了深远影响。英美文学以其深邃的思想、独特的审美和卓越的艺术价值，一直是学者们关注和研究的热点之一。

然而，传统的英美文学研究只关注作品本身的内在美学价值，而忽略了文学与社会、历史、文化等方面的关系。这种局限性已经逐渐引起人们的关注，越来越多的学者开始将文学置于其所处的文化环境中，将文学研究与文化研究相结合，探讨文学与社会、历史、文化等方面的关系，以更为全面和深入的视角来研究英美文学。

文化研究已经成为当代学术研究的一个重要领域，其对英美文学研究的影响也逐渐显现出来。在文化研究视角下，英美文学不再是一种孤立的文学形态，而是与社会、历史、文化等因素紧密相连的文化现象。因此，对英美文学的研究必须考虑这些方面的影响和作用。在这一背景下，研究者开始将英美文学与文化研究相结合，探讨文学与文化之间的联系，以期更好地理解英美文学及其在文化中的地位和作用。

除此之外，随着人们对生态环境问题的日益关注，英美文学中的生态主题引起了研究者的高度重视。文学作为一种文化表达形式，通过文学作品中的生态主题，可以更好地反映社会对生态环境问题的关注和态度。因此，英美生态文学的研究也成为当下研究热点之一。

女性主义是当代社会中的一个重要议题，女性主义文学的研究也是英美文学研究的一个重要方向。女性主义文学的出现，不仅反映了女性对自身权利和地位的关注和争取，更为后来的女性文学创作打下了坚实的基础。在英美文学中，女性主义文学在很大程度上反映了当代女性在社会和文化等方面的地位和作用，对女性主义思潮的传播和推广产生了积极的影响。因此，女性主义文学的研究也是当代英美文学研究中不可或缺的一个方面。

此外，随着英美文学在中国的传播和研究日益深入，越来越多的学者开始将中国文化视角引入英美文学研究中。中国文化视角下的英美文学研究，不仅能够促进中西方文化之间的交流和互鉴，更能帮助我们更好地理解英美文学在全球文化中的地位和作用。

在这样的研究背景下，本书选择以文化研究的视角，探讨英美文学的多个方面。本书共分为七章，分别涵盖了导论、文学研究与文化研究的关系、英美文学的基本概述、中国文化视野中的英美文学、文化研究视野中的英美生态文学、文化研究视野中的英美女性文学以及英美文学研究与文学教育的结合等内容。每一章都以翔实的案例和细致的分析，呈现了当代英美文学的重要研究领域和研究成果，旨在启发读者对英美文学的深入思考和理解。

总之，本书旨在以文化研究的视角来探讨英美文学的多个方面，并将其置于社会、历史、文化等多个方面的背景中进行研究。通过对本书的研究，我们可以更好地理解英美文学在全球文化中的地位和作用，也可以为英美文学的研究提供新的思路和方法。

第二节　研究综述

无论是历史发展中的英美文化，还是当代进程中的英美文学艺术，它的基本精神本质就是我们所崇尚的人文主义价值观念，它追求整体的自然、平等、和谐和竞争，同现今社会中存在的虚无主义、人生无意义观念以及颓唐无力形成了鲜明的对比。在科学技术不断发展的今天，文化渗透力也应该被我们重视，我们要及时了解英美文化价值观念中先进的部分，学习对方的优势，推进我国核心文化体系的完善和发展，培养国民的文化素质和文化品格，增强文化认同感。

一、英美文学理解概况

英美文学是指英国和美国的文学作品，是西方文学中的重要组成部分，也是世界文学中的重要组成部分。英美文学具有丰富的文化底蕴和独特的文学风格，其作品数量众多，题材广泛，包括小说、诗歌、戏剧、散文等多种文学形式。英美文学历史悠久，至今已经有数千年历史，其中不乏经典之作和名家之作，对全球文化产生了深远影响。

英美文学的发展历程可以追溯到中世纪。在这个时期，英美地区的文学作品以骑士传奇为主要题材，其中最著名的作品是《贞德传》和《亚瑟王传奇》。在文艺复兴时期，英国文学迎来了重要的发展机遇。在这个时期，诗歌、戏剧和散文都得到了蓬勃发展，涌现出一批杰出的文学家，如莎士比亚、培根、斯宾塞等。这些作家的作品在文学史上占有举足轻重的地位，至今仍被广泛研究和传颂。

18世纪后叶，英美文学开始走向现代主义。这个时期的英美文学以现实主义和自然主义为主要思潮，其中包括狄更斯、莫泊桑、马克·吐温等重要作家的作品。随着20世纪的到来，英美文学进入了一个全新的发展阶段，涌现出一批现代派和后现代派的重要作家和作品，如弗吉尼亚·伍尔芙、詹姆斯·乔伊斯、欧内斯特·海明威、托马斯·品钦、威廉·福克纳等。

英美文学之所以具有如此丰富多彩的文化内涵和艺术风格，与其所处的社会、历史、文化背景密不可分。英国和美国是两个拥有不同文化背景和历史传统的国家，这决定了它们的文学作品有不同的特色和风格。英国文学以其深邃的思想、优美的语言和独特的传统而著称。英国文学作品内容涵盖了历史、道德和文化等多个方面，反映了英国文化的复杂性和多元性。而美国文学则更多地关注现实生活和社会问题，其作品通常直白、生动，对现代文化的影响更加深远。美国文学中的现实主义和自然主义思潮，反映了美国社会的变化和发展，揭示了社会中的问题和矛盾。

另外，英美文学中也不乏重要的文学流派和主题，如浪漫主义、现代主义、后现代主义、女性主义、黑人文学、生态文学等。这些文学流派和主题在文学史上占有重要的地位，产生了深远影响，涵盖了不同的文学风格和文化内涵，反映了不同文化和群体的观念和意识形态。

在英美文学的研究中，对文学作品进行分析和解读是至关重要的一部分。对于小说、诗歌、戏剧、散文等不同文学形式的解读，需要考虑其所处的文化背景、历史背景、时代特点以及作者的思想和风格等方面。通过对这些方面的分析和研究，可以更加深入地理解英美文学作品的内涵和艺术价值，也能够更好地把握其在文化中的地位和作用。

此外，文化研究成为当代英美文学研究的一个重要方向。文化研究关注文学与社会、历史、文化等方面的关系，试图将文学作品置于其所处的文化环境中进行分析和研究，探讨文学与文化之间的相互作用和影响。通过文化研究的视角，可以更加深入地理解英美文学作品的文化内涵和社会意义。

总之，英美文学是西方文学中的重要组成部分，具有丰富的文化内涵和独特的文学风格。在英美文学的研究中，需要考虑到其所处的社会、历史、文化背景，以及不同文学形式和文学流派的特点和风格，通过对这些方面的分析和研究，可以更加深入地理解英美文学在全球文化中的地位和作用。

二、英美文学的精神价值

（一）人文主义之光

人文主义主要存在于经济初步发达时期，是一种出于个人思维导向需求，追求自由和平等的精神。人文主义思想破除了中世纪欧洲的黑暗和阴翳，使无数人民可以在深刻的苦难和悲痛中抬起头来，认识自己，仰望天空。运用人文主义分析问题，可以打破古希腊一贯的命运悲剧论，使人们重视短期的物质追求，重视自我奋斗所带来的变化，反抗不公正的命运，向上跃升。人文主义的核心体现在该思想理念对于人本身精神世界的塑造精神的力量和自由追求爱和理想的力量，使人文主义引导文学发展，也引领了全新的社会风尚。

1. 人文主义在英国文学中的体现

英国文学发展具有悠久的历史，在世界文学中占有重要的地位。英美文学反映了英国整体的社会风貌和社会人文发展，展现了人文主义精神和文化的特殊品质及深远影响，其中，最为人们广泛了解的是莎士比亚，莎士比亚的文学作品集中体现了独立意识和主观思考能力。一些人文主义作家的作品仅仅是从身体上追求解放，只看到了表面的东西，没有底层逻辑上的解析，没有看到表面现象之下的，真正需要注意的是人文思想内涵对人内部思维的影响。这也是莎士比亚作品能从一系列文学作品中脱颖而出的重要原因。例如，在《仲夏夜之梦》中，莎士比亚以其独特的艺术手法，描述了反抗封建婚姻的年轻人形象，丑角是四个蹩脚的戏剧演员，在戏剧中为观众提供笑点。四个优雅的青年象征着美好的爱情，是在第五幕中拿来做对比的。书中四个青年是贵族，没有什么生活负担，自然会把主要心思花在感情上。希腊时期的人文关怀比较充足，希腊人的眼里只有一个个城邦、一个个社区，没有国家和政治的概念。他们认为法律是权威的，而不是神圣的，因为法律并不会维护所有人的利益。

在《仲夏夜之梦》中，拉山德和女主私奔，触犯了雅典的律法，但忒修斯得知后，反而更关注他们四人的恋爱关系，最后也没有惩罚他们。这看起来似乎不如相声搞笑，但它确实是标准的喜剧。例如，中间仙后爱上驴的桥段。《仲夏夜之梦》是莎士比亚的早期作品，那个时候英国刚打完西班牙的无敌舰队，国威大振。莎士比亚的作品几乎都折射出乐观主义和人文主义，能体现这种情怀最好的时期是希腊雅典时代。整体作品风格浪漫而轻快，突破以往爱情模式的僵硬，其中的主要角色都是自由向上的，从内心里认同自由追求爱情的想法。莎士比亚的这部作品，和中国的《牡丹亭》有相似之处，都是从底层逻辑真正写出了人思想观念的变化，人们真正受到人文主义思潮的影响，去追求探寻自由。

2.人文主义在美国文学中的体现

美国文学兴起于19世纪，人文主义在美国的发展一开始就没有受到任何力量的阻碍，这和美国成立之初的整体环境氛围有关联，美国许多文学家的作品都体现了人文主义精神，展现了一种人文化的特质。

例如，惠特曼的作品，真正从自己出发，从人的角度观测世界上存在的问题，惠特曼笔下的美国，是一百多年前的美国，波澜壮阔，生机勃勃，迸发出超越自然的宏伟的力量。他歌颂钢铁洪流，赞美工业，歌唱火车头、电缆、脱粒机……在他的诗里，可以看到积极向上的船夫、挖蛤蜊者、屠夫、纺纱女、赶马车的人，无不充满着昂扬的激情。惠特曼对物质进行了拔高，每首诗之间并没有必要联系，而是从多个角度展现了世界上的哲理、人性等光辉，展现出人性的光芒。惠特曼也对中国五四时期的新诗发展有重要影响，推动着诗人们开始走出大我，认识小我，着重写人本身的感受和需求，推动个性精神发展。

（二）理性主义力量

理性主义精神是一种启蒙态度，是不盲从、探索的精神，其主体思维是以审判性思想为核心，以整体世界发展的维度进行话语论证。理性在哲学方面主要是指正义与自由的精神，崇尚科学本身，反对愚昧思想，追求真知的经验主义思维，以严格标准的抗争以及申辩，诠释法制的基本需要。从柏拉图开始，西方哲学就举起了理性主义的大旗（或许更早可以追溯到毕达哥拉斯），一直到文艺复兴、启蒙运动的开展，理性主义复兴、觉醒，启蒙运动的口号是"理性崇拜"，提倡平等、自由、人权，告别中世纪的禁锢。

索尔·贝娄的作品中对于理性的描写很多，他延长了现实主义小说的生命，在20世纪后现代的铡刀下，他用现代主义的技巧来复活现实主义，并且成功了。我们可以看到，贝娄的小说有浓厚的细节和"现实感"，但是看不到现实主义的惯例。人们不用走出屋子，跑到大街上对话，他的贝娄式句子和段落总是跟巴别尔的短篇小说一样，有现代的细节，并且穿梭于不同的时空。穿行在现代与传统，时间记忆和现在记忆，短暂和永恒之间。例如，《洪堡的礼物》讲述了在世俗和感情之间挣扎、流连的故事，在怀念故友之中温度年华。贝娄的作品展现了知识分子的迷茫，同时也展现了其对真理不懈的追求。贝娄的作品总是和个人与时代密切相关的，不仅展现了个人悲凉的处境，还展现了时代面临的一些普遍意义上的问题，这些问题和事件无疑是时代的痛楚。

（三）黑色幽默价值

黑色幽默是一种常见的写作手法，以作者描写一些荒诞的主人公形象来反映自己现实生活中所遇到的问题和苦难，以一种轻喜剧的讽刺效果，展现整体上的问题，来表达自己对于扭曲社会制度的不满，但又无可奈何。例如，美国著名文学作品《第二十二条军规》，就展现了一种近乎绝望的幽默，在读这部作品时我们无法从心底里发出笑声，只有无奈以及惋惜的情绪弥漫心中，同时，这部作品调动一切可视的艺术手法，将周围的环境和荒诞不经放大、加深，更让人在对比中感受到作者本身情绪的释放。还有著名的《变形记》，作者借助人变成甲壳虫这一离奇事件，生动展现了人与人之间沟通交流的无奈，以及人与人之间无形的厚墙壁和隔阂，是一种极端的痛苦与尖锐的矛盾。黑色代表绝望和死亡，黑色加上喜剧和幽默，实际上形成了一种沉闷深刻的艺术效果，人们可以在黑色幽默作品中更清晰地认识现实，认识到悲凉灰暗的道理，从而主动作出反思。

三、英美文学的现实意义

文学与自然科学不同，不会取得立竿见影的效果，英美文学也是如此，但好的文学作品，主要美在思维和思想的价值上，他的文学语言背后一定隐藏着巨大的思想特质，影响人们的价值观和世界观，当人真正内化了这些思想时，就会变得更具有智慧和丰富的思想。了解英美文学真正的价值，可以使我们用中西方文化的思维差异去看待同一个问题，开启不同的世界观，从文化角度引入优秀文化，辨别西方传进来的文化垃圾。真正学好英美文化，掌握其中精髓性的价值观念，可以赏析群体的思维和精神生活方式。从社会文化来说，也有助于我们更好地解读西方一些社会观念和西方人看起来离奇的做法和风俗习惯。文学的意义在于毁坏和新生，英美文学所抨击、要毁坏的一些不良问题和思维习惯，在当今社会依旧存在，通过研究这些作品，学习这些作品中的思想精髓，可以让我们自身更有智慧。而新生的方面，则是英美文学中有许多萌生的值得学习的精神，如积极乐观、勇敢向上，这些都能开启我们的心智，让我们自己的思想得到新生。

如今的文化市场异常混乱，文化多元化的发展虽然带来了市场的开放和价值观念的进步，但也带来了无数文化垃圾，一些失调的文化观念，难免会影响部分青年人。后现代颓丧、灰暗的消极文化，正在悄然腐蚀年轻人的思想。如果我们开始重视英美文学中优秀的部分，对其进行系统学习，我们就能主动拥有文化辨识力度，推动自身的进步和文化学习的进步，推动整体文化市场的良好认知和发展。

文学艺术鉴赏是审美过程中必须经历的美学过程，学生鉴赏能力的提高，会对未来的发展道路产生不可估量的影响。在英美文学整体学习中，学生可以有意识地培养自己简单鉴赏的能力，认识到英美文学的艺术价值和思想价值，并与中华优秀传统文化相结合，进行对比学习，根据英美文学所涉及的全部主要内容，进行美学评价，赏析其中蕴含的优秀价值，提升自己的赏析能力和感知能力，推动英美文学价值真正深化，抵达内心。

四、英美文学语言艺术综述

语言作为一门艺术，既是人和人进行有效沟通的一种途径，又是人们的情感表达方式，是人们实现相互理解的重要基础。对于文学作品而言，语言作为时代背景的一种浓缩或者象征，在一定程度上传达出某个时代具备的特征，即时代背景与地域文化的代表。深层次地解读某个时代具备的语言艺术，通常与文化视角背景下的相关文化作品学习具有直接联系。尤其是当前各个国家之间的交流不断增多，全球化的进程逐渐加快，跨文化的交集以及交流越来越多，学习其他国家的文学作品以及了解其他国家的语言特色和时代文化都有重要的意义。英美文学中的优秀作品在文学界占有较高的地位，在文化研究视野中，对英美文学中的语言艺术进行分析，不仅有助于读者丰富知识，还能了解英美国家的时代与文化特点，并实现不同文化的交流。

（一）文化研究视野中英美文学语言特点

1.尊重英美文化差异

大部分英美文学都注重文化之间的差异，文学语言涉及各个区域的文化，因为英美作家具有思维灵活性，致使英美文学中的语言可以充分呈现丰富多彩的艺术。从文学作品中可以充分体会到价值观念以及文化习俗，不同阶段的民族通常有相应的语言特色，且具有多元化优势。不同的文化区域中人的想法也不尽相同。就"红"字而言，在汉语中表示颜色及吉祥的意思，但英美文学中，则仅表示颜色，由此可知，由于存在地域差异，人们对于相同词语的认识也不尽相同，并存在多元化差异。

2.注重时代特征

英美文学通常代表了当时的社会风貌以及人们的实际生活环境，可以鲜明反映当时的时代特征，这通常属于英美文学的精华。语言文字具有明显的时代气息，且能反映当地历史风貌。因此，对欧美文学的阅读，就需对作品的时代特点进行有效的研究，从文学作品中体会时代特色，并赋予自身理解。文化研究视野中对英美文学具备的语言特点进行探究时，要注重西方文学与东方文学的有效结合，并将各个地区的文学作品具备的艺术表现进行比较，以促进我国文化事业的不断发展，提升我国的文化软实力和文学自信心。

3.注重语言魅力的发挥

英美文学处于一个庞大的文学体系中，包含许多文学作品，且每个作家都有不同的风格。在面对该文学体系时，不能只是单纯地阅读，还需体会语言文字具有的准确性。根据当时的历史，大部分作家创作的文学作品的语言都较为简洁明确，如海明威的名作《老人与海》中，以简单的捕鱼动作把主角自身的硬汉形象呈现出来。在对英美文学进行赏析时，需立足于文化差异进行英美文学的写作手法、语言特色的分析，并通过对文学语言的借鉴，体会其语言魅力，实现读者写作水平的提升。

（二）文化差异下英美文学的语言艺术源泉

创作文学作品需立足于该历史时期的文化背景，注重时代特点的凸显，尤其是较为经典的文学作品，通常都和当地的文化传统有密切关联，在创作中对本地文化进行呈现，以作品实现文化的记录以及传承。不同的文化区域通常能培育获得不同的文化，我国的文化经过多年的历史积淀和发展，对相关的文学作品创作有深刻影响，能够使人体会到儒家文化的力量。英美文学通常会受到古希腊罗马文化的影响。因此，古希腊罗马文化作为欧美文化的发源地，对西方的文化思想产生深远影响，英美文学的根源则是古希腊的罗马文化，尤其是古希腊的罗马神话，经过千年的流传，为西方文学的发展奠定了坚实的基础。

英美文学创作的最大特色就是将古希腊的罗马神话作为基础素材。大部分英美文学作品中，描述了许多古希腊罗马神话中的场景和人物，如但丁创作的《神曲》描述了许多神话情景，人物也和天神相关，而乔伊斯创作的《尤利西斯》中，也涉及典故、神话、地点人名的典故等。同时，还有许多作者创作出的作品灵感也与之有关。古希腊罗马神话中描绘的人物特色都较为鲜明，大部分人物都热情奔放，且有情意，极其勇敢，但是还有少部分人不够完美，与平常人一样存有缺点，因为其不足就会造成悲剧出现。大部分英美文学作品中都充满了激情，但因为故事情节中容易有悲剧人物，从中能清楚地了解到古希腊罗马文化对英美文学所造成的影响。

（三）文化研究视野中语言赏析的原则

1.交际性和实用性并重

英美文学作品赏析所要求的交际性与实用性，在对客观现实的环境进行充分尊重下，语言特点和特有文化相关内容的结合，把具体语境和作品中的材料相结合，以实用性原则深化人们对相关文学作品的认识与理解。交际性则主要是通过文化差异的文化作品促进人们的跨文化交际能力的提高，也就是说，交际性主要是对实用性的延伸。对英美文学进行研究时，在对相关语言知识相应了解的前提下，就能使跨文化意识得到有效提升，并经过对国家背景以及语言特征的了解，对相关文化进行解读，从而在实现基本语言交流与沟通的前提下，实现文化持续性发展。

2.文化差异的必然尊重

研究者要对文化之间存在的差异给予相应的尊重，而文化差异通常指思维方式上所存在的差异，而价值方面存在的差异与风俗上存在的差异，其主要表现在风俗之间存在的差异，而风俗则是不同的民族通过长期聚居于不同地区文化的交流中形成的具有独特性的一种文化。每个国家与民族都有不同的风俗与习性，而不同的风俗与习性则成就了各个国家与民族相对应的风俗文化。例如汉字中的"老"，通常具有尊重他人的意味，会说老师、老人家、老先生等，但是，英文当中的"old"一词不仅意味着年龄大，还表示与时代发展脱节、落伍。就思维方式的角度而言，其通常表现为物质、行为、精神等各个方面对于文化特点的反映，比如，思维方式上，我国更注重辩证思维，认为任何事情都是有两面性的，而英美则注重对事物的逻辑思维，因此，更加注重定量分析。总之，这些价值观、风俗、思维方式等的不同，就是对文化差异进行研究的出发点，也是在文化差异研究中必须遵循的原则。

（四）文化研究视野中的英美文学语言艺术分析

1.注重戏剧性独白的应用

在大部分英美文学作品中，广泛运用戏剧性独白，已经成为英美文学与其他相关文学作品不同的特点。对于戏剧性独白，其创始人说法不一，有说服力且可考证的则是索恩伯里在1857年所创作的诗歌《骑士与圆颅党人之歌》中最早提出了戏剧性独白的应用。基于此，索恩伯里便被称作"戏剧性独白创始人"。伴随着丁尼生所发表的《六十年后的洛克斯利堂》，则体现出该手法具备独特的魅力。在此之后，戏剧性独白得到广泛应用。戏剧性独白主要是将创作者当作独立画外音存在于作品中，和作品中的任务台词有明显分离。戏剧性独白的运用，不仅能够使作品中人物形象的表现更为丰满，还能使读者阅读时积极思考，并充分了解与掌握作者创作过程中的思想，使读者和作者实现灵魂交流，给读者留下想象的空间，最终深化读者对文学作品的理解及认识。

2.注重作品源于生活且高于生活

对于英美文学作品而言，更多是源于现实生活，属于文学创作者对于所处时代中人们生活的具体描绘。因此，解读与研究英美文学的时候，不仅要注重其具备的文学艺术性，还需对作品的时代背景与文化特色有所了解，并与英语具备的语言特点相结合。文字是创作者思想的真实反映，英美文学中的语言可充分呈现出作家对于其所处时代的反思，这既是对现实生活的描述和认知，也是文学作品中展现的时代特征，属于缩小的一个文学世界。同时，多彩且丰富的历史进程给予每个时代创作者各种各样的生活阅历，以此进行文学创作，既是对现实生活的一种升华，又是对人性与历史的拷问，有显著的历史与文化价值。英美文学作品通常会引入一些生活中通俗的小故事，通过以小见大的手法展现故事中的深刻道理，既能增加文学作品的趣味性，也能回应主题，起到画龙点睛的作用。英美文学这种以故事的手法进行相关道理的表达要比直接说理更加生动，也能够与读者产生情感共鸣。

例如有些英美文学喜欢引入《狼与小羊》的寓言，通过简单易懂的寓言来揭示上层社会与贫困人们之间的关系，将社会黑暗直观地展示，从而起到源于生活而高于生活的作用。此外，英美文学作品中处处可见古希腊神话故事的影子，这就使得英美文学的语言运用比较大胆，在实际表达过程中非常犀利，特别是在人物形象刻画或是批判社会黑暗方面尤为突出，这与汉语委婉含蓄的表达具有明显的文化差异性，当然，这样的语言风格更有利于突出人物性格特点，增加文学作品的可读性。例如《威尼斯商人》中的夏洛克，莎士比亚将其吝啬的特点犀利地表达出来，给人以强烈的震撼，从而彰显了英美文学语言的魅力。在研究英美文学作品的同时，也能够体会到不同民族文化之间的差异，感受语言表达的特点和魅力，促进文化的繁荣与发展。

3. 注重经典的引用

英美文学作品中的语言植根于欧洲文化，尤其是古罗马希腊文化，许多英美文学作品中都可以看到古罗马希腊文化的影子，更多的时候是直接引用一些古罗马希腊经典神话。可以说，古罗马希腊文化是英美文学的基础，古罗马希腊文化经典的引用，既是英美文学的主要特点，也使英美文学的语言艺术丰富多元，主要是经过简单的语言描述表达出值得深思且耐人寻味的哲理。例如，古希腊的神话故事中，讲述了英雄人物阿喀琉斯的故事。母亲在阿喀琉斯婴儿的时候，将他浸泡于斯提克斯河中，经过河水的浸泡，阿喀琉斯的身体就会刀枪不入，但是由于他的脚后跟没有经过浸泡，这就成了致命弱点。戏剧性的是，在攻占特洛伊城的时候，太阳神射中了他的后脚跟，致使阿喀琉斯丧命。因此，不少作者在创作的时候，通常会用到阿喀琉斯的经典故事表示相关的要害部位以及致命弱点，这就相当于我国作者对成语故事的运用。通过相关经典的引用，能够增强语言的感染力，体现了不同文化之间的差异，凸显出英美文学作品的魅力。

4. 注重人性美

英美文学是艺术的一种形式，具有浓厚的文化属性。英美文学的分析显示，其语言艺术通常具有人性美，其语言的艺术魅力以及在文学作品中所刻画的人物情感与真实性情具有密切关系。英美文学中，通常会出现故事的情节发展与变化，并通过文化差异下的语言风格进行人物精神、性格、品质的塑造，从而呈现出人性美。

例如，《简爱》中的女主人公出生在贫穷的牧师家里，父母双亡，从小被舅舅收养，女主人公在舅舅去世后则被舅母送进了教会学校。女主人公虽然缺乏美丽容颜且生活不富有，但和男主人公之间却表现出人格的平等。将类似体现人性美的语言运用于小说中，则能充分呈现出人性美。

第二章　文学研究与文化研究的关系

第一节　文学研究与文化研究

一、文学研究

文学研究是指对文学作品进行系统、深入的分析和研究，旨在理解和解释文学作品的内涵和意义，探讨文学作品与文化、社会、历史等方面的关系。文学研究是文学领域的一个重要研究方向，也是文学教育和文学创作的基础。

文学研究可以从不同角度和层面进行，包括文学史、文学批评、文学理论、文学创作等。其中，文学史研究的是文学作品的历史发展过程，有助于我们了解不同文学流派、不同文学时期的文学特点和发展趋势；文学批评则是对文学作品进行评价和解读，有助于我们理解和解释文学作品的意义和价值；文学理论则是对文学研究方法和思想的系统总结和归纳，有助于我们更好地理解和应用文学研究方法；文学创作则是对文学作品的创作和创新进行研究和探讨，有助于我们更好地理解文学作品的创作过程和创作思想。

文学研究在文学教育和文学创作中都具有重要意义。在文学教育中，文学研究是学生们理解和欣赏文学作品的重要途径，有助于学生们更好地理解文学作品的内涵和意义，提高阅读和写作的能力。在文学创作中，文学研究可以为作家们提供创作灵感和借鉴，也有助于作家们更好地把握文学发展趋势和文学市场需求，从而更好地进行创作和创新。

总之，文学研究是文学领域的一个重要研究方向，有助于我们更好地理解和欣赏文学作品，探讨文学作品与文化、社会、历史等方面的关系，也可以为文学教育和文学创作提供重要的支撑和指导。

二、文化研究

文化研究是一种跨学科的研究领域，主要研究文化的产生、演变和传播等方面的问题。在文化研究中，我们可以从多个角度和层面来探讨文化的内涵和意义，如文化的定义、文化的意义、文化的特征、文化的演变和发展、文化的传播和交流等。

文化研究的理论方面，主要包括文化相对论、文化决定论、文化演化论等。文化相对论强调文化的相对性和多样性，认为不同的文化有其独特性和内在的合理性。文化决定论则强调文化对人的思维方式、行为习惯和价值观念等方面的影响，认为文化对人的发展和生活具有决定性作用。文化演化论则强调文化的演化和发展，认为文化是一个不断演化和变化的系统，而文化的发展和变化受多种因素的影响。

在文化研究的内容方面，可以从文化的艺术性、文化的道德性、文化的经济性等方面进行研究。文化的艺术性是指文化在艺术领域的表现和创造，包括文学、音乐、电影、美术等方面。文化的道德性则是指文化对人的道德标准和行为准则的影响，包括伦理、价值观念等方面。文化的经济性则是指文化在经济领域的作用和影响，包括文化产业、文化消费、文化市场等方面。

除此之外，文化研究还可以从文化的传播和交流方面进行研究，如文化的跨文化交流、文化的全球化、文化的媒介化等。文化的传播和交流是文化研究中的重要内容之一，有助于我们更好地理解文化的相互关系和文化在全球化时代的发展趋势。

总之，文化研究是一种跨学科的研究领域，主要研究文化的产生、演变和传播等方面的问题。在文化研究中，我们可以从多个角度和层面来探讨文化的内涵和意义，如文化的定义、文化的意义、文化的特征、文化的演变和发展、文化的传播和交流等。在研究文化的过程中，我们需要注意以下几个方面。

（一）文化的多样性和相对性

义化的多样性意味着不同的文化有其独特性和内在的合理性，不能用一种标准来评价和比较不同的文化。文化的相对性意味着文化是相互关联的，不能独立存在，需要通过对比和对话来相互理解和交流。

（二）文化的历史性和发展性

文化是一个不断演化和变化的系统，文化的发展和变化是受多种因素影响的，如经济、科技等方面的因素。因此，在研究文化时需要考虑其历史背景和发展趋势。

（三）文化的交叉和融合

文化是可以交叉和融合的，不同文化之间的交流和融合可以促进文化的发展和创新。因此，在研究文化时需要关注文化的跨文化交流和融合，探讨文化的相互影响和共生关系。

（四）文化的权力和话语权

文化是一种权力的表达和竞争，不同文化之间的关系也是一种权力的竞争和博弈。在研究文化时，需要关注文化话语权的分配和竞争，探讨文化的权力结构和话语权的形成和演变。

总之，文化研究是一个复杂而广泛的研究领域，需要综合运用不同的学科和研究方法，关注文化的多个方面和层面，探讨文化的内涵和意义，了解文化的发展和变化趋势，探索文化交流和融合的方式与途径，以及关注文化的权力和话语权的分配与竞争。

三、文学研究与文化研究的关系辨析

文学研究和文化研究是两个密不可分的领域，两者相辅相成、相互交融。文学研究是指对文学作品进行分析和解读，探讨文学作品的内涵和艺术价值，而文化研究则指以文化为对象，分析和研究文化与社会、历史、经济、科技等多个方面的关系，试图从文化的角度理解社会和历史。

（一）当代文化研究起源于文学研究

文学研究主要指以文学为研究对象，"围绕文学的审美问题而展开的批评"（梁锦才，2008）。文化研究，兴盛于20世纪50年代，与传统的对文化的研究并不相同。它是流行于西方的"一种学术思潮与知识传统"。

狭义的"文化研究"贯穿着两种学派思想：一种是"伯明翰学派"，代表人物为英国马克思主义理论家雷蒙·威廉斯和理查德·霍加特，他们站在大众立场上致力于研究英国工人阶级文化；另一种是"法兰克福学派"，代表人物为法国结构主义理论家罗兰·巴特，他站在精英立场上对"大众文化的理论和实践进行批判"。文化研究思潮于20世纪80年代传入中国后，迅速成为研究热点。

当代文化研究起源于英国的文学研究界。当时英国的一些批评家将文化学的理论引进文学研究，以拓展文学批评的范围，使之逐步发展为文学的文化批评。利维斯是其先驱，他认为文学须体现社会使命感，要有实实在在的生活价值，并能帮助解决当时的社会危机。作为一名精英文学研究者，他强调精英文化研究思想，谈及的文化主要是高雅的文学作品。与利维斯同样坚持文化精英主义立场的还有马修·阿诺德、艾略特等文艺界的知名人士。他们认为英语文学经典是"抵御汹涌而来的功利文明和大众文化的有力屏障"。这虽与后期蓬勃发展的大众文化研究有所对立，但我们不能否认，利维斯等人对当代文化批评和文化研究兴起做出的重大贡献。

随着文化研究的发展范围越来越广，文化主义的代表人物威廉斯概括了当时文化的三种主要含义：理想的文化定义认为文化界是"人类自我完善的一种状态或者过程"，体现在最优秀的思想和艺术经典上；文献的文化定义认为文化是"知性和想象作品的整体"；社会的文化定义认为文化是"一种整体的生活方式"。文化研究的理论基础恰是基于最后一种定义。由此，文化研究的对象不再只围绕高雅的艺术作品，而是将其目标转向了探索"某种特殊生活方式展现的意义和社会价值"。广义的文化研究自此发展起来。

在英国文化主义理论范式中，文学与文化之间有意义的结合最初体现在借鉴文学研究中的方法来分析文化。在借用经典的文本细读法的同时，汲取了传统文学社会学的一些研究方法。威廉斯的《文化与社会》就是使用文本细读法分析的典型代表作之一；霍加特的《文化知识的用途》则是结合了"文本细读和民族志研究方法"的代表作，因为他巧妙地把文学批评方法运用于大众通俗文化，将流行音乐、通俗期刊等大众文学现象作为批评文本来进行文化分析。

（二）文化研究的发展及文学研究的边缘化

1.文化研究的发展

自20世纪80年代以来，文化研究走出欧洲，影响了美国，进而产生了世界性影响。随后在短短十年间，文化研究在西方文化理论界取得了一系列新进展，总体上分成两个方向：一是彻底摆脱了传统的文学研究，面向当代整个大众文化，与现代传媒关联度越发增强；二是逐步拓展了传统文学研究的范围，增强了其包容度，并使其具备了跨文化和跨学科的特性。虽然也涵盖了大众文化的相关内容，但对之展开的主要是批判性的分析和阐释，在很大范围上仍然保持着自身的精英文化批判态度。第一个方向的发展使文化研究逐渐形成属于自身的发展路径，而第二个方向的发展扩大了文学研究的边界。

文化研究借鉴了文学批评的细读法，无论是症候式阅读、意识形态分析还是媒介受众研究，它们均重视文本的叙述结构、修辞策略及语篇分析。只不过文化研究探讨的文本对象，不再只是书写下来的语言和文字，还包括电影、海报、时尚、建筑等一系列具有意义的社会文化符号系统。文化研究学者开始在实践中借鉴语言学、社会学、人类学、哲学、心理学和文学批评等理论与方法，将其应用于文化研究中，这种跨学科特征决定了文化研究范围的广泛性、研究取向的多元化和研究方法的多样化，其中也包括从文学出发的文化研究。

2. 文学研究边缘化

当消费文化和电子媒介日渐流行，以追求深刻为目标的精英文学的影响范围也慢慢缩小，文学也不再被赋予"承担公共空间的神圣使命"。此时，文学的边缘化主要表现之一就是它已经不再是文化的主要载体。文学不再像从前一样是文化特权的表达形式，它成了文化众多因素中的一个。同文学可以并列加以研究的不仅有电影、录像、电视、广告、杂志等，还包括无数的日常生活习惯。文化研究的兴盛，使文学看上去只不过是文化或多元文化诸多平等条目中的一个而已，失去了往日的光环。

精英文学消弭下产生的"文学危机论"主要表达的是"文学精神的失落、传统文学形式的边缘化、传统文学体制的消解"。的确，当前丰富且多元化的文学样态为大众群体的书写和表达提供了广阔的渠道，普通群众也可以在文学场域上有所展示，写作和阅读也不再是精英文学者的专有。也就是说，无论是专业的批评家还是普通的批评者，他们都可以利用新的书写方式，在像网络这种自由和开放的批判空间里，更加直白、迅速地反映社会现实。在这样的时代背景下，"文化研究成为文学批评的重要范式之一，是文学批评对新的文学状况进行有效批评的必然结果"。因此，针对各式各样文本的文化分析迅速成为当时的探讨热点。

正因如此，文化研究得到了快速的发展，而文学研究处于边缘化的状态，这似乎很容易让人们误以为两者之间是此消彼长的关系。然而，他们忽视了文化研究与文学研究的"亲缘关系"，文化研究重视的文本细读、理论话语中的"能指、所指"等始终与文学研究紧密联系，而且，文化研究在跳出文学批评屏障后的跨学科发展为电子媒介和消费文化下挤压的文学、文化研究开拓了新的空间。此时，"一种文学的文化研究"逐步取代"文本中心主义"，学者的研究对象不再是纯文本，而是将多元化的文学文本归置在社会文化场域的大语境中加以探析。

面对文学研究边缘化的现象，以文论家米勒为代表的学者为文学作了强有力的辩护。

他们强调当代文学研究价值不容小觑，主要体现在：语言和文字仍然是而且将来也是人类交流的主要方式；在图书占据主导的时代，文学是展现文化的主要方式之一，也是文化不可或缺的部分；对文学的深入研究是了解"他者"必不可少的方式等。无论是当代比较文学研究的新拓展，还是"后文化研究"下文学理论的独立性发展，文学研究与文化研究在"平行发展中时常交叉"，没有任何一方能够取代另一方。

（三）文化研究与文学研究的交叉与区别

狭义上的文化研究以文学为研究对象，学者称其为"文化批评"，认为它是文学研究的一种视野，是一种以文化视角进行批评的研究方法，关注的是文学中文化的因素（梁锦才，2008）。随着文化研究的兴起与发展，文化研究的对象不再受限于所谓的经典文学作品，而开始关注当下流行的传播媒介所产生的大众文化。广义上的文化研究并不从属于文学研究，其研究范围要宽泛很多，涉及文学、社会学、传播学、人类学、心理学等多学科跨学科视角，关注的是大众文化与日常生活，强调"批判性的参与社会实践"。

部分学者在处理文化研究与文学研究的关系时，常把文化研究局限在文学批评的范畴内，虽认同文化研究的灵活性和有效性，却反对文学研究对象的过分泛化，认为应当从社会文化角度研究文学，而这一概念无疑窄化了文化研究，完全忽视了文化研究发展后的多学科性。梁锦才曾建议将文学研究专用于传统的文学文本的批评研究实践；而把作为文学研究的一种视野的文化批评用于文学的文化学批评；而文化研究就专用于指称那些与经济、社会、文化、历史等"泛文化"相关的研究与批评实践。如此，它们便可各司其职、分工明确，能够更好地为当今的批评和研究的发展做出贡献。这正说明了文化研究与文学研究各有突破口，并不冲突。

文学的文化学研究的出发点为文学本身；而文化的文学研究根本在于文化研究，它要解决的不是文学史和文学评论的问题，而是关注文化问题的解析与阐论，落脚点在对文化的反思。因此，文学研究如果要坚持成为"文学"的研究，保持其相对独立的发展，它就不能放弃对文本和形式的关注，也就是说，文化研究对文学研究的影响并没有取消文学对文本和形式的关注，而是促进了文学更加紧密地关注"文本、形式、意识形态之间"隐蔽的联系。

第二节　文化研究在文学研究中的出现

一、文化研究在文学研究中出现的起点

文化研究在文学研究中的出现可以说是一种新的思潮和研究方法的兴起，它的起点可以追溯到 20 世纪 60 年代左右的美国。当时，美国的一些文学理论家和批评家开始重新审视文学研究的方法和范式，试图从文化的角度理解和解释文学作品。这些理论家和批评家

包括罗兰·巴特、米歇尔·福柯、爱德华·赛义德等，他们的研究思路和方法对后来的文化研究产生了重要影响。

在这个时期，文学研究主要集中于文学作品本身的分析和解读，忽视了文学作品所处的文化环境和历史背景对其产生的影响。这些理论家和批评家认为，文学作品不是独立存在的，而是文化的产物和表现。因此，研究文学作品必须考虑到文学作品所处的文化环境和背景，才能更好地理解文学作品的内涵和意义。

这些文学理论家和批评家提出了一系列新的文学理论和研究方法，包括后结构主义、后现代主义、文化批评、后殖民主义等。这些理论和方法试图以一种全新的视角和方法研究文学作品，探讨文学作品与文化之间的相互关系和作用。例如，后结构主义和后现代主义强调文学作品的多元性和复杂性，试图揭示文学作品所反映的不同文化和社会观念。文化批评和后殖民主义则关注文学作品与文化之间的相互关系，试图揭示文学作品所处的文化背景和历史背景对其产生的影响。

随着文化研究在文学研究中的出现，文学研究的方法和范式开始发生转变。传统的文学研究主要关注文学作品本身的艺术性和内涵，从文学角度进行分析和解读，而文化研究则不仅关注文学作品本身，还关注文学作品所处的文化背景、历史背景和社会背景，从文化的角度进行分析和解读。通过对文化背景和历史背景的研究，可以更加深入地理解文学作品的内涵和意义，也能够更好地把握文学作品在文化中的地位和作用。

总之，文化研究在文学研究中的出现是文学研究的一个重要发展趋势，也是对传统文学研究方法的一种补充和扩展。文化研究强调文学作品和文化之间的相互关系，认为文学作品不是独立存在的，而是文化的产物和表现。通过文化研究的视角，我们可以更好地理解文学作品所处的文化背景和历史背景，更好地认识和分析文学作品的内涵和意义，也有助于我们更好地理解不同文化之间的相互关系和交流，为我们提供更为广阔的思考和探索空间。

二、文学研究中的文化身份与文化认同

在当前的文学研究领域中，文学研究逐渐转变为对文化的研究，在文学和文化研究中文化身份与认同都是非常重要的问题。但是从现有的诸多研究成果中可知，部分研究工作依然有许多问题，如概念不明晰、问题混淆等。

（一）文化身份与文化认同概述

1. 文化身份

文化身份可以翻译成文化认同，具有民族本质特征，也是基于民族本质特征进行文学和文化研究的一种诉诸方式，也可以用来诉诸带有民族印记的文化本质特征。在不受任何事实影响的两种文学文本对比分析中，学者完全可以将这两种文化语境下的文学根本差异当作比较的重点，通过本质的差异来探索某种具有共性的相同点，或者具有本质特征的相同点，这种认同属于审美方面的认同。在对比具备直接关系的两种文学文本中，例如，基

于跨文化语境的东西方文化渗透的文学，主要研究具备某个民族文化背景的人如何在自身所处民族地区有效维系自己文化认知、身份等内容，这也是目前文学研究语境下比较文学研究不能忽略的理论内容。

2. 文化认同

文化认同主要是指一种群体文化认同的感觉，个体容易受到群体文化的影响，进而产生文化认同的感觉。尽管文化认同和社会认同之间有相似之处，但是二者之间又有很大差别，不是同义重复。如果本国人民有强烈的自身文化认同，那么也是该国立足于世界、实现自身良好发展的伟大精神力量。国家发展中文化认同是民族认同，以及国家认同的根本基础，也是比较深层的基础。

在新时代背景下，社会逐渐进入全球化发展时代，文化认同作为民族和国家认同的重要基础，可以发挥重要的价值和作用，促进国家建设和全面发展，更是提高国家综合国力的关键。在文化认同和社会认同的对比中，文化认同具有更加深远的意义和内涵。换言之，文化认同和其他认同相比更具"自我认同"的特点，假如文化认同丧失，势必会引起病理性焦虑，对实际社会和国家发展将产生负面影响。

（二）文学研究中文化身份与文化认同问题形成的语境和研究走向

1. 形成语境

在构成文化身份和文化认同问题研究领域期间，语境的变迁起到巨大的推动作用。自20世纪以来，全世界范围内和文化身份、认同问题相关的基本语境体现在以下几方面。

一是在资本主义社会进入后工业社会以后，形成文化身份与文化认同问题的语境发生较大变化。在此期间，全球化不断发展，资本和经济市场持续扩大，进而加剧了贫困国家人口的流动，越来越多的贫困人口移动或者移居到富裕国家，各式各样的劳动力在世界范围内进行跨国流动。

二是各种知识分子在各种原因和社会影响下选择自我迁移和放逐，这些知识分子会被集中在比较自由、宽松的环境中，一般都是一些世界性大都市，如纽约、巴黎等。威廉斯曾指出巴黎等城市是艺术的跨国首都，且是没有边界的。在流亡者、放逐者来到某一地区或城市以后都随身带来了自己国家革命后形成的各种宣言，进而呈现一种文化身份与文化认同。在人员流动、放逐、迁徙以后怎样在异国他乡保持爱国热情、幻想、记忆，如何在不同语境下保留自己的民族意识，怎么在地区文化融合发展过程中形成新的文化习俗等，这些均是文学研究中文化身份与文化认同问题研究需要思考的重要课题。

2. 研究走向

全球化发展进程中，全球范围内仍然存在"流散者"现象，且表现出持续加剧的发展态势。从相关趋势理论研究中可以发现，这种趋势随着社会的变化而变化，更是在实际发展期间为新研究提供各式各样的描述词汇，还有一些可以分析和研究的具体方法。此外，在对文学研究领域的文化身份与文化认同问题研究中，现代动态的文化身份与认同问题研究中又出现许多崭新的方法，例如，由威廉斯提出的"情感结构"，由萨义德提出的"对位研究"。在文化身份与文化认同问题研究中都提出了一些比较空前和具有趣味性的文化问题。例如，电影等通俗文化对文化身份塑造的主要价值，还提出意识形态机器对文化身份的影响等。从这种意义上来说，全方位研究文化身份和文化认同已经成为一门跨学科的综合性研究，不断促进文化身份与文化认同问题研究工作的全面开展。从更多方面掌握文化身份和文化认同问题，有针对性地提高相关问题探索水平，为将来的文化身份与文化认同研究提供良好保障。

（三）文学研究中文化身份与文化认同研究中的主要问题

自 20 世纪以来，全世界经济、意识形态不断解体，且兴起女性主义等语境变迁对文化身份和文化认同产生深远意义，身份和认同之所以重要，也与文化认同问题研究有很大关系。文学和文化研究中文化身份与文化认同问题日益成为重要课题，这些问题的出现深受文化认同问题研究的影响。

一方面，文化领域研究过程中人们通常将研究的重点放在"社会身份"和"文化身份"方面，主要以一些存在差异的人群在特定环境中构成的主要社会身份、文化身份的分析与研究为主。换言之，就是人们想要从理论的角度探究自己是"谁"，或者想问一问自己在这个社会和文化上到底是"谁"。而且在分析过程中也会对复杂性较大的问题进行探究，如为什么要去追问"谁"。在研究这类问题时一定会涉及社会、经济、地理等一些比较复杂的领域，加上有研究者的价值取向和所站的理论立场，这些都会对研究者看待这些复杂的问题产生一定影响。从重要问题研究方面来说，以传统形式为主的问题研究相对落后、单一，主要是以某种先验的"设想"为出发点，研究身份问题和认同问题。

具体而言，就是将"自我"设想为某种自主的、固定的东西，对"自我"的追寻和确认中主要以身份和认同为主。在这种方式运用中，主要受到哲学上对"主体性"问题分析与研究的影响。在文化身份与文化认同问题的研究中，17 世纪以来的西方主体性哲学通常从预设的自主性"主体"出发，对本体论和认识论问题进行本质、主客体关系等重要问题的研究。自 20 世纪以来，对精神分析、哲学等问题出现许多新的研究，又突破了传统研究方法和视野范围。因此，以先验论和本质主义为主的方法逐渐被各种新的方法替代，且持续使用社会学、多元论方法来分析文化身份与文化认同研究中的重要问题。比如在对自我身份进行追问的过程中，拉康等人从不同层面和角度介入身份与认同研究中的重要问题，如马克思主义文艺观，身份政治学是文化研究中研究的重要问题和最终指向，且在身份与认同问题分析中又运用了知识与权力关系有关的内容和理论。通过这种研究方式为接下来的女性主义身份研究和性别身份研究等奠定了坚实基础，拓展充足的利润空间，持续提升文化身份与文化认同问题研究的色彩，体现出一种意识形态色彩。因此，在文化身份和文化认同问题的研究中无法避免一些意识形态问题，应该根据不同问题之间的关系有效探究文化身份和文化认同问题。例如，在研究女性的身份问题时，就需要结合意识形态的问题，而且这也是一个十分明确的倾向性现实问题。所以，在具体研究中就要和寻常的纯理论研究有所区别，进而才能得出更好的结论。在文化身份与文化认同研究中，人类社会身份和文化身份是固定不变的、普遍的这一问题是最有争议的，也是最重要的问题。或者说，在实际社会历史发展过程中社会身份和文化身份是人为构建出来的。当前有一部分人赞同社会身份和文化身份可以是流动的这一观点，尤其是一些具备相应影响力的文化研究者，这种观点也是在现实和历史语境不断变迁中的主要观点之一。

另一方面，文化身份和文化认同对文学研究来说至关重要。文化研究需要捍卫自己的身份，还要明确文化身份和文化认同问题与文学研究之间存在的关系，充分分析和掌握三者之间的关联。换言之，文化身份与文化认同问题研究中"我"与"他"的关系问题也是一个比较重要的问题。在构造文化身份过程中构造者和被构造者之间有很大关系，即"我"和"他"。基于后现代语境的研究中，主要在一种二元对立的框架中来讨论"我"和"他"的问题。例如黑人和白人、男人和女人等多样化的说法。

由此可见，在新时期，文化身份与文化认同问题的研究都开始重视二元，而不是一元，关注形成，而非本质。还对持续变化的参照系进行关注和分析，不是停留在一种固定不变的成规中，这些也是目前促进文化身份和文化认同问题有效研究的基本趋势。

（四）文学研究中的文化身份与文化认同危机与认同构建

1. 危机

从心理学角度来说，认同主要是指个体和其他个体在心理上不断变得相同的过程。不同群体在社会学习和生活中，其情感和认识方面的持续统一过程就是认同。换言之，通常是社会人员在情感方面的感觉和寄托，且与所处群体有同样的情感寄托和感觉。在文学领域研究中也运用了认同，其主要内涵就是相关群体对本民族的情感认知和归属。现如今，文化身份与认同危机问题持续增加，从而导致文化身份和文化认同受到负面影响，也不利于社会的有效发展。因为不同国家民族有不同的发展历史背景、文化，且所处的阶层也不相同，因此，不同创作者在文学创作期间也有各自的特点。因此，文学研究中的文化身份和文化认同问题变得日益复杂。

以少数民族文学作家为例，相关作家在写作过程中不仅要面对来自西方文化认同的问题，还需要有效考虑汉文化和少数民族文化之间的认同问题，进而才能在文学研究和创作方面呈现良好的文化身份与文化认同。由于受到历史和少数民族自身相关问题的影响，所以也在一定程度上少数民族文化出现许多危机，这种文化危机会影响文化身份与文化认同。

目前，文化危机产生的原因主要来自三个方面。一是少数民族文化自己需要面临的现代化挑战问题。二是少数民族发展中，汉文化和文学对其民族话语权带来的相关问题。三是全球化的快速发展对少数民族文化带来的同化问题。在现代社会，社会现代化引发的文化碰撞也是使文学研究中文化身份与文化认同产生危机的主要原因。社会现代化发展中会造成民族文化出现认同危机，原因就是现代化有效满足了一些民族认同所具备的主要因素。一方面，在社会现代化发展背景下，一些民族对外学习意识开始觉醒，不断发掘其他民族特有的文化特质，进而给自身的文化身份和文化认同带来很大危机。另一方面，话语权的巨大差异可以推动相关民族地区不断创新和发展，而且民族地区的相关文化也会和其他地区文化之间实现有效融合，这种情况下，现代化对民族发展无疑是大有裨益的，但是也会引起民族文化和现代化之间的碰撞，给民族传统文化带来很大挑战。

2.构建

（1）加强民族传统的回归

在文化身份和文化认同构建中，需要加强民族传统的回归。当民族地区民众精神缺乏时，通过民族传统的回归，也会引起相关民众对传统文化的追求和实验，从而为民族传统的回归注入新的活力。

（2）注重民族传统的激发

在一个国家或民族发展过程中，需要合理对比现代化东西和传统东西，有效明确自身的民族文化认同和民族文化身份，还要想方设法在文化全球化背景下，激发民族传统。并且，在文学作品创作中，可以结合民族传统文化，不断释放民族传统在现代化发展中的文化魅力与价值，提高民族文学在文化方面的认同感和认知。

第三章　英美文学的基本概述

第一节　英国文化与文学

英国文化和文学是指英国社会和文化领域的文化和文学作品，包括文学作品、音乐、电影、戏剧、艺术、历史、社会制度等方面。英国文化和文学以其丰富的历史背景、多元的文化传统和文学创作而闻名于世。

一、英国文学的发展概述

英国文学是世界文学史上重要的组成部分之一，其文学作品和文学传统深受全球读者的喜爱和推崇。英国文学研究作为一个学术领域，已经拥有悠久的发展历程和丰富的研究成果。

（一）英国文学研究的发展历程

1. 人文主义为核心的文学时代

中世纪的西欧，教会是社会的主导力量，它建立起森严的等级制度束缚人们的行为，向人们灌输教会文学，禁锢人们的思想。到了公元 14 世纪，由于资本主义的萌芽、生产力的不断发展，意大利最先兴起了一场以人文主义为核心的思想解放运动——文艺复兴。文艺复兴时期涌现了许多文学巨匠，英国以莎士比亚、托马斯·莫尔、弗兰西斯·培根为代表，他们创造了大量经典的作品。该时期的文学作品主要以反对教会独裁统治、追求思想解放、精神自由为主题，带有反叛色彩。

比如，托马斯·莫尔的名著《乌托邦》，作者在此书中向读者展示了一个理性美好的社会，在这个社会里没有压迫，没有暴力，没有丑恶，而是充满了幸福与自由。这本书很好地体现了当时人们对于个性解放的向往与追求。

2. 追求新古典主义的文学时代

15 世纪后叶的英国，开始海外贸易，随着资本的原始积累，一批新的阶层——新贵族形成，他们的发展与统治王朝利益相悖，并时常与教会发生矛盾。到了 1640 年，资产阶级革命爆发，资产阶级占有统治地位。在此背景下，推崇理性，强调明晰、对称、节制、优雅，追求艺术形式的完美与和谐的新古典主义文学成为这一时期的主流。代表作品为约翰·班扬的《天路历程》，该书由两段克服艰难，最终获得灵魂拯救的旅程组成，充满了宽容、理解、和谐和对至真、至善、至美的追求。1840 年，工业革命的开展对文学作品产生了影响，此时的文学作品不仅带有先进的科技理念，还有对于环保的重视以及对一味追逐利益带来的危害的思考。

（二）英国文学研究的发展特点

1. 跨学科和综合性

现代英国文学研究已经不再局限于文学本身，而是涉及了众多的学科和领域。例如，文学与历史、哲学、社会学、心理学等多个学科交叉融合，这种跨学科和综合性的特点使研究者能够更好地理解和分析文学作品，深入探讨文学作品的文化背景和社会环境。

2. 多元化的批评方法

现代英国文学研究不再局限于传统的文学批评方法，而是出现了多种多样的批评方法，包括马克思主义文学批评、后殖民主义文学批评、女性主义文学批评等。这些批评方法强调了文学作品与社会、文化等方面的联系，从而更好地反映了文学作品的内涵和意义。这些批评方法同时推动了英国文学研究的多元化和深入化。

3. 对文学史的重视

现代英国文学研究对英国文学史的重视也是一个重要特点。英国文学史概括了英国文学的发展历程和演变趋势，是理解英国文学的重要途径。研究者通过对英国文学史的深入研究，可以更好地理解和分析英国文学的内在联系和发展趋势。

4. 多元化的研究领域

现代英国文学研究的领域非常广泛，涉及了诗歌、小说、戏剧、散文等多种文学体裁，同时包括英国文化、社会制度、历史等多个方面。这种多元化的研究领域使得研究者可以从不同角度和层面来理解和分析英国文学的内涵和意义，更好地把握其发展趋势和特点。

总之，英国文学研究是一个充满活力和创新性的学术领域，其跨学科和综合性的特点、多元化的批评方法、对文学史的重视以及多元化的研究领域使英国文学研究更加深入和多元化。通过深入研究英国文学，我们可以更好地了解英国文化和文学的内涵与意义，促进跨文化交流和理解，推动世界文学的发展和进步。

（三）英国文学的流派

英国文学是一个历史悠久的文学体系，其发展历程中出现了许多流派和风格。下面将介绍几个英国文学的主要流派。

1. 古典主义文学

古典主义文学是英国文学的一种主要流派，它在 17 世纪末至 18 世纪初盛行。古典主义文学的特点是注重对古希腊罗马文化的模仿和效仿，强调规范和秩序，体现了贵族阶层的审美趣味和文化背景。代表作品包括约翰·米尔顿的《失乐园》和亚历山大·蒲柏的《英国诗歌选》等。

2. 浪漫主义文学

浪漫主义文学是英国文学的另一主要流派，它在 18 世纪末至 19 世纪初兴起。浪漫主义文学注重个体情感和想象力的表达，崇尚自然、民主和个性，反对古典主义文学的规范和秩序。代表作家包括威廉·华兹华斯（William Wordsworth，1770—1850）、塞缪尔·泰勒·柯勒律治（Samuel Taylor Coleridge，1772—1834）和约翰·济慈（John Keats，1795—1821）等，代表作品包括华兹华斯的《序曲》和济慈的《致夜莺》等。

3. 维多利亚时代文学

维多利亚时代文学是指英国文学在维多利亚女王时期（1837—1901 年）的文学形式和内容。在这一时期，英国社会经历了工业革命和社会变革，这大大推动了文学的发展。维多利亚时代文学注重描写社会现实和人性，倡导现实主义和道德主义，同时探索了悬疑和科幻等新领域。代表作家包括查尔斯·狄更斯（Charles Dickens，1812—1870）、勃朗特姐妹（the Bronte sisters）和托马斯·哈代（Thomas Hardy,1840—1928）等，代表作品包括狄更斯的《双城记》和勃朗特姐妹的《呼啸山庄》等。

4. 现代主义文学

现代主义文学是指英国文学在 20 世纪初至"二战"后期的文学形式和内容。现代主义文学主张打破传统文学形式和语言的束缚，强调现代社会的异化和混乱，尝试新的文学风格和表达方式。代表作家包括 T.S. 艾略特、维吉尼亚·伍尔夫（Virginia Woolf，1882—1941）和詹姆斯·乔伊斯（James Joyce,1882—1941）等，代表作品包括艾略特的《荒原》和乔伊斯的《尤利西斯》等。

5. 后现代主义文学

后现代主义文学是指英国文学在 20 世纪末至 21 世纪初的文学形式和内容。后现代主义文学强调现代社会的碎片化和多元性，倡导拒绝单一的真理和固定的身份，尝试新的文学形式和风格。代表作家包括伊恩·麦克尤恩（Ian McEwan，1948—　　）、塞巴斯蒂安·福克斯（Sebastian Faulks，1953—　　）和朱利安·巴恩斯（Julian Barnes，1946—　　）等，代表作品包括麦克尤恩的《赎罪》和福克斯的《鸟鸣》等。

总的来说，英国文学历经了数个世纪的发展，涌现出许多流派和代表作品，这些文学流派和作品反映了当时的社会、文化和历史背景，也为后来的文学发展和文化交流提供了重要的参考和启示。

二、英国文化特征分析

每个国家都有其独特的文化特征，这些文化特征是在该地区生活的人在祖祖辈辈的发展过程中产生的独属于这个国家的一些性质，是区别于其他群体的标志之一。文化对于民族的意义很强大。在广义上可影响国家的政策和发展，在狭义上关联到社会群体中的个人特征，也将在相同环境下成长的人用文化联结起来。国家文化的形成体现在历史发展的脉络中。英国的文化特征与其独属的地缘特征与几千年的历史发展相联系，首先，英国独特的地理条件，身处岛国与大陆隔绝；其次，英国堪称影响最广泛的英雄主义神话传说——亚瑟王及他的圆桌骑士团；然后英国创立了君主立宪制，而后又进行了工业革命等，种种因素延展为如今的英国文化，而已经形成的英国文化对英国的发展起到了重要的反哺作用，英国的文化与国家的发展相辅相成。

英国文化产生的群体主体包括两个部分，贵族和平民。英国的贵族最初是从西欧大陆上来的，他们带来了骑士精神，后来骑士阶级受到种种因素的干涉逐渐变成了贵族，骑士精神也变成贵族精神的一部分。工业革命后，新贵族和资产阶级崛起，绅士阶级开始发展壮大。因为英国人普遍具有贵族崇拜的心理，在英国贵族精神的发展过程中，普通的英国民众受到了很大影响，逐渐地，绅士精神与贵族精神包含的一些精神内涵不再是贵族的专属，而是构成了英国人普遍的价值取向，成就了英国人的民族性格。

（一）上流社会

1. 骑士精神——绅士的前身

骑士精神来源于骑士阶层，德国学者海固里希·布伦纳的观点认为，骑士阶级最初起源于 8 世纪时的法兰克王国查理·马特的改革。这次改革推行了采邑制，君主将土地分封给贵族，贵族则必须为君主服役，效忠于君主。而其使中小封建主都要服兵役，他们自备马匹、装备精良，构成了新型的骑兵，奠定了骑士制度的基础。而之后几个世纪的技术革新以及战争的需要造就了骑士阶级，骑士阶级在 11—14 世纪达到顶峰，又在 17 世纪前后在王权的加强、经济的发展等因素的制约下逐渐走向衰亡。从英文"knight"一词的词源中可以看出原本是指在征服者威廉领导下的诺曼士兵使用风筝盾作战的战术，后来成为骑士作战训练的一种主要方式，逐渐演变成骑士的意思。骑士既要有防御的战术，又要有进攻的思维，可进亦可退，一往无前。

骑士原本只是一种军事制度，骑士也就是骑兵。事实上，在历史的发展过程中，骑士从单纯的兵种发生了两次重大转变。第一次转变发生在 11 世纪前后，10 世纪之前的骑士大多是凶蛮残暴的武夫，与现如今形成的固有骑士形象大相径庭。他们打家劫舍，手无寸铁的平民和神职人员是他们最常攻击的目标，随着 11 世纪之后罗马教会势力的日益强大，骑士阶级开始受到种种限制，最主要体现在三个方面：首先，教会对骑士授予仪式规范化，从而使骑士的授予变得复杂化、神圣化；其次，教会发动了"休战运动"和"和平运动"；最后，教会开始对骑士的行为进行规范，提出骑士的八大美德"谦卑、荣誉、牺牲、英勇、怜悯、诚实、公正、精神"。这样，"骑士"一改原有的莽夫形象，成为勇猛善战的正面模范。

骑士精神的代表，亚瑟王和他的圆桌骑士的故事也是在这种环境下诞生的，最为著名的骑士兰斯洛特几乎是完美的骑士精神的化身。虽然他与王后桂妮维亚产生了一段柏拉图式的爱情，导致圆桌骑士解散，但是他的传说后来发展并形成了骑士大多效忠、崇拜一些高贵优雅的贵族女子的"典雅爱情"，他们像兰斯洛特一样，用绝对纯洁的爱对待这些贵妇人。兰斯洛特身上具有浓厚的信仰色彩，他被誉为最纯洁的骑士，他的儿子正是寻找到并捧起了圣杯的高朗翰。至此，骑士已经不再是战士，而渐渐演变成绅士。

13世纪前后，因为社会大环境开始变得和平，加之"文艺复兴"的影响，骑士渐渐离开战场，进入上流社会，学习贵族的礼仪以及诗歌、舞蹈、音乐等，骑士最终变成了绅士。

2.贵族精神

英语中的贵族"noble"原指早期的军事贵族，也就是封建君主分封的封臣。早期的贵族尚武精神浓厚，但是后期发展过程中这种精神逐渐演变为一种信仰和准则，"贵族精神的四大特点分别为骑士精神、强烈的自立精神和欲望，强烈的主人意识和社会责任感以及对知识文化的推崇"。

英国的贵族阶级之所以能够获得人民的爱戴，能够护持国家的发展，很大原因就在于这种独特的价值观，即贵族精神的责任感。贵族阶级崇尚骑士精神，骑士精神更多将自己放在"忠仆"的位置上，而贵族精神汲取其内涵之后则将自己放在了"主人"的位置上，所以，他们有着身先士卒的勇气以及勇于担当的意识。

这种强烈的社会责任感以及为自己身为贵族而自豪的心理则是在英国历史条件下形成的，可以从以下两个层面看到。

首先，英国历朝历代的皇族全部是贵族出身，国家大事皇族也需要参考贵族阶级的意见，贵族在英国拥有相当高的地位，尤其在"光荣革命"之后，光荣革命的真实目的是使得"统治阶级自己可以完成'自由'，这个自由不需要民众，也不需要发动新的革命"。在此之后，在保留君主的基础上，贵族逐渐掌握了核心的权力，但他们并没有就此止步，而是在生产力发生跨越性进步后踏上变革的道路，积极参与资本主义生产方式，数量巨大的"旧贵族"改变了传统以地租为主要经济来源的方式，通过种种方式参与资本运作，成为"新贵族"，贵族阶级一直以来都走在变革的最前沿，故而他们会产生强烈的社会责任感。

其次，英国贵族同时具有保守的特质，他们对于社会的责任感在条件的转化下往往会变成对于旧制度和旧秩序的保卫心理。由于贵族体制的根基就是土地，在以农业为主的封建时代结束，以工业为主的资本主义社会到来之际，贵族阶级如果不做出彻底的改变，那么贵族终将消亡，而贵族制度也终将因为不顺应社会前进的方向而被淘汰。

3.英国人的标签—绅士精神

英国人以其最鲜明、最具有独特性和概括性的特征—英国人的绅士精神而闻名。绅士已经成为英国人的标签，如今人们一提到英国就会想到英国绅士，反之亦然。

绅士精神起源于17世纪中叶西欧上流社会的骑士精神。绅士的英语单词"gentle-man"由法语词"gentilhomme"派生而来，12—13世纪出现在英语中；14世纪初，除了1500人被称为显贵外，其余的贵族都被称为绅士；自15世纪开始，英国贵族阶层的垂直流动性加强，平民阶层通过努力也可以跻身贵族。到18世纪，当工业革命的狂潮席卷了英国的大地之时，贵族阶级受到了前所未有的挑战，而英国文化崇拜贵族，亟待出现一种可以令人不论出身，只以某种行为准则衡量一个人的标准，正是在此时，绅士精神慢慢崭露头角，逐渐摆脱了骑士精神的影子，摆脱了传统中"主仆"关系的限制，将自己放在一个独立的"人"的位置上，形成了一套独属于绅士的精神内涵：言谈举止要绝对理智；绅士应受过良好的教育，在文学、哲学、艺术等方面都应该有一定的造诣，深谙社交礼仪与待人之道，举止优雅谈吐不俗；对女性绝对尊重，哪怕对方仅仅是个小姑娘，也要以"lady"的礼遇对之；坚持公平合理的竞争原则；要做到信念坚定，勇往直前，不惜任何代价维护国家与个人的利益；人们在住房、饮食、衣着等方面都避繁就简，以简洁为准，比如花哨繁复的服饰已不见踪影，代之以简洁统一的西装。

这些典型的英国绅士在许多文学作品与影视作品中都可见到，譬如写作背景在18世纪末到19世纪初的英国女作家简·奥斯汀，其创作了真实反映工业革命后新兴的工业阶级和新贵族跻身绅士阶级的小说——《傲慢与偏见》。男主人公达西是一位标准的英伦绅士，他十分傲慢，几乎称得上目中无人，但是"傲慢使他比较注重道德……他常常因此变得慷慨豪爽、出手大方、殷勤好客、资助佃户、接济穷人"。达西因为家庭条件优越，接受过良好的教育，同时也具备举止高雅、谈吐得体、尊重女性等优点。《傲慢与偏见》反映的是18世纪新兴的绅士阶级的崛起，他们由工商阶级开始积累了充足的资本，然后通过种种方式跻身上流社会，或是娶一个贵族小姐，或是通过种种方法获得一个爵位。他们从工商业获利，又迫不及待地要与这个行业划清界限，他们开始在乡下买庄园，让自己的孩子接受和贵族相同的教育。他们通过一代又一代的努力，最终成为真正的贵族绅士。

电视剧《唐顿庄园》讲述的则是20世纪初，在绅士文化渐渐走向衰微的时候，英国绅士阶级在时代洪流面前的走向。《唐顿庄园》中身为绅士代表的是庄园主人格兰瑟姆伯爵。他是一位严谨的典型英国绅士，重视自己的庄园，善待自己的仆人，疼爱自己的妻子女儿，同时对国家有很强的责任感。他就像所有绅士一样重视自己的庄园，因为财政危机，他娶了美国大亨的女儿，不得不向蒸蒸日上的工商业低头。他的性格中带有英国绅士特有的固执，这种固执保守已经不合时宜。他不愿意接受新的运行制度，在他的管理下庄园常常出现财政危机，直到大小姐玛丽接手庄园这种状况才得到了改善。从格兰瑟姆伯爵的身上我们能看到许多典型的英国绅士在面对外来的冲击时勇于进取的精神不足、过于墨守成规的特点。正是由于这种绅士精神对于英国人的影响，英国在第二次工业革命以及第二次世界大战后渐渐脱离了世界的中心。

（二）平民百姓

英国的普通百姓受英国传统文化和绅士阶级的影响，在对国家前进的方向上较为保守，不支持彻底的改变，较为偏向在尽可能保持传统的基础上争取自由和权利，将变革的尺度牢牢把控在可控制的范围内。究其原因，英国人受骑士精神和贵族精神的影响，非常尊重王室与贵族，有浓厚的阶级意识。这在很大程度上影响了英国向资本主义社会前进的过程，使英国人在尊重时代背景的基础上充分保留了本国传统，选择了对国家最有利的"君主立宪制"，较为稳妥地完成了变革，为英国成为世界的中心打下了坚实的基础。

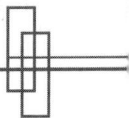

英国率先发动了第一次工业革命，在许多"新贵族"的积极推动以及向上流社会看齐的机制影响下，平民百姓逐渐开始以参与资本经济为荣，整个社会几乎全民皆商，使得英国比其他资本主义国家迅速地完成了资本原始积累。但是在第一次工业革命完成后，英国人的保守主义开始占上风，逐渐失去了进取心，不愿进行彻底的改革，对于外来的新事物持有排斥的心理，英国逐渐脱离了世界的中心。

总而言之，英国人民族性格的核心从西欧大陆的骑士精神脱胎而来，后来从英国国情出发，加上当时整个欧洲受教会统治的时代背景，逐渐融入英国上流社会，成为贵族精神的一部分。每一个国家的发展都伴随着种种改革与冲突，英国的改革先于世界上所有国家，贵族阶级进行了自上而下的革命，保留了王室的同时也争取了自由与独立，因为顺应了当时的国情，所以充分地保存了国家力量，能够取得这样了不起的成就，与其文化是息息相关的。在第一次工业革命后，众多传统贵族也参与到资本主义经济的发展中，许多平民百姓也借此机会跻身上流社会，他们自工商阶级中崛起，积累了巨额财富，通过联姻、购买地产、给自己的子孙提供学习条件等方式实现了阶级的流动，由此诞生了绅士阶级。他们本身是平民，但与贵族接受相同的教育，故而，他们也将平民与贵族更加紧密地联系在一起。英国的平民崇敬贵族，他们追随贵族阶级、绅士阶级开始经商，进行资本原始积累，也跟随上流社会开始变得自满自傲与固执保守，这种历史的倒退无疑是英国在第二次工业革命后逐渐开始走下坡路，最终在两次世界大战以后彻底退出世界中心舞台的罪魁祸首。一个国家的历史能够逐渐形成其独有文化，而已经形成的文化也会左右一个国家的未来走向。以史为鉴，不仅是英国，每一个国家都应当充分地重视自己国家的文化，扬其所长，避其所短。

三、英国文学中的文化主题

文化与文学不可分割。近古以来，英国文学一直演绎着两个强劲的文化主题：道德关切和转型焦虑。希伯来精神是英国道德血脉的源头活水，工业革命带来了社会生活方式的巨大转型并引发了人们的普遍焦虑，转型焦虑导致心智缺失。历代英国文人作家肩负着历史责任和人文精神，创作出一系列优秀作品。在具体创作中，英国文学的基本路径就是传承道德、化解焦虑和培育心智。英国文学在表征文化的过程中，创造了乌托邦理想和锻造了共同体意识，反对机械主义、拜金主义和工具理性，从而积极彰显民族精神的高尚追求，最终走向有机体式的完美与和谐。

（一）道德关切

近古以来，英国人致力于建设富于道德的生活和文化。他们"崇道抑美，先德后艺，以说教取代浪漫"（Cruikshank，185—186）。可见，英国人有着浓厚的道德意识。

英国文学的道德主题源远流长，永不落幕。文学史上的道德文章绵延不绝，道德家和卫道士灿若群星。维多利亚时代的作家群把道德传统推到前所未有的高峰。20世纪以来，现代主义虽然一度弱化了道德传统，但是随后的威廉·戈尔丁（William Golding，1911—

1993）等文人作家又力挽狂澜，把道德主义推向新的高度。他们的小说在拓展道德深度方面的技法和成就令人瞩目。戈尔丁还因此以《蝇王》荣膺诺贝尔文学奖。小说中，"蝇王"一词转译为"邪恶之首"，小说的旨意规约为：真正的野兽是潜藏在人性之中的丑恶兽性，这是人类堕落和社会恶化的渊源所在。一言以蔽之，道德文章在，光耀万年长。英国的国民性如绅士风度、内敛性格、慈善运动、义工传统无不深受英国道德传统的影响。英国作为保守主义的大本营，英国哲学家兼散文家埃德蒙·伯克（Edmund Burke，1729—1797）被尊为保守主义的鼻祖也就不足为怪，因为"保守主义把'道德生活'视为秩序正当性的价值基础"。

（二）转型焦虑

英国的社会转型是较为明显的。法国历史学家阿历克西·德·托克维尔（Alex-is-Charles-Henri Clerel de Tocqueville，1805—1859）认为，英国的发展史是一部渐进的、连贯的、进化的发展史，是变化的统一（麦克法兰，202—203）。社会转型给人们带来了身份变换、观念转变、认知更新，从而引发了人们的普遍焦虑，这种转型焦虑在英国文学史中得到了充分的体现。

兰格伦（William Langland，1332—1400）生活在 14 世纪这样一个新旧交替的年代，封建制度行将就木，资本主义开始萌芽。在他的长诗《农夫皮尔斯》中，社会的"转型焦虑"已经隐约呈现。他想通过农夫皮尔斯这个形象来改变社会现状，但是对农民起义的暴力行为持暧昧态度，把社会变革的希望寄托于英明的君主。乔叟（Geoffrey Chaucer，1340—1400）的《坎特伯雷故事集》真实地描写了社会的各行各业，但其中明显流露出对粗鄙的商业文明的焦虑。莎士比亚在《雅典的泰门》中，对社会价值观念转向对金钱的迷恋深感不安。伯顿（Robert Burton，1577—1639）的《忧郁的解剖》，则直接书写由转型焦虑所引起的心理状态。这部"医学文本"深刻地影响了约翰逊、斯特恩（Laurence Sterne，1713—1768）和兰姆（Charles Lamb，1775—1834）等多位作家。这些作家常常以幽默闲谈来遮掩文化焦虑，化解心理危机。另外，对于生活方式剧变的焦虑使人们从回忆并记录传统生活的文学作品中得到慰藉和安抚，如沃顿（IssacWalton，1593—1683）的《钓客清话》、科贝特（William Cobbet，1762—1832）的《骑马乡行记》等。

近代英国的社会转型显然以工业革命划界，这是一个不争的事实。工业革命之前，小手工业和自耕农加上些许的商品经济和海上贸易，构成了生活、生产方式的主流。英国文学大多也是这种生活、生产方式的反映。英国文学的主题是田园牧歌、人文主义、对人性和美好爱情的向往等。英国文学整体呈现出自足、自娱和自赏的气派，这可以从莎士比亚的戏剧、斯宾塞（Edmund Spenser，1552—1599）的诗歌、班扬的小说等作品中读出，但是，世界时移，英国社会的头号变化正是工业文明的崛起。工业革命引起了巨大的社会转型，带来了一系列现代性问题，自然激发了英国文人学者的回应，其内容和性质恰恰在文化观念的演变轨迹中得到了生动的体现。应当说，随着工业革命的展开，以科学主义、工具理性、客观知识主体论和以鼓吹"无限进步"的现代性价值体系——"现代性赋格"中的主题最早成熟于英国（童明序）。但是，英国很早就存在一种与科学理性相对的文化秩序。当时文人作家看到了现代文明和"进步"社会带来的反常现象：人变成了机械，人沦为生活中的碎片，国家和个人的单项能力特别发达，而其他能力却急剧萎缩，最终导致个人整体性消失、阶层整体性丧失、国家整体性泯灭。相当一部分英国文学作家都意识到了工业革命和启蒙运动虽然带来了物质的繁荣和科学的进步，但是未能带来真正的幸福和提供良好的生活品质。在他们的笔下，"文化"一词慢慢演变成与"文明"相对的观念，以表达对"机械崛起"的焦虑，也就是农业文明向工业文明转型而引发的焦虑。

英国文人作家焦虑的主要是科技和理性的过分张扬给社会带来巨大的负面影响以及拜金主义带来的巨大流毒。托马斯·卡莱尔（Thomas Carlyle，1795—1881）对工具理性和拜金主义深恶痛绝，因此，他提出"工作福音"，号召人们"杜绝闲散"（Carlyle），进入工作状态，摆脱庸俗经济学、功利主义、"现金关联"和工具理性的束缚。在他的《论英雄》一书中，他历数各路英雄，唯独不提科学英雄或技术英雄，对科学合理性嗤之以鼻。阿诺德哀叹：一个世界已经消失，另一个却无力诞生。正是出于对新旧社会交替的焦虑，他自己扛起了"文化拯救"的大旗，写下了名著《文化与无政府主义》。卡莱尔和阿诺德对消除转型焦虑的见解成为黑暗中点火的力量，他们振臂一呼，应者如云。罗斯金（JohnRuskin，1819—1900）以童话的形式，叫板亚当·斯密的《国富论》。同样地，狄更斯和乔治·爱略特等许多作家都以文学表明：技术理性和拜金主义导致生活中所有美好的东西"都终结于账房"。

20世纪上半叶的英国社会危机四伏：物质进步与精神困惑纠结交错，传统文化支离破碎，对社会变革的质疑与批判此起彼伏。这一时期，英国社会经历了进化论、实用主义等思潮的碰撞与洗礼。威尔斯（Herbert George Wells，1866—1946）、艾略特、福斯特（Edward Morgan Forster，1879—1970）、乔伊斯、高尔斯华绥（John Galsworthy，1867—1933）等人创作的文学作品不仅表达了对人性的热切关注，而且昭示了社会变革和战争灾难所带来的文化困境，文化焦虑与日俱增。例如，高尔斯华绥的《福尔赛世家》见证了贵族的没落与商业阶级的崛起，以及消费主义所带来的杀伐之力和重大危机。

转型焦虑导致人们的心智危机：感性和理性的分裂，人的能力的畸形发展。人们心智状态受单一的理性支配，道德良心退隐卑处。伟大的启蒙运动带来巨大的财富积累和科技进步，但导致人们心灵的枯竭。启蒙用知识代替幻想，同时祛除神话，使人类从野蛮状态脱离出来，用理性为人类立法。"就进步思想的最一般意义而言，启蒙的根本目标就是人们摆脱恐惧，树立自主。但是，被彻底启蒙的世界却笼罩在一片因胜利而招致的灾难之中"（霍克海默、阿多诺）。启蒙的结局就是被启蒙本身所覆灭。这种灾难正好说明启蒙是一杯自酿的苦酒，因为人的异化作为启蒙理性的代价降低了人的品级。启蒙倡导理性，但理性的无扩展致使其工具性无限膨胀，侵占了人们的心智。人们的生活因此退回到缺乏"表征性"的状态，被科学合理性操纵。因此，启蒙理性的本质是"工具理性"，批判工具理性对健全心智的戕害是必要的，同时，对心智的救赎也势在必行。英国文学恰好在此意义上大有作为。

早在托马斯·莫尔（Thomas Moore，1478—1535）的笔下，"羊吃人"的圈地运动就包含着对人类心智的剥夺。约瑟夫·康拉德（Joseph Conrad，1857—1924）《黑暗的心脏》中的库尔兹（Kurtz）就是心智缺失的典型：理性畸形发达，道德良心遁于无形。阿诺德笔下的各种"撕裂"的诗歌意象，也无不指向理性与感性的背离和人的能力的畸形发展。A. S. 拜厄特（A. S. Byatt，1936—　）的小说有力地揭示了人的分裂以及社会分裂。当代石黑一雄（Kazuo Ishiguro）的作品也展现了资本主义的疯狂逻辑对人的心智的戕害和对现代文明病的诱导。心智的缺失并非无药可救。英国文学家一方面"揭出病苦，引起疗救者的注意"，另一方面积极回应，寻找出路。既然心智出了问题，那么培育心智，促进人的均衡发展，弥合理性与感性的裂痕，也就成为许多文学作品的共同心声。在此追求中，凸显"同情心"和"想象力"，成为心智培育的关键。培根（Francis Bacon，1561—1626）首倡"点燃想象力"，布莱克（William Blake，1757—1827）抨击理性主义，高度赞颂"想象力"。格雷（Thomas Grey，1716—1771）对逝者显示"同情心"和心灵感应。华兹华斯和柯勒律治都主张身心统一，内心世界与外部世界的统一，反对两者之间的"分裂"。乔治·艾略特主张用爱心和知识去培育心智。培育心智的神圣使命在20世纪还继续薪火相传，并且逐步理论化。于此，彼得·阿克罗伊德（Peter Ackroyd，1949—　）厥功至伟。其巨著《新文化札记》和《阿尔比恩：英格兰想象的起源》综合了历代关于"想象力"的理论，可谓是新时代"想象力"的宣言。在他的指引下，芬尼（Brian Finney）和斯威夫特（Graham Swift）等一批作家继续探索心智培育的伟大事业。

（三）从乌托邦到共同体

事实上，上述英国文学的这些主题构成了人们的生活愿景，因为人的基本诉求还是生活，而作为一般意义上的生活方式，也就是雷蒙·威廉斯所谓的"文化"，更是寄寓着人们的生活"愿景"。

英国文人作家借用"文化"对社会进行批评的同时，把文化作为社会变革的根本机制。"文化概念大体属于文学知识分子的研究领域。当时对英国社会的不满、抗议和批判主要来自他们，并形成了一种社会思想传统，而文化是他们用来表示这一重要传统的术语。社会潮流的走向，让这些作家痛心疾首，而文化概念则表达了他们的痛苦，同时彰显了他们的社会关切，以及他们提供的建设性愿景"。"文化"还意味着过去、现在与未来的沟通和对话。阿诺德把与过去和未来的对话称作"文化"。这种对话和沟通，一方面用文学的手段对社会本身进行批评，另一方面充满着对愿景的向往。于此，英国文人呈现了独特的愿景描述——"乌托邦想象"。英国历代优秀的文学作品就有一种"乌托邦冲动"，而且社会转型时期最容易出现"乌托邦"现象。

16世纪，托马斯·莫尔笔下的《乌托邦》表现了对多铎王朝的讽刺和对君主专制的痛恨。他在小说中勾画了理想社会的愿景：消灭私有制和剥削阶层，公有制大行其道。这为空想社会主义提供了可资借鉴的蓝图。最能代表"乌托邦想象"的是19世纪威廉·莫里斯（William Morris，1834—1896）的《乌有乡的消息》。在该书中，莫里斯描绘了一幅幅大同世界的图景。通过主人公威廉与不同人群的接触和交谈，作者绘制了理想愿景中的社会、文化和生活的巨大演进。

值得一提的是，20世纪的英国文学也出现了"反乌托邦"作品。戈尔丁的《蝇王》就是"反乌托邦"的名篇，它揭示了对人性固有缺陷的恐惧以及对于现代文明的焦虑。然而，在"反乌托邦"的背后，仍然是作者的"乌托邦冲动"：对真善美的持久向往、对道德规范的热切关照、对人类生活总体方式的真心擘画。同时，"卢姆斯伯里俱乐部"（Rumsbury Club）的成立、奥登（Wystan Hugh Auden，1907—1973）的诗歌和奥威尔（George Orwell，1903—1950）的预言小说所揭示的"自由与共同体的矛盾"、威尔斯（Herbert George Wells，1866—1946）和赫胥黎笔下多元的乌托邦愿景，都引发了新的文化拷问。

更为主流的路径是，英国文学通过建设公共文化来促进"共同体"的生长。以守望相助的乡邻生活为基础的"共同体"建立在一种共同的精神和情感基础上，是一种有机结合体，有别于机械聚合为特征的"社会"。近代以来，"资本主义、印刷科技与人类语言宿命的多样性这三者的重合，使一个新形式的想象的共同体成为可能"。英国文学走向近代化和现代化，文学中的共同体思想日臻成熟。

乔叟是近代英国文学之父，他的《坎特伯雷故事集》就是15世纪的人民愿景的总聚合。事实上，那个时代已经是中世纪的末期。"在那些更加庞大、高度集中和不断城市化的国家社会里，单个人在越来越高的程度上要靠自己谋生立业。他们的流动性（从这个词的地域和社会意义上讲）增加了"。流动性带来了各行各业的兴起。《坎特伯雷故事集》中各路市井细民、贩夫走卒纷至沓来，你一嘴，我一言，直接围绕"理想的生活"这个中心话题展开讨论，诉说着自己对美好生活的愿景。由此，"共同体"意识在《坎特伯雷故事集》中已经开始萌芽。

莎士比亚的历史剧、斯宾塞的田园诗、司各特（Walter Scott，1771—1832）与彭斯（Robert Burns，1759—1796）所创造的苏格兰形象都参与了"民族共同体"的建构。伯克则用优美的散文讨论了国家的有机体问题。他认为，共同体的存在需要伦理秩序，而伦理秩序要靠社会责任来维持。蒲柏（Alexander Pope，1688—1744）的诗歌、理查森（Samuel Richardson，1689—1761）和约翰逊的小说分别做出了回应，尤其是在等级关系和个人道德修养等方面提供了愿景，昭示了共同体内部联系的诸多要素，因而可以看作与后世阿诺德所谓的"无政府状态"的文化蓝图。

18世纪以来，随着资本主义的兴起，启蒙理性烛照下的"现代人"观念开始流行，人的自我意识逐步放大。摒弃共同体，在理性的指引下去冒险和探索，争取个人财富和权力，成为理性时代的生活常态，而共同体的危机也随之产生。《鲁滨孙漂流记》和《格列佛游记》正是在这个问题上形成了直接对话。有感于共同体的危机，艾迪生（Joseph Addison，1672—1719）和斯梯尔（Richard Steel，1672—1729）办起了《旁观者》报，主张有品位的"会话",提升公共娱乐的品级,改善生活方式,积极参与共同体的构建。亨利·菲尔丁(Henry Fielding, 1707—1754)和简·奥斯汀(Jane Austin, 1775—1817)也着力"会话"探索,继续参与共同体的构建。这个传统一直传承至亨利·詹姆斯(Henry James, 1843—1916)。19世纪,英国文学参与共同体构建的步伐进一步加快。一些思想家如马克斯·韦伯(Max Weber, 1864—1920)和涂尔干(Emile Durkheim, 1858—1917)引领共同体的理论建构和实践,英国作家和文人纷纷参与。受马克斯的影响,乔治·艾略特致力于打造"情感共同体",指向"文艺"改造人的感受力,最终改造世界。

20世纪以来,共同体得到了更有力的推进。文坛巨擘F.R.利维斯(F.R. Leavis, 1895—1978)"独重本土资源,时时怀念未被工业文明和资本主义生产方式所破坏的'有机共同体'"(利维斯序)。利维斯对大众文化危机感到非常焦灼,他关注的焦点是如何将价值与大众行为意识结构中的合理化问题相结合。于是,他通过建构共同体来谋求生活方式的合法化。利维斯敏锐地认识到科学和大众文化不可能有效整合,于是他着手文化考量,以精英文化来打造文化共同体,完成文化合理化,从而一并解决了合理化问题。但精英文化在沟通事实与价值方面往往失效。利维斯深知这种失效的存在,因此,他在文化观念中吸纳了民粹主义成分,并整合了他的精英文化观。这样,文化的价值性与权力性在经验层面结合起来。因而,在传统的影响下,传统趣味决定了人们的观念,生活方式决定了人们对美好生活的选择和追求。这样,利维斯以其优异的共同体思维完成了合理化建构。

斯诺和利维斯关于人文与科学的"两种文化"之争,对文学创作和文化观念之间关联和互动影响至深。

戴维·洛奇(David Lodge, 1935—　)的《美好的工作》和《想》等作品就蕴含了"两种文化"和谐发展的愿望。作家文人对下列问题进行了深层次的思考:"英格兰特性"究竟是否存在?怎样构建平衡、包容、多元的"新英格兰特性"?英格兰传统文化是否需要重构?能否重构?在经济高速发展的形势下,如何营造"共同文化"和打造新的共同体?这些问题反映了新一代英国文人的文化诉求。

当代英国作家的有关"共同体"的思辨呈双向维度展开。格雷厄姆·斯威夫特的《水之乡》、拜厄特的《占有》等作品显示:这一代作家一边自我怀疑,一边追忆古代文化,最终获得了重生的力量。在回溯历史的同时,不少作家着力重构新的民族特性,憧憬理想的共同体生活。正如福尔斯(John Robert Fowles, 1926—2005)的《丹尼尔·马丁》、阿克罗伊德的《英国音乐》和巴恩斯的《英格兰,英格兰》等作品表明,现实共同体生活消失。人们借助文化记忆,从业已破败的共同体中饮菁咀华,培育了新的共同体。

除了本土作家的愿景描述外,外来作家也为共同体的构建提供了多元的文化视角,使英国人对于被神秘化的共同体生活有了更好的比照和反省。石黑一雄的小说《去日留痕》为英国的传统生活提供了日本文化的映衬和反射。奈保尔(Vidiadhar Surajprasad Naipaul, 1932—　)的小说《抵达之谜》对共同体进行了重新设计,在纷扰变幻的世界里寻求"现代个人"的体验。

总之，从中世纪后期开始，英国文学伴随着近代社会的转型而演变；几个世纪以来的英国文学既是社会转型进程的产物，又积极影响着社会发展。英国文学不断质疑和否定物质主义为特征的现代价值体系，展望理想的共同体或乌托邦，逐渐形成了一个强大的文化传统。大量的文学典籍在争论与变革中以丰富多彩的文学形象不断地塑造民族形象，打造英国的公共文化，成为民族生活方式和价值体系的建设者与捍卫者。

第二节　美国文化与文学

一、美国文学的发展概述

（一）美国文学的发展历程

1.独立战争时期（1776—1830 年）

在独立战争时期，美国文学开始独立于英国文学发展，主要的文学形式为政治演说、政治文学和启蒙文学。其中，托马斯·潘恩的《常识》和托马斯·杰斐逊的《独立宣言》被认为是这一时期的代表作品。

2.浪漫主义时期（1830—1865 年）

在浪漫主义时期，美国文学开始注重情感和想象力的表达，主要的文学形式为小说和诗歌。代表作家包括爱德加·爱伦·坡（Edgar Allan Poe，1809—1849）、纳撒尼尔·霍桑（Nathaniel Hawthorne，1804—1864）和赫尔曼·梅尔维尔（Herman Melville，1819—1891）等。

3.现实主义和自然主义时期（1865—1914 年）

在现实主义和自然主义时期，美国文学更加注重描写社会现实，主要的文学形式为小说和散文。代表作家包括马克·吐温（Mark Twain，1835—1910）、亨利·詹姆斯（Henry James）和约翰·斯坦贝克（John Steinbeck）等。

4.现代主义时期（1914—1945 年）

在现代主义时期，美国文学表现出了对传统文学形式的挑战，主要的文学形式为小说、诗歌和戏剧。代表作家包括欧内斯特·海明威（Ernest Hemingway，1843—1916）、T.S.艾略特（T.S.Eliot，1888—1965）和威廉·福克纳（William Faulkner，1897—1962）等。

5.后现代主义时期（1945 年至今）

在后现代主义时期，美国文学开始反对现代主义的虚无主义和自我意识，强调个体的身份和多元性。主要的文学形式包括小说、诗歌和戏剧等。代表作家包括托尼·莫里森（Toni Morrison，1931—2019）、约翰·巴瑞曼（John Barth，1930—　）和唐·德里罗（Don DeLillo，1936—　）等。

（二）主要流派和代表作品

1. 浪漫主义文学

浪漫主义文学强调情感和想象力的表达，代表作品包括爱德加·爱伦·坡的《乌鸦》、纳撒尼尔·霍桑的《红字》和赫尔曼·梅尔维尔的《白鲸记》（*Moby-Dick*）等。

2. 现实主义和自然主义文学

现实主义和自然主义文学注重描写社会现实，代表作品包括马克·吐温的《哈克贝利·费恩历险记》、亨利·詹姆斯的《亨利·詹姆斯的故事集》和约翰·斯坦贝克的《人鼠之间》等。

3. 现代主义文学

现代主义文学反对传统文学形式，代表作品包括欧内斯特·海明威的《丧钟为谁而鸣》、T.S.艾略特的《荒原》和威廉·福克纳的《喧哗与骚动》等。

4. 后现代主义文学

后现代主义文学强调个体的身份和多元性，代表作品包括托尼·莫里森的《宠儿》、约翰·巴瑞曼的《漂浮的歌剧》和唐·德里罗的《白噪音》等。

二、美国文化的特征分析

美国是一个多元化的国家，拥有丰富多彩的文化和历史。

（一）价值观

1. 个人主义

个人主义是美国文化的重要特征之一。美国人强调个人的独立性和自由权利，强调自己的价值和能力，追求自我实现和成功。这种个人主义精神，反映在美国社会的各个领域。

2. 崇拜物质

美国文化中另一个重要的特征是对物质的崇拜。这种崇拜体现在人们对财富、成功和物质生活的追求。美国人普遍认为，通过努力工作，每个人都有机会获得成功和财富，这种追求体现了美国社会的活力和竞争力。同时，这种崇拜物质的文化特征也引发了一系列社会问题，如过度消费、浪费资源等。

3. 多元化

美国文化的另一个特征是多元化。美国是一个由移民构成的国家，各种不同的文化信仰汇聚在这里，形成了一个多元化社会。这种多元化文化体现在美国的语言、饮食、艺术、传统等各个方面。同时，多元化文化导致文化、性别等方面的差异，这也是美国社会面临的一些挑战。

（1）地域文化多元化

美国的地域文化非常多元化，不同地区的文化特点和传统都有所不同。例如，美国南方地区的文化特点是家庭、友情等，而美国东海岸地区的文化则更加注重学问和知识，美国西海岸则更加崇尚个性化和自由。

不同地区的文化特点也在饮食方面有所体现。例如，美国南部的文化饮食以炸鸡、烤肉和烤饼为主，而美国东海岸地区的文化饮食则更注重健康和营养，美国西海岸则更崇尚轻食和有机食品。

（2）科技创新的文化多元性

美国的科技产业是全球最发达的。这种科技创新体现了美国文化的多元化。例如，美国的技术企业在全球范围内都享有盛誉，这得益于美国的创新和多元化文化。许多技术公司都由来自不同文化的人士创立，这使这些公司的产品和服务更具包容性和全球性。

（3）思想和价值多元性

美国的思想和价值观也是非常多元化的。美国人的思想和行为都受到个人主义和民主等多种因素的影响。这种多元化思想体现在美国的艺术、文学和电影中。例如，美国电影中的超级英雄故事，体现了美国人民对勇气、公正和自由的崇尚。美国文化中的优秀作品也深刻地反映了美国人民的多元化价值观。

（二）文化符号

1.美国国旗

美国国旗是美国最重要的文化符号之一。红、白、蓝三色国旗代表着美国的自由、平等、民主和勇气。在美国，国旗出现在各种场合，如社会活动、运动比赛、纪念仪式等，人们还经常用国旗来表达爱国情感和民族荣誉感。

2.自由女神像

自由女神像是美国另一个重要的文化符号。自由女神像坐落在纽约港口自由岛上，是美国民主自由的象征。自由女神像高46米，代表自由之光照耀世界，同时也成了美国文化的重要标志之一。自由女神像不仅是美国人的骄傲，也吸引着世界各地的游客前来参观和拍照留念。

3.麦当劳

麦当劳是美国最具代表性的快餐品牌之一。麦当劳的金拱门标志，成了美国商业文化的代表之一。如今，麦当劳已经成为一种全球化的文化符号，成为代表西方现代化文化的象征。

（三）文化产业

1.娱乐产业

美国是全球最大的娱乐产业中心之一。美国的娱乐产业包括电影、电视、音乐、游戏等领域。好莱坞电影产业是世界上最具代表性的电影产业之一。美国的音乐产业以流行音乐为主，产生了许多世界级的音乐家和歌曲。美国的游戏产业在全球范围内也非常活跃，比如微软、EA、育碧等知名游戏公司都在美国成立。

2.新闻产业

美国新闻产业非常发达，拥有许多全球知名的媒体机构。例如，美国的CNN、《纽约时报》《华尔街日报》、美联社等媒体机构都是全球范围内最知名的媒体之一。美国新闻产业的发达程度，不仅在国内起着重要的舆论引导作用，而且对全球的舆论影响也非常大。

3.科技产业

美国是全球最重要的科技产业中心之一。美国的科技产业主要集中在硅谷和西雅图两个地区。在这两个地区，涌现出了许多世界级的科技公司，如苹果、谷歌、亚马逊、微软等。美国的科技产业不仅影响了美国本土，而且对全球的科技产业和科技创新起着重要的推动作用。

三、美国文学中的文化因素

美国文学中的文化因素非常丰富，主要包括以下几个方面：

（一）历史和文化传统

美国文学反映了美国的历史和文化传统。许多美国文学作品反映了美国独立战争、内战、民权运动等历史事件。美国文学中的历史和文化传统占据了非常重要的位置。这些传统反映了美国社会的发展和演变，同时为美国文学注入了丰富的文化内涵。以下是美国文学中的一些历史和文化传统。

1.独立战争

美国的独立战争是美国历史上的一个重要事件，对美国文学产生了深远影响。美国独立战争期间，许多作家和思想家以自己的笔触记录了这一历史事件，为后来的美国文学奠定了基础。例如，托马斯·潘恩的《常识》一书对美国革命产生了巨大影响，成了美国文学中的重要著作。

2.南北战争

南北战争是美国历史上的另一个重要事件，对美国文学产生了深远影响。南北战争期间，许多作家以自己的笔触记录了这一历史事件，描绘了南北战争前美国南部地区的生活和文化传统。例如，马克·吐温的《汤姆·索亚历险记》和《哈克贝利·费恩历险记》就描绘了南北战争前美国南部地区的生活和文化传统。

3.民权运动

民权运动是美国历史上的一个重要事件，对美国文学产生了深远影响。在民权运动期间，许多作家和思想家以自己的笔触记录了这一历史事件，描绘了美国人在争取平等权利的过程中的经历和挣扎。例如，詹姆斯·鲍德温的《草根天使》和艾利·威尔克斯·桥的《亲爱的》反映了美国人在民权运动期间的生活和经历。

4.美国梦

美国梦是美国文化中的一个重要概念，它代表了美国人民的精神和价值观。美国梦在美国文学中也有很多体现。例如，弗朗西斯·斯科特·菲茨杰拉德的《了不起的盖茨比》就很好地描绘了美国人民对自由、机会和财富的追求。

5.西部开拓运动

西部开拓运动是美国历史上的一个重要事件，它对美国文学产生了深远影响。西部开拓运动期间，许多作家以自己的笔触记录了这一历史事件，描绘了美国西部地区的困境和贫困。例如，约翰·斯坦贝克的《愤怒的葡萄》就很好地反映了20世纪中叶美国西部地区的困境和贫困。

6.美国文化传统

美国文学中还有很多关于美国文化传统的作品。这些作品反映了美国社会的价值观和生活方式。例如，霍华德·菲利普斯·洛夫克拉夫特的《新生》就很好地反映了美国文化传统中的个人主义、自由和不可避免的孤独。

总之，美国文学中的历史和文化传统占据了非常重要的地位，它们丰富了美国文学的内涵和意义，也使读者更好地了解和认识了美国社会的发展和演变。

（二）地域文化特点

美国文学也反映了不同地域的文化特点。美国文学中地域文化特点是一种很明显的文化现象。因为美国广袤的土地面积和多元的人口结构，各个地区有独特的文化传统和历史背景。这些地域文化特点在美国文学中得到了广泛的反映，以下是一些具有代表性的地域文化特点。

1.东海岸

东海岸是美国最早开发的地区，也是美国文化的重要发源地之一。东海岸地区的文化特点是知识、学问和商业，这些特点也在美国文学中得到了广泛的反映。例如，爱默生的散文《自然》、亨利·詹姆斯的《波士顿居民》和弗朗西斯·斯科特·菲茨杰拉德的《了不起的盖茨比》都描绘了东海岸地区的文化特点和生活方式。

2.南部

南部地区是美国的重要文化区之一。南部文化以家庭、音乐和文学为主要特点，在美国文学中得到了广泛的反映。例如，马克·吐温的《哈克贝利·费恩历险记》《汤姆·索亚历险记》和威廉·福克纳的《喧哗与骚动》《喜福会》都描绘了南部地区的文化特点和生活方式。

3.西部

西部是美国文学中另一个重要的地域文化特点。西部文化以开拓精神、勇气、自由和个性为主要特点。在美国文学中，西部小说和电影是一个很重要的流派，代表作品包括约翰·斯坦贝克的小说《愤怒的葡萄》、欧内斯特·海明威的《老人与海》和托马斯·皮科特的《白牙》等。

4.西海岸

西海岸是美国文化的重要发源地之一，它的文化特点是个性化、自由和开放性。在美国文学中，西海岸的文化特点得到了广泛的反映。例如，杰克·凯鲁亚克的《在路上》和托马斯·品钦的《创业维艰》都描绘了西海岸地区的文化特点和生活方式。

5. 中西部

中西部是美国文化的另一个重要发源地，它的文化特点是坚韧、实干和勤劳。在美国文学中，中西部小说是一个很重要的流派，代表作品包括威拉·卡瑞尔的《我的安东尼亚》和欧文·斯通的《八月》等，这些作品描绘了中西部地区的文化特点和生活方式。

6. 阿拉斯加

阿拉斯加是美国的最北部地区，是美国文学中的一个特殊地域。阿拉斯加的文化特点是原始、野性和神秘，这些特点在美国文学中得到了广泛的反映。例如，杰克·伦敦的《野性的呼唤》和迈克尔·克莱顿的《寒夜长谈》都描绘了阿拉斯加的文化特点和生活方式。

总之，美国文学中的地域文化特点丰富多彩，代表了美国各个地区的独特文化传统和历史背景。这些地域文化特点不仅丰富了美国文学的内涵和意义，也为我们了解和认识美国社会的多元化和复杂性提供了重要参考。

（三）社会问题和价值观

美国文学作品一直以来都是反映社会问题和价值观的重要载体，其中涉及的主题和问题多种多样。

1. 爱与家庭

家庭是美国文学作品中一个重要的主题。许多作家都探讨了家庭在人们生命中的重要性，以及在家庭中寻求爱和支持的人们所遇到的挑战和问题。以下是一些反映这个主题的经典作品。

（1）《西区故事》

阿瑟·劳伦斯的音乐剧描绘了两个街区之间的冲突，一个街区居住着波多黎各裔美国人，另一个街区居住着意大利裔美国人。这个故事反映了社会对不同族群之间婚姻的反对，以及对家庭和社区的影响。

（2）《钢琴课》

奥古斯特·威尔逊的剧本讲述了一个非洲裔美国家庭在 20 世纪 30 年代匹兹堡所发生的故事。这个故事探讨了家庭传承和家庭纷争的主题，以及传统价值观和现代生活方式之间的矛盾。

（3）《灰色的鸟》

蒂尔达·斯文德的小说讲述了一个关于家庭和成长的故事。这个故事涉及一个年轻女孩的成长历程，以及她对家庭和自我认同的探索。

（4）《老人与海》

海明威的小说讲述了一个老渔夫的故事。这个故事强调了家庭和亲情的重要性，以及对自我价值和尊严的追求。

2. 自由和平等

自由和平等一直是美国的核心价值观。很多美国文学作品反映了这些价值观，同时也揭示了现实社会中存在的社会阶层分化等问题。以下是一些反映这个主题的经典作品。

（1）《了不起的盖茨比》

斯科特·菲茨杰拉德的小说描绘了 20 世纪 20 年代纽约市的社交生活。小说反映了社会阶层分化和物欲的问题，以及追求自由和平等的价值观。

（2）《冒险史密斯》

约瑟夫·赫尔曼的小说讲述了一个年轻非裔美国男子的冒险故事。这个故事强调了平等的重要性，以及对自由和独立的追求。

（3）《理查三世》

威廉·莎士比亚的剧本讲述了一个关于权力和正义的故事。这个故事涉及各种不公和不平等的问题，同时也探讨了对自由和平等的追求。

（4）《飘》

玛格丽特·米切尔的小说描绘了南北战争期间一个女人的生活。这个故事反映了社会阶层分化的问题，同时描绘了一个女人对自由和独立的追求。

3. 人性和道德

许多美国文学作品探讨了人性和道德的问题，同时揭示了现实社会中存在的欺骗、背叛、诱惑等问题。以下是一些反映这个主题的经典作品。

（1）《理智与情感》

简·奥斯汀的小说讲述了两个姐妹的成长和恋爱故事。这个故事探讨了道德和人性的主题，以及爱和责任的平衡。

（2）《胡桃夹子和老鼠国王》

霍夫曼《ETA Hoffman》的故事描绘了一个小女孩在圣诞夜梦见胡桃夹子变成王子的故事。这个故事涉及人性和道德的问题，同时揭示了幻想和现实之间的冲突。

（3）《怒鸟》

特里·吉尔曼的小说讲述了一个男人在妻子离开他后的心理变化。这个故事探讨了人性的问题，尤其是愤怒和自我控制的主题。

（4）《神奇校车》

乔安娜·科尔的儿童读物描绘了一辆神奇校车的冒险故事。这个故事探讨了人类对自然的探索和理解，以及人性和道德的问题。

（5）《好人难当》

贝尔特奇·布莱希特的戏剧讲述了一个女人在社会压力下生活的故事。这个故事探讨了人性的问题，尤其是在不公正的社会中如何保持良心和良好的道德行为。

4. 自我认同和成长

许多美国文学作品探讨了自我认同和成长的问题，同时描绘了青少年在成长过程中所面临的挑战。以下是一些反映这个主题的经典作品。

（1）《青蛇》

哥特·荷夫曼的童话讲述了一条绿蛇和一个男孩的故事。这个故事强调了自我认同和自我接纳的重要性，以及理解自己和他人之间的平衡。

（2）《绿皮书》

彼得·法拉利的电影讲述了一个非裔美国人司机在20世纪60年代为一个白人音乐家开车旅行的故事。这个故事反映了族群隔离和自我认同的问题，以及在面对不公时如何保持自我尊严和力量。

（3）《小王子》

安托万·德·圣埃克苏佩里的童话描绘了小王子所经历的各种历险。这个故事探讨了自我认同和成长的问题，以及理解自己和他人之间的平衡。

（4）《伊丽莎白镇》

卡梅隆·克罗的电影讲述了一个年轻男子在父亲去世后回到家乡的故事。这个故事探讨了自我认同和成长的问题，以及在面对生活中的挑战时如何保持自信心和力量。

（5）《彗星来的那一夜》

托马斯·伯伦的电影讲述了一对姐妹在彗星降临后努力生存的故事。这个故事探讨了自我认同和成长的问题，以及在面对世界末日来临时如何保持自我尊严和力量。

5. 环境和自然

美国文学作品中环境和自然的主题也十分重要。很多作家都探讨了人类与自然之间的关系，以及在现代文明中如何保护自然环境。以下是一些反映这个主题的经典作品。

（1）《三角洲婚礼》

尤多拉·韦尔蒂的小说讲述了一个家庭在密西西比河三角洲生活的故事。这个故事涉及自然和农业的问题，以及保护自然资源和生态平衡的重要性。

（2）《人间天堂》

约翰·弥尔顿的史诗诗歌讲述了亚当和夏娃被驱逐出伊甸园的故事。这个故事涉及人类对自然的控制和破坏，以及对自然环境的保护和重视的重要性。

（3）《绿山墙的安妮》

露西·莫德·蒙哥马利的小说讲述了女孩安妮在加拿大被收养的故事。这个故事描绘了自然美景和对自然的喜爱，以及对自然环境的保护和重视的重要性。

（4）《荒野生存》

乔恩·克拉卡尔的非小说散文讲述了一个年轻人离开现代文明进入荒野生存的真实故事。这个故事反映了社会的物质主义和对自然的扭曲，以及自我探索和自由的价值观。

（5）《死亡谷》

凯文·库珀的小说讲述了一个家庭在死亡谷中的生存故事。这个故事探讨了人类与自然之间的关系，以及在极端环境中生存的力量和勇气。

第三节 研究英美文学的意义

一、英美两国文化的差异

（一）英美两国历史发展变迁的差异

英国和美国两个国家的历史文化方面有很大的差异，从历史发展的角度来看，美国是典型的殖民国家，因此具有多民族的特点。美国并没有统一的固定语言，而是随着时代的发展和变迁，逐渐形成了具有美国特色的英语语言体系。英国则拥有悠久的历史，英语更是英国特有的文化体系，并且历经多年发展形成了符合英国实际情况的英语体系。这种特点使英国国内的英语文化具有更加鲜明的阶层性特点。虽然英国和美国都属于英语国家，但是因为两个国家的发展历史存在较大的差别，两国在英语实际应用方面也存在较大的差异。

1.制度

（1）国家类型

英国和美国在国家类型和制度上存在很大差异。英国是一个议会制民主国家，历史上曾是一个强大的君主专制国家。美国则是一个总统制民主国家，具有明确的宪法规定和严格的三权分立制度。英国的制度较为稳定，但体系中仍然存在较为严重的贵族阶层，而美国的制度相对较为灵活，但在体系中贵族阶层的影响力较小。

（2）中央集权和地方自治

英国体系中存在较为强大的中央集权，政府的权力主要集中在中央政府手中。美国管理体系则强调地方自治，州政府和地方政府的权力较为强大。这种地方自治的管理体系使美国管理体系的效率更高，同时增强了公民的参与感。

2.经济

（1）发展历程和产业结构

英国和美国的经济发展历程和产业结构也存在很大差异。英国在工业化时期是全球经济的领先者，以制造业和贸易为主导。美国在19世纪末20世纪初实现了工业化和现代化，以制造业和农业为主导。近年来，美国的经济结构已经从制造业向服务业转变，而英国经济主要由服务业和金融业组成。

（2）政府干预和市场自由

英国和美国在经济政策方面也存在很大差异。英国政府在经济活动中的干预相对较少，而美国政府则经常采取干预措施以调节市场。例如，美国实行的社会保障制度和医疗保险制度都是政府干预的体现，而英国则更加强调市场自由和私有化。

（3）收入差距和福利制度

英国和美国的收入差距和福利制度也存在很大差异。英国实行的国民医疗保险制度、国家养老金制度等福利政策较为完善，收入差距相对较小。美国则没有实行国家医疗保险制度，社会福利制度相对较少，收入差距较大。

3.文化

（1）教育体制

英国和美国的教育体制也存在差异。英国的教育体制较为传统，学制较短，同时高等教育相对较为专业化。美国的教育体制则较为灵活，学制较长，高等教育更加普及和多元化，许多大学和学院的教学内容和研究方向更加综合和广泛。

（2）社交和文化娱乐

英国和美国在社交和文化娱乐方面的差异也较为显著。英国社交习惯以"茶话会"和"晚宴"为主，文化娱乐以剧院、博物馆、画廊等为主。美国则更加注重个人空间和隐私，社交习惯以聚会、派对、户外运动等为主，文化娱乐以电影、音乐、电视、体育比赛等为主。

4.社会

（1）社会阶层和身份认同

英国和美国的社会阶层和身份认同也存在很大差异。英国的社会阶层制度相对较为固定，贵族阶层仍然具有较大的影响力，而美国的社会阶层相对较为流动，个人通过奋斗和努力可以改变自己的社会地位。

（2）婚姻和家庭

英国和美国的婚姻和家庭观念也存在差异。英国的传统婚姻观念较为保守，晚婚和同居等行为在英国社会并不普遍。美国的婚姻观念则较为开放，晚婚、同居等行为在美国社会比较普遍。此外，美国的家庭结构也较为多样化，单亲家庭、同性恋家庭等形式得到了更广泛的认可。

英美两国在经济、文化和社会等方面的差异较大，但两国在某些方面也有相似之处。英国和美国都是西方文化的代表，同时是世界上最为发达的经济体。在全球化和信息化的背景下，两国之间的交流和合作越来越密切。随着时间的推移，两国之间的差异和相似之处也将继续演变和发展。

（二）语言环境的差异

从客观的角度来看，英国和美国两国的母语都是英语，但是随着时间的推移，这两个国家形成了具备自己国家特色的语言习惯。英国的英语在发音过程中整体呈现出严肃而不失风度的特点，而美国的英语则整体具有更高的流畅度。同时，在文学领域内，英国英语的英语词汇具有更强的原始英语特色，而美国的英语词汇则经过了美国人的演化具备较强的北美地域性特点。从两国的语言环境来看，美国人相对更加自由和洒脱，而英国人更加强调为人处世的谨慎，许多英国人在和他人沟通交流的过程中有更多限制。这种特点使英国人拥有更高的文化自信，导致英国本土很少与外界进行充分的文化交流。在这种情况下，英国文学的发展受到不良影响。

1.语言历史

英美两国的语言历史有很大的差异。英国是英语的起源地，英语作为官方语言已经存在了数百年，经历了从中古英语到现代英语的演变。美国是一个移民国家，英语作为官方语言的地位在美国建国初期才得到确认。在移民潮的影响下，美国英语发展出了很多独特的方言和口音。

2.语音

（1）发音

英美两国的英语发音存在差异。美式英语的发音比英式英语更加口语化，口音和语调更为平和。英式英语则更为注重发音的准确性和规范性，强调较为明显的元音和辅音的发音区别。

（2）重音和节奏

英美两国的英语重音和节奏也存在差异。美式英语强调音节的平衡，重音比较均匀分布；而英式英语则强调某些词汇的重音，重音比较集中。

3.语法

英美两国的英语语法存在一些差异，以下是其中一些例子。

（1）主谓一致

英国和美国的主谓一致规则有所不同。在美式英语中，复数名词通常用作主语时，动词用复数形式；而在英式英语中，复数名词通常也可以用作单数主语，动词用单数形式。

（2）时态和语态

在时态和语态方面，英美两国也存在差异。在英式英语中，过去完成时和现在完成时的使用比较灵活；而在美式英语中，这两种时态的使用则相对严格。此外，英式英语强调被动语态的使用，而美式英语则更加注重主动语态。

（3）动词形式

英美两国的英语动词形式也存在一些差异。在英式英语中，一些动词的不规则变化更为常见，如"learnt""spelt"等；而在美式英语中，一些动词则常使用规则形式，如"learned""spelled"等。

4.词汇

英美两国的英语词汇存在很大差异，以下是其中一些例子。

（1）词汇拼写

英美两国的英语拼写存在差异。在英式英语中，一些单词的拼写更为复杂，如"colour""favour"等；而在美式英语中，一些单词的拼写则更加简单，如"color""favor"等。

（2）词汇用法

英美两国的英语词汇用法也存在一些差异。在英式英语中，一些词汇的用法更为正式和书面化，如"whilst""amongst"等；而在美式英语中，一些词汇则常使用简单的形式，如"while""among"等。

（3）词汇选择

在一些具体的词汇上，英美两国的英语也存在差异。例如，美国人通常使用"apartment"来代替英国人的"flat"，使用"truck"来代替英国人的"lorry"，使用"elevator"来代替英国人的"lift"。

5.语用

英美两国的英语语用也存在差异。以下是其中一些例子。

（1）用语

在礼貌用语方面，英美两国的英语存在差异。在英式英语中，人们更倾向于使用"please""thank you"等礼貌用语；而在美式英语中，人们更常使用"excuse me""sorry"等语气较轻的表达方式。

（2）和强调

在语气和强调方面，英美两国的英语也存在差异。在美式英语中，人们更常使用直接、强调的表达方式；而在英式英语中，人们则常使用婉转、含蓄的表达方式。

（3）其他表达方式

英美两国的英语还存在其他表达方式的差异。例如，在表示日期时，英国人通常使用"day month year"的顺序，如"14 July 2021"；而美国人则通常使用"month day year"的顺序，如"July 14，2021"。

英美两国的语言环境存在较大差异，主要表现在语言历史、语音、语法、词汇和语用等方面。这些差异往往源于两国的文化背景和历史发展，同时受到地域、社会和个人等因素的影响。在全球化和信息化的背景下，英美两国的语言差异正在逐渐减小，但这种差异仍然存在，对英美两国的语言学习和交流产生一定的影响。

二、英美文学研究的意义

英美文学是西方文学的两个重要分支，其对人类文化和思想产生深远的影响。

（一）历史和文化传承

英美文学是英美两国历史和文化的重要组成部分，其作品记录了英美两国的历史和文化传承。这些作品描绘了英美两国人民的生活、思想、价值观和情感，展示了两国人民的创造力和才华。通过研究英美文学，我们可以深入地了解英美两国的历史和文化传承，了解这两个国家在文化方面的差异和相似之处，从而更好地促进两国之间的交流和理解。

1.记录历史和文化传承

英美文学作品记录了英美两国的历史和文化传承。例如，英国文学作品中的莎士比亚剧本、狄更斯小说等，描绘了英国文化、社会、历史等方面的丰富内容，反映了英国人民的生活和情感。美国文学作品中的马克·吐温小说、海明威小说、弗兰纳里小说等，描绘了美国西部开拓、美国内战、美国文化变迁等方面的重要内容，反映了美国人民的生活和价值观。

2. 探究人类的普遍主题和问题

英美文学作品还探究了人类生活和社会问题的普遍主题和问题。例如，英国文学作品中的莎士比亚剧本、狄更斯小说等，探讨了人性、家庭、爱情、权力、道德等问题，反映了人类生活的丰富多彩；美国文学作品中的哈桑·莫维德小说、托尼·莫里森小说、菲利普·罗斯小说等，探讨了性别、阶级、权力等问题，反映了美国社会的多元化和变革。

通过研究英美文学作品，我们可以深入了解人类生活和社会问题的本质，了解人类社会和文化的演变和变革，从而更好地把握作品的主题和意义。

3. 塑造文化形象和符号

英美文学作品还塑造了一些文化形象和符号，成为英美两国文化的重要组成部分。例如，英国文学作品中的福尔摩斯、玛丽·雪莱的弗兰肯斯坦、哈利·波特等，成为英国文化的重要形象和符号；美国文学作品中的杰克·凯鲁亚克的《在路上》、斯坦利·库布里克的《闪灵》、小说家艾莉森·比德尔的《小妇人》等，成为美国文化的重要形象和符号。

这些文化形象和符号具有很强的代表性和象征意义，对英美两国文化传承和文化输出产生了重要影响。通过研究这些文化形象和符号，我们可以更好地了解英美两国文化的特点和价值，理解这些形象和符号在文化传承中的重要作用。

4. 推动文化交流和跨文化理解

英美文学作品不仅是英美两国文化的重要组成部分，更是全球文化的重要组成部分。这些作品不仅被世界各地的读者所阅读和欣赏，也被翻译成各种语言在全球范围内传播。通过研究英美文学作品，我们可以更好地了解不同国家和文化背景下的文学创作和思想表达方式，促进不同文化之间的交流和理解，有助于构建更加包容和开放的世界。

总之，英美文学对历史和文化传承具有重要的意义。通过研究英美文学作品，我们可以更好地了解英美两国的历史和文化传承，探讨人类生活和社会问题的本质，塑造文化形象和符号，促进文化交流和跨文化理解。

（二）人类文化和思想的贡献

英美文学作品不仅记录了英美两国的历史和文化传承，更为重要的是对人类文化和思想做出了巨大的贡献。英美文学作品涵盖了各种文学体裁和风格，包括小说、诗歌、剧本、散文等。这些作品探讨了人类生活和社会问题的本质，展现了人类情感和精神的丰富多彩。通过研究英美文学作品，我们可以更好地理解人类文化和思想的发展历程，了解人类文明的演变和变革。英美文学作品还具有启迪人类思想和价值观的作用，对推动人类社会的进步和发展起到了重要作用。

1. 揭示人性与社会问题

英美文学作品揭示了人性和社会问题的本质，反映了人类在不同历史时期和社会环境中所面临的挑战和问题。这些文学作品通过对人类生活和社会问题的深入探讨，使读者更好地了解人性和社会问题的本质，提高了我们对人性和社会问题的认识与理解。

2. 反映历史和文化的变迁

英美文学作品反映了历史和文化的变迁，展现了不同时期和社会环境下的文化与思想特点。例如，英国文学作品中的莎士比亚剧本、狄更斯小说等，反映了英国文化、社会、历史等方面的丰富内容，展现了英国文化的独特魅力；美国文学作品中的马克·吐温小说、海明威小说、弗兰纳里小说等，反映了美国西部开拓、美国内战、美国文化变迁等方面的重要内容，展现了美国文化的多元化和变革。

这些文学作品通过展现历史和文化的变迁，使读者更好地了解不同时期和社会环境下的文化和思想特点，提高了我们对历史和文化的认识与理解。

3. 启发人类思想和价值观

英美文学作品通过描绘不同的人物形象和情节，启发了人们的思想和价值观。例如，英国文学作品中的《哈姆雷特》《简·爱》等作品，探讨了人类内心的矛盾和挣扎，启示了人们对生命和存在的思考；美国文学作品中的《飘》《老人与海》等作品，展现了人类面对挫折和命运的坚韧与勇气，启示了人们对人性和生命的理解。

这些文学作品通过对人物形象和情节的深入描绘，启发了人们的思想和价值观，促进了人类思想和价值观的发展与进步。

4. 促进文化交流和跨文化理解

英美文学作品不仅在英美两国内广泛流传和传承，也被翻译成各种语言在全世界传播。这些作品涵盖了各种文学体裁和风格，展现了英美文化的丰富多彩。通过研究这些作品，人们可以更好地了解英美两国文化的特点和价值，理解这些文化在人类文化传承中的重要作用。通过研究英美文学作品，人们还可以更好地了解不同国家和文化背景下的文学创作和思想表达方式，促进不同文化之间的交流和理解，有助于构建更加包容和开放的世界。

5. 拓展文学创作和思想表达的边界

英美文学作品拓展了文学创作和思想表达的边界，通过各种形式和风格展现了不同的文学表达方式。例如，英国文学作品中的莎士比亚剧本、狄更斯小说等，展现了文学创作的多样性和复杂性；美国文学作品中的克尔萨斯小说、威廉·吉布森小说等，展现了科幻和惊悚文学的魅力。

这些文学作品通过拓展文学创作和思想表达的边界，推动了文学创作和思想表达的发展和进步，为后世文学创作和思想表达提供了新的思路和灵感。

总之，英美文学作为西方文学的两个重要分支，对人类文化和思想的发展与进步做出了重要的贡献。英美文学作品揭示了人性和社会问题的本质，反映了历史和文化的变迁，启发了人们的思想和价值观，促进了文化交流和跨文化理解，拓展了文学创作和思想表达的边界。这些贡献为人类文化和思想的发展与进步带来了重要的启示。

值得注意的是，英美文学的贡献不仅仅在文学领域，英美文学作品的思想和价值观还影响了其他领域的发展和进步。例如，英美文学作品中的强烈人文主义精神、关注社会公正和人权的思想，为人类社会的进步和民主奠定了基础；英美文学作品中的多元文化主义精神、关注性别平等的思想，为当代社会的多元化和包容性奠定了基础。

总之，英美文学对人类文化和思想的贡献是多方面的，从文学创作到社会发展，从思想表达到文化传承，都产生了重要的影响。

（三）培养人文素养和审美能力

研究英美文学还可以培养人们的人文素养和审美能力。通过阅读英美文学作品，我们可以深入了解不同文学流派和文化背景，提高我们对文学作品的欣赏和理解能力，增强我们对美学的感知和判断能力。同时，英美文学作品也可以启发我们对人生和社会的思考，提高我们的文化修养和人文素质。

1.拓展知识面和思想视野

英美文学作品涵盖了各种文学体裁和风格，展现了不同历史时期和社会环境下的文化和思想特点。通过阅读英美文学作品，读者可以了解不同文化和思想背景下的文学创作与思想表达方式，拓展自己的知识面和思想视野。

这些作品不仅拓展了读者的知识面，更重要的是，通过了解不同文化和思想背景下的文学创作与思想表达方式，读者可以提高自己的跨文化理解和人文素养。

2.提高人文素养和审美能力

英美文学作品通过描绘不同的人物形象和情节，展现了人类生活和社会问题的多样性和复杂性，反映了人性和社会问题的本质。通过阅读英美文学作品，读者可以深入了解人类生活和社会问题，提高自己的人文素养和审美能力。

此外，英美文学作品还通过语言和文学形式的运用，培养了读者的审美能力。例如，英国文学作品中的莎士比亚剧本、浪漫主义诗歌等，以其独特的语言和文学形式，展现了丰富多彩的文学魅力，提高了读者的审美能力；美国文学作品中的现代主义小说、后现代主义小说等，以其独特的文学形式和语言运用，拓展了读者的审美边界，提高了读者的审美能力。

总之，英美文学作为人类文化和思想的重要组成部分，通过揭示人性和社会问题的本质，反映了历史和文化的变迁，启发了人们的思想和价值观，促进了文化交流和跨文化理解，拓展文学创作和思想表达的边界等方面的贡献，培养了读者的人文素养和审美能力。通过阅读英美文学作品，我们不仅可以拓展自己的知识面和思想视野，还可以提高自己的人文素养和审美能力，成为更有思想和素质的读者及公民。

（四）推动文化交流和跨文化理解

研究英美文学可以促进文化交流和跨文化理解。英美文学作品不仅是英美两国的文化瑰宝，更是世界文学的重要组成部分。通过研究英美文学作品，我们可以更好地了解不同国家和文化背景下的文学创作与思想表达方式，促进不同文化之间的交流和理解，有助于构建更加包容和开放的世界。

1. 文学作品的翻译和传播

英美文学作品的翻译和传播是促进文化交流和跨文化理解的重要手段。英美文学作品以英语为主要语言，但通过翻译和传播，这些作品得以在全球范围内传播，使更多读者了解和欣赏这些作品。通过翻译和传播，英美文学作品的思想和价值观得以传递，帮助不同文化背景下的读者了解和理解英美文学作品所揭示的人性与社会问题，促进不同文化之间的交流和理解。

2. 文学作品的多元文化表达

英美文学作品中的多元化文化表达是促进文化交流和跨文化理解的重要途径。英美文学作品中，不同的人物形象和情节反映了不同文化和思想背景下的生活和问题，展现了文化多样性的魅力。例如，英国文学作品中的《哈利·波特》系列，展现了英国文化的魅力和丰富性；美国文学作品中的移民小说、多元文化主义小说等，展现了美国社会的多元化和包容性。

通过了解英美文学作品中的多元文化表达，读者可以更好地了解和理解不同文化背景下的生活和问题，促进跨文化理解和交流。

总之，英美文学作为人类文化和思想的重要组成部分，通过文学作品的翻译和传播、多元文化表达、人性和社会问题的探讨、人文主义和价值观的传递等方面，促进了文化交流和跨文化理解。通过阅读英美文学作品，我们不仅可以拓展自己的知识面和思想视野，还可以促进不同文化之间的交流和理解，成为更加开放和包容的公民与读者。

三、英美文学汉译的多媒体手段

传统的英美文学翻译主要根据文学作品自身和英美民族特色、社会发展历程开展工作，在翻译过程中通常没有对不同民族和区域的读者进行考量。然而，随着信息科学技术的进一步发展，新媒体时代来临，英美文学翻译的思维发生了一定的变化，能够充分借助新媒体的便捷性，转变翻译思维，创新翻译路径。然而，为了更好地顺应新媒体环境的变化，还有待进一步开辟创新路径。

（一）新媒体背景下英美文学翻译的变化

新媒体时代的来临对英美文学翻译产生的重要影响就是掀起了对文学翻译作品的网络批评风潮。近年来，互联网成为人们生活中的重要媒介，互联网具有用户范围广、开放性强等特点，也使英美文学翻译的难度有所降低。与此同时，人们可以在互联网上自发组成作品翻译小组，在自发对一些作品进行翻译的同时，还可以在网上对作品进行讨论和评价。一方面，在文学翻译的指导下，这些活动是在专门的评论领域开展的，尤其以由翻译出版社设立的评论区为代表；另一方面，当一部分读者在英美文学翻译版中产生一定共鸣时，也会自发形成对作品的交流群，并借助互联网线上的形式进行评论。例如，读者可以通过"网上日记"的形式进行翻译作品评论，读者通过互联网新媒体开设个人网页，以"日志"的形式表达自己内心对翻译作品的真实看法与阅读感受，进而将个人的主页空间公开化，文学翻译作品的发行和销售因此会受到一定影响。此外，还有一种类似于"在线日记"的翻译评论形式，读者打开自己的个人网页，在线表达自己对翻译作品的看法和阅读的真实感受，从而为自己的个人主页打开空间，这对文学翻译作品的销量也会产生影响。

在新媒体时代下，不同的读者会根据自己的喜好讨论作品的译本和原本之间的差异，对翻译的风格和技巧展开相应讨论。翻译作品的质量也有所提升，在确保作者思想得到表达的基础上，也充分传达了作品想要传达的主旨。在评论过程中也能让译者对读者的阅读需求有进一步的了解，从而调整相应的翻译细节。一般来说，大多数读者无法直接阅读英美文学的原本，而是在译者翻译后开始阅读的，这在无形中给翻译者带来了一定的压力，尤其在网络批评盛行的时代。可见，新媒体背景下，英美文学翻译因为网络批评风行，不仅能够吸引更多读者对作品的关注，同时也有利于翻译质量的提升。

新媒体背景下，英美文学翻译过程中能够通过互联网迅速搜集相关信息，使译者的知识储备得到扩充，在翻译的同时能够根据英美各地区的不同风俗人情进行细致的描绘，这有利于翻译出来的作品能够真正传达创作者的中心主旨。

（二）新媒体环境下英美文学的翻译技巧

新媒体是一种环境，也是快速传播的重要途径，同时还是迅速了解地域文化和特色的渠道。所以，在新媒体环境下，中西文化不断融合发展，英美文学翻译应当对不同区域的关联性有一定的了解，有针对性地开展翻译工作。对关联性原则进行充分把握，同时，借助新媒体环境的发展优势，在翻译的过程中迅速掌握信息，用关联性的思维翻译作品，使跨文化区域的读者能够在阅读时更好地理解英美地区的风俗特点。

翻译作为不同语言文字之间相互转换的过程，是推动不同文化相互交融的重要方式。文学作品作为一种书面语言，要充分体现思维，通过不同文化之间思维的转换来实现翻译的高质量发展。英美文学翻译必须基于对英美文化语言背景有一定了解，并且根据一定的理论技巧，对作品的语言文本进行创作。同时作为传播文化的桥梁，要充分体现创作者的中心主旨，推动国际文化交流。在新媒体环境下，英美文学翻译必须注意以下几方面问题：

首先，新媒体环境下人们对英美文化的价值认同感还存在一定的差异，但和传统翻译环境有一定的区别。然而，思维作为对现实世界的反映，不同国家之间也存在一定的相通性，这是能够翻译的基础。英美文学翻译必须建立在译者对英文文化语言背景有一定了解和掌握的基础上，并按照一定的翻译理论对文本进行再创作。翻译作为文化传播的途径，在原作品的指导下进行中西文化交流。文学作品的翻译是一个国家的语言和文化与另一个国家的语言和文化的结合。它必须涉及两国的文化心理、审美特征和民族认同。这是一种跨学科的跨民族文化交流。在文学翻译过程中，它展示了不同文化背景下的文化交流过程，所以必须在尊重原文的基础上进行。值得注意的是，文学翻译必须在特定的历史文化背景下进行。这要求译者在开始翻译作品之前，对社会环境和文化因素有一定的了解。在新媒体环境下，虽然人们对社会思想文化领域的认识越来越广泛，但坚持"文化无国界"文化观的前提是正确认识和把握，在不受网络环境影响的情况下，客观、辩证地看待中西文化差异，最大限度地揭示原著的思想内容，实现文化间的国际交流。

其次，正确把握和灵活运用文学作品的中心主旨和内涵。中西文学作品的共同之处在于作品中的语言意义。在翻译过程中，需要正确地思考翻译的意义，尤其是作品中隐含的主旨。从作品的客观环境出发，通过对语言的理解，译者可以以直译的形式翻译文本，一些有争议的地方给读者留下足够的空间。与此同时，译者还要避免翻译中的错误，不能扭曲原文的意思，导致作品意思的变化。通过对中心主旨的准确把握，这种隐性翻译方法对提高英美文学作品翻译质量有很大帮助。

最后，还要掌握灵活的翻译方法。优秀的翻译不仅要再现原文精神，还要灵活运用另一种语言，完美地重构语言和文化。在新媒体环境下，在翻译过程中，对作品不能完全逐字翻译，这并不能达到最好的效果。在具体实践中，译者应考虑如何翻译句子，以及如何结合作品的中心内涵进行翻译，以充分表达原文的主旨。根据中西方语言的文化差异，灵活使用不同的翻译方法并不意味着译者可以随心所欲，而是应该根据翻译原则灵活行事。

（三）新媒体环境下英美文学创新翻译路径

长期以来，翻译英美文学作品都不是一项简单纯粹的工作，因为作为不同国家之间的文化交融途径，涉及时空等因素的交叉。英美文学界有不少优秀的作品，这些作品所传达的思想值得我国文学界学习。然而，如果不能对它们的中心主旨进行准确阐述，往往会让人对作品产生巨大的误解。在新媒体环境下，翻译有了更多的创新路径，这也使更多优秀的英美文学作品被带到了中国人民面前。

1. 坚持以创新翻译思维为指导

跨地域和跨文化思维在英美作品翻译领域的另一个重要体现是创造性适应的必要性，创造性和适应性翻译原则在英美文学翻译哲学中占有核心地位。英美文学反映的是英国和美国的文学意义。在翻译过程中，如果不坚持创造性和适应性的思维方式，将无法适应其他地方的思维方式。文学是文化的体现，只有创造性地适应不同的文化，融合不同的文化，才能更好地表达自己的文化特色。因此，新媒体正好为翻译英美文学的思维提供了一个创造性地适应翻译文化的机会。在以往的翻译中，由于翻译的局限性，译者无法理解当地的文化和发展趋势，也无法创造性地适应当地的文化。然而，新媒体使译者更容易接触翻译地的传统特色，了解翻译地区公众的需求，密切联系市场需求，给世界各地的读者带来优秀的英语文学作品。

2. 注重展现中国特色，弘扬传统翻译理论

作为四大文明古国之一，中国拥有悠久的历史和文化。因此，在新媒体环境下，我们

不仅要关注英美文学作品的准确表达，还要在文化多样性的背景下，在传承传统文化的基础上，本着求同存异的原则，对英美文学作品进行更好的翻译。相关的学者还可以通过互联网，系统地收集并整理一些翻译理论，为进一步推动翻译工作的开展提供指导。建立具有中国特色的翻译理论，以促进中国翻译的科学化和系统化，这是一种蕴含着丰富中国智慧的翻译理论。中国翻译理论以中国民族语言和文化为基础，从中国传统智慧中寻求翻译科学研究的发展点，运用科学系统的中国传统翻译理论，从中国传统文化精神的核心出发，提出具有现代中国特色的翻译理论，这既是中国丰富的文化内涵，也是多种研究方法的综合优势。我们要根据时代特征和我国的实际情况创造一种反映时代精神和观点的新翻译理论，在完成翻译的同时，进一步弘扬中华传统文化，提升中国人民的文化自信。

3. 明确中国学术话语权，完善话语构建

话语权是一种权力结构。任何学科的形成都必须得到学术界的认可。在过去的几十年里，中国一直在追赶国际翻译界。只有从话语逻辑系统的形成来看，它才能表现出内在的张力和外在的影响，巩固汉语翻译学科的地位，拥有充分的发言权，在这场大规模的科学研究中找出差距，认识到重大理论和实践成果的重要性，树立翻译研究的思想，为可持续发展创造条件，提供与国外同行对话交流的机会。翻译工作的开展是建立在特定文化领域的思想结构和实践基础上，我们应该建立自己的学科翻译科学期刊、专业翻译协会和专业团体，在专业翻译体系中提供教育，不断拓展翻译研究的前沿，推动翻译学、社会学、哲学等学科的发展。

4. 对接国家的基本战略，做好中国特色翻译规划

中国作为一个现代化强国，不仅要突出自信的管理体制，还要创造一个更具特色、更具中国风格、具有高度理论自信和理论意识的翻译体系。正因如此，在新媒体环境下，我国的翻译理论应当强调具有中国特色，成为具有人文情怀的翻译理论。国家战略对接需要很长时间，所以在文学翻译的创新过程中，要加强对理论意识的关注度。具体而言，英美文学翻译，要对接现代化的翻译理论，并以此为基础，体现英美文学翻译的现代化价值。此外，英美文学的翻译应当和我国的传统文化及本位文化、思维方式融为一体，与实际研究情况相匹配，描述翻译的实践过程，开展翻译理论研究，在保证理论更新的基础上指导翻译路径沿着正确方向进行创新和发展。

5. 立足中国翻译的基本情况，致力于提升实践水平

中国翻译研究要想开创自己的发展道路，就必须扎根中国文化，把握现实问题，在实践中面对新挑战。因为翻译实践是随着社会需求而变化的，翻译实践应该借助包括大数据在内的现代技术来拓展，比如，可以借助一些人工智能和新技术手段进行基础翻译，在这个基础上再根据语言环境进行深入细致的翻译。在新媒体环境下，云计算与其他技术的结合开创了翻译行业的新局面，翻译理论的价值创造了一个新机遇，让我们能够脚踏实地，怀揣理想，直接在实践中解决问题，提高解决方案和服务的实践水平。

第四章　中国文化视野中的英美文学

第一节　中国文化视野中的英国文学

作为世界上最古老的文化之一，中国文化历史悠久、丰富多彩。中国文化的典籍和文艺作品中蕴含着深厚的文化内涵，反映出中国人的生活、思想、信仰和价值观念。然而，在全球化时代，中国与世界各地的文化交流日益频繁，人们越来越了解和欣赏来自其他国家的文化。英国文学是西方文化中最著名、最受欢迎的一种文学形式，具有世界级的声誉和影响力。自 16 世纪以来，英国文学一直是欧洲文学的主导力量之一，其代表作品包括莎士比亚的戏剧，济慈、拜伦和雪莱的诗歌，狄更斯和奥斯汀的小说等。这些作品在英国文学史上占有重要地位，且被广泛地传播到世界各地，成为世界文学史上的经典之作。在中国，英国文学同样备受关注，被许多人视为西方文学中的佼佼者。

一、英国文学在中国的传播

19 世纪末，随着中西文化交流的日益频繁，英国文学开始进入中国人的视野。最初，英国文学主要是通过翻译作品的方式传入中国。最早的英国文学翻译作品可以追溯到明末清初的《汉英大辞典》和《四书新注》。当时，许多翻译家开始将英国文学作品译成中文，如罗尔斯、梅贻琦、萧乾等。他们所翻译的作品包括莎士比亚、狄更斯、奥斯汀等人的作品，这些翻译作品被广泛传阅，受到了读者们的高度赞赏。

（一）英国文学作品的翻译和传播

1. 莎士比亚的作品

莎士比亚是英国文学史上最伟大的戏剧家之一，他的作品一直是英国文学的代表之一。在中国，莎士比亚的作品自 20 世纪 20 年代以来就开始被翻译和传播。最早的翻译者之一是梅贻琦，他在 1922 年翻译了莎士比亚的《哈姆雷特》和《李尔王》等作品。后来，许多翻译家翻译了莎士比亚的其他作品，如罗尔斯翻译的《麦克白》和《奥赛罗》等。这些翻译作品不仅被广泛传播到中国各地，还被翻译成多种少数民族语言，如蒙古语、藏语、朝鲜语等。

2. 狄更斯的作品

狄更斯是英国文学史上最著名的小说家之一，他的作品具有很高的文学价值和人文价值。狄更斯的小说描写了当时英国社会的各种阶层，反映了社会的黑暗面和弊端。在中国，狄更斯的小说在 20 世纪 20 年代开始被翻译和传播。最早的翻译作品包括《双城记》和《呼啸山庄》等。这些翻译作品对当时中国的文学爱好者来说，是一次文化盛宴，引起了广泛的关注和讨论。狄更斯的作品深刻地揭示了社会现实的黑暗面，引起了中国人的共鸣，成为中国文学中的一部分。

3. 奥斯汀的作品

奥斯汀是英国文学史上最著名的女性小说家之一，她的小说以其深入的洞察力、细腻的描写和丰富的情感而著称。奥斯汀的作品在中国的翻译和传播比狄更斯和莎士比亚的作品要晚一些，但同样有影响力。最早的翻译作品是 1933 年由傅雷翻译的《傲慢与偏见》。此后，奥斯汀的其他作品也被译成中文，如《理智与情感》《曼斯菲尔德庄园》等。奥斯汀的作品揭示了社会现实的种种问题，表现了人们内心的各种情感，使得中国读者能够更深刻地了解英国的社会文化。

4. 其他英国文学作品的翻译和传播

除了莎士比亚、狄更斯和奥斯汀的作品，还有许多其他英国文学作品在中国被翻译和传播。例如，济慈的诗歌、拜伦的诗歌、雪莱的诗歌、勃朗特姐妹的小说等。这些作品的翻译和传播，丰富了中国读者对英国文学的认识和理解，使得英国文学作品在中国的传播更加广泛和深入。

（二）英国文学作品的翻译和传播对中国文化的影响

1. 丰富了中国文化

英国文学作品的翻译和传播，为中国文化带来了新的元素，丰富了中国文化。英国文学作品涵盖了广泛的主题和题材，涉及人性、社会、历史、道德等多个方面，这些主题在中国文化中同样非常重要。通过英国文学作品的翻译和传播，中国读者能够更加深入地了解和探讨这些问题，使得中国文化变得更加丰富和多元化。

2. 促进了文化交流和理解

英国文学作品的翻译和传播，为中国和英国之间的文化交流和理解做出了重要贡献。通过英国文学作品的翻译和传播，中国人更深入地了解了英国的文化和历史，也更加了解了英国人民的思想、情感和生活方式。这种文化交流和理解，有助于加强两国之间的友谊和合作，推动两国的文化交流和合作。

3. 提升了中国文学的水平和影响力

英国文学作品的翻译和传播，为中国文学创作提供了新的思想和灵感，促进了中国文学的发展和提高。中国文学家通过研究和学习英国文学作品，吸收了其中的艺术精髓和文化元素，使中国文学作品在内容、结构、语言等方面都有了不同程度的提高。这种文学交流和借鉴，对于中国文学的发展和提高具有重要意义。

4. 促进了中国的现代化进程

英国文学作品揭示了人类的生存状态和生活方式，深入探讨了人类的心理、情感和人

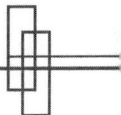

际关系等问题，这对于推动中国的现代化进程具有重要的作用。通过英国文学作品的翻译和传播，中国读者能够更深入地了解人类的生存状态和生活方式，对于推动中国的现代化进程大有裨益。

二、英国文学在中国文化中的地位

英国文学在中国文化中占有重要地位。首先，英国文学作品的题材和内容涉及人性、社会、历史、道德等多个方面。这些作品揭示了人类的生存状态和生活方式，深入探讨了人类的心理、情感和人际关系等问题，这些主题在中国文化中同样非常重要。因此，英国文学作品的翻译和传播受到了广泛关注，对中国文化的影响深远。其次，英国文学作品在中国文化中扮演着重要的教育和文化传承的角色。随着中国现代化进程的加快，越来越多的人意识到英国文学对于人类文明的贡献和重要性。在教育领域，许多大学开设了英国文学课程，使更多学生能够接触和学习英国文学。在文化传承方面，许多文学爱好者致力于翻译和传播英国文学作品，使得英国文学在中国的传播更加广泛和深入。

（一）作为世界文学的重要组成部分

英国文学作为世界文学的重要组成部分，在全球范围内具有广泛的影响力和知名度。许多英国文学作品成为世界文学的经典之作，如莎士比亚的戏剧、狄更斯的小说、奥斯汀的小说等。这些作品深刻地揭示了人性、社会、历史、道德等方面的问题，具有很高的文学价值和人文价值。这些作品对于世界文学的发展和繁荣做出了巨大贡献，也被广泛地引入中国文化中。

（二）在中国文学中的地位和影响

英国文学作品在中国文学中占有非常重要的地位。自 20 世纪以来，英国文学作品在中国的传播和翻译取得了巨大进步。莎士比亚、狄更斯、奥斯汀等英国文学大师的作品已经成为中国文学中的经典之作，促进了中国文学的发展和繁荣。同时，许多中国作家深受英国文学的影响，将英国文学的元素融入自己的创作中，形成了自己独特的文学风格和语言。

（三）在中国文化中的知名度和认可度

英国文学作品在中国文化中的知名度和认可度非常高。在中国的文学爱好者和文化圈中，英国文学作品被广泛地阅读和讨论，被誉为"文学艺术的杰作"。

三、英国文学对中国文化的影响

英国文学在中国文化中的影响非常显著。

（一）促进了文化交流和理解

英国文学作品的翻译和传播，促进了中英两国之间的文化交流和理解。英国文学作品反映了英国人民的思想、情感和生活方式，通过这些作品，中国读者能够更加深入地了解英国的文化和历史，也更加了解英国人民的思想和情感。这种文化交流和理解，有助于加强两国之间的友谊和合作。

1. 增进了中英两国之间的文化交流

英国文学作品的翻译和传播，为中英两国之间的文化交流提供了新的平台和渠道。英国文学作品涵盖了广泛的主题和题材，反映了英国文化的多样性和复杂性。通过英国文学作品的翻译和传播，中国人民能够更好地了解英国文化和历史，英国人民也能深入地了解中国文化和历史。这种文化交流，有助于增进两国人民之间的友谊和互相理解，推动两国之间的文化交流和合作。

2. 加深了对彼此文化的了解

英国文学作品的翻译和传播，有助于加深中英两国人民对彼此文化的了解。英国文学作品揭示了英国人民的思想、文化和生活方式，通过阅读和研究这些作品，中国人民能够更好地了解英国文化和历史，英国人民也能深入地了解中国文化和历史。这种相互了解，有助于消除两国之间的误解和偏见，增进两国之间的理解和信任，推动两国之间的文化交流和合作。

3. 促进了文化多样性和文化包容性

英国文学作品的翻译和传播，促进了文化多样性和文化包容性。英国文学作品反映了不同文化和社会背景下的人类生存状态和生活方式，涉及人性、社会、历史、道德等多个方面。通过阅读和研究这些作品，中国人民能够更好地了解不同文化之间的相似性和差异性，增强文化包容性和开放性，推动文化多样性和文化交流。

4. 增强了文化自信和文化自觉

英国文学作品的翻译和传播，有助于增强中国人民的文化自信和文化自觉。通过阅读和研究英国文学作品，中国人民能够更好地认识自己的文化特色和文化优势，从而增强文化自信和文化自觉。同时，也能更好地了解世界各国的文化特色和文化优势，增强国际文化交流和合作的信心与决心。

5. 推动了文化交流和合作的深化

英国文学作品的翻译和传播，推动了中英两国之间文化交流和合作的深化。在英国文学作品的翻译和传播过程中，需要涉及翻译、出版、发行等多个环节，这些环节的合作和交流，推动了中英两国之间的文化交流和合作。同时，在文化交流和合作的过程中，中英两国的文化从相互了解逐渐发展到相互影响，不断推动两国之间的文化交流和深度合作。

总之，英国文学作品对于中英两国之间的文化交流和理解具有重要的意义。通过英国文学作品的翻译和传播，增进了中英两国之间的文化交流和合作，加深了两国人民之间的友谊和互相理解，促进了文化多样性和文化包容性，增强了文化自信和文化自觉，推动了中英两国之间文化交流和合作的深化。

（二）提升了中国文学的水平和影响力

英国文学作品的翻译和传播，为中国文学创作提供了新的思想和灵感，促进了中国文学的发展和提高。中国文学家通过研究和学习英国文学作品，吸收了其中的艺术精髓和文化元素，使得中国文学作品在内容、结构、语言等方面都得到了不同程度的提高。这种文学交流和借鉴，对于中国文学的发展和提高具有重要意义。

1.丰富了中国文学

英国文学作品的翻译和传播，为中国文学带来了新的元素，丰富了中国文学。英国文学作品涵盖了广泛的主题和题材，涉及人性、社会、历史、道德等多个方面，这些主题在中国文化中同样非常重要。通过英国文学作品的翻译和传播，中国读者能够更加深入地了解和探讨这些问题，使中国文学变得更加丰富和多元化。

2.提高了中国文学的艺术水平

英国文学作品以其卓越的艺术价值和文学质量，在中国文学界和文化圈中产生了巨大影响。中国的文学家通过研究和学习英国文学作品，吸取了其中的艺术精髓和文化元素，使中国文学作品在内容、结构、语言等方面都得到了不同程度的提高。这种文学交流和借鉴，对于中国文学的发展和提高具有非常重要的意义。

3.促进了文学创作的创新

英国文学作品的翻译和传播，为中国文学创作提供了新的思想和灵感，促进了中国文学创作的创新。中国文学家通过研究和学习英国文学作品，吸取了其中的文学精髓和艺术元素，将其融入自己的创作中，形成了自己独特的文学风格和语言。这种文学交流和借鉴，推动了中国文学创作的发展和提高，提高了中国文学的艺术水平和文化价值。

4.促进了中国文学的国际化

英国文学作品在中国的翻译和传播，为中国文学带来了国际化的视野和思维方式。中国的文学家通过研究和学习英国文学作品，了解了国际文学的创作和发展趋势，从而提高了中国文学的国际化水平。英国文学作品的翻译和传播，也为中国文学的国际交流和合作奠定了基础，推动了中国文学的国际化进程。

5.增强了中国文学的影响力

英国文学作品的翻译和传播，提升了中国文学的影响力。通过英国文学作品的翻译和传播，中国文学在国际文化圈中得到了更多的关注和认可，增强了中国文学在世界文学舞台上的地位和影响力。这种影响力不仅使中国文学自身获得了发展和提高，同时也为中国的文化交流和合作开辟了新的空间。

总之，英国文学作品对于中国文学的发展和提高具有重要意义。通过翻译和传播英国文学作品，中国文学得以吸收英国文学的精华，丰富了自己的文学元素和文化特色，提高了自身的艺术水平和影响力，加快了中国文学的国际化进程。在未来的文化交流和合作中，英国文学作品仍将继续发挥重要的作用，为中英两国之间的文化交流和合作贡献更多的力量。

（三）促进了中国的现代化进程

英国文学作品揭示了人类的生存状态和生活方式，深入探讨了人类的心理、情感和人际关系等问题，这大大加快了中国的现代化进程。通过英国文学作品的翻译和传播，中国读者能够更深入地了解人类的生存状态和生活方式，对于推动中国现代化进程大有裨益。

1.拓宽思想视野

英国文学作品的翻译和传播，拓宽了中国读者的思想视野，为中国人提供了一种全新的价值认知和思想启示。英国文学作品揭示了人类的生存状态和生活方式，反映了社会现实的多种层面。通过阅读和研究这些作品，中国读者能够了解到不同文化和社会背景下的各种可能性和局限性。这种思想启示和价值认知，对于推动中国现代化进程具有重要意义。

2.强化人文精神

英国文学作品强调人的内心世界和精神状态，探究人类的情感和内心体验，对于中国的现代化进程具有重要的启示和意义。中国的现代化进程需要更加关注人文精神和人的内心体验，注重人的发展和尊严。英国文学作品的研究和传播，强化了中国人文精神，促进了中国现代化进程中的人文关怀和价值认知。

3.推动文化交流和合作

英国文学作品的翻译和传播，促进了中英两国之间的文化交流和合作。英国文学作品涵盖了广泛的主题和题材，反映了不同文化背景下的人类生存状态和生活方式。通过阅读和研究这些作品，中国读者能够更深入地了解英国的文化和历史，也更了解英国人民的思想和情感。这种文化交流和合作，有助于加强两国之间的友谊，推动两国的文化交流和深度合作。

4.增强创新意识和创造力

英国文学作品强调文学创作的创新意识和创造力，对于中国的现代化进程具有重要的意义。中国的现代化进程需要提高创新意识和创造力，培养创新型人才。通过研究和学习英国文学作品，中国人可以从中吸取创新意识和创造力，从而推动中国的现代化进程。英国文学作品的翻译和传播，为中国文学创作提供了新的思想和灵感，促进了中国文学的发展和提高。中国文学家通过研究和学习英国文学作品，吸收了其中的艺术精髓和文化元素，创造出自己独特的文学风格和语言。这种文学交流和借鉴，对于中国文学的发展和提高具有重要意义。

5.建立更加开放的文化环境

英国文学作品的翻译和传播，帮助中国建立更加开放的文化环境，提高了中国文化的包容性和开放性。英国文学作品涉及的主题和题材非常广泛，包括历史、文化、社会、人性等多个方面。通过研究和学习这些作品，中国人可以了解到不同文化背景下的各种生活方式和思想体系，从而建立更加开放的文化视野和包容的文化环境。

总之，英国文学作品在中国的传播和研究对于推动中国的现代化进程具有重要意义。通过阅读和研究这些作品，中国人可以拓宽思想视野，强化人文精神，促进文化交流和合作，增强创新意识和创造力，建立更加开放的文化环境。这些积极的影响，为中国的现代化进程注入了新的活力和动力，也为中英两国之间的文化交流和合作奠定了坚实的基础。

（四）对于中国社会观念及思想的影响

英国文学根植于资本主义土壤，具有很强的开放性、自由性和人本主义精神、理性主义精神，为中国文学创作打下了坚实的基础。对于中国文学作品创作来说，这些要素正是中国文学作品所欠缺的重要内容和要素。实现英国文学与中国文学的有效结合，不断地将英国文学优秀的文化元素融入中国文学创作中，实现创作思想和创作方式的指导，从而进一步提升中国文学作品的影响力，扩大其艺术魅力和现实价值，这对于不断强化中国文学作品传承和创新有极大的促进作用。

1. 英国文学为中国文学发展注入了开放与自由元素

从社会思潮和社会文化的角度进行文学对比，我们发现中国传统文学中一直以东方哲学为基本主线，在进行文学创作的时候，更多地进行社会思想和人文精神的教化和传承，从而达到与传统文化一脉相承的目的。对于以英国文学为代表的西方文学来说，它们受到西方资本主义的影响，较多地体现出自由精神和开放精神，这是中国文学发展中所不具备的。尽管我国是社会主义法治国家，追求一种人人平等的价值观和理想观，但这种思潮也仅停留在法制化建设层面，忽视了内容和思想层面的渗透，这无法真正地提升中国文学发展效果。而英国文学创作中的开放与自由元素则在很大程度上促进了中国文学的发展和进步，自由思潮、开放元素、冒险精神、民主文化等多重要素都融入中国文学创作中，从而不断地提高中国文学的艺术魅力和思想价值，这对于促进中国文学的创作和发展有重大意义。特别是在多元文明的不断冲击下，只有巧妙地借鉴英国文学的思想来进行中国文学创作，才能够不断地促进中国文学的进步与创新，使中国文化得到更好的推动和进步。

2. 英国文学使中国文学更具理性主义精神

英国文学中一直渗透着理性主义精神和人文性特征，这种思想文化形态下的文学作品必然也与社会发展保持同步。可以说，英国文学中一直渗透着较强的时代性和现实性，时刻关注着社会的真实状况。而对于中国文学创作来说，以儒家等思想文化为核心的传统文化一直是中国文学创作的重要因素，重视忠孝两全、讲究伦理道德一直是文学作品的主流意识形态，这在很大程度上使中国文学一直处于封闭状态，造成中国文学作品的单一性，这不利于中国文学的创新和发展。

而通过英国文学对中国文学发展的渗透和影响，中国文学的理性精神和人文精神更加凸显，保证了文学本身的开放性和进步，从而促进中国文学的传承和发展，实现中国文学的不断进步。总而言之，英国文学对于中国文学的影响非常深远，它打破了中国文学原有狭隘、封闭的创作氛围，为之提供了思想指导基础和实践创作经验。

四、张爱玲对英国文学的接受和价值感

张爱玲（1920—1995）是中国20世纪40年代红极一时的作家，其作品在读者和文化界都引起了广泛关注。作为一位天才型作家，无论是她极富魅力的作品，还是她传奇的人

生，都不断地吸引着我们对其加以研究。现有的研究成果非常丰富，不同研究者从不同角度、运用不同方法探索作家作品的价值与意义。这些研究主要集中在具体作品的技巧、主题、人物分析、社会批评、女性主义批评、精神分析批评等方面。相较而言，关于张爱玲的创作与异国的关系的研究却相对较少。并且，现有的相关研究大多集中在单篇零散地将张爱玲与其他外国作家作品的比较上（比如与简·奥斯汀、毛姆、伊迪丝·沃顿、劳伦斯、杜拉斯、伍尔夫等人），这些研究多是从文学平行研究的角度进行对比，探索不同作家作品的相同及差异之处，很少有切实联系张爱玲本人的阅读经验，从宏观上将张爱玲文学创作过程中所受到的异国影响作出梳理总结的研究成果。张爱玲本人的生平经历、教育背景等使其与英国有不可分割的联系。

（一）张爱玲对英国文学的接受背景

1. 社会文化背景

"五四"运动之前，英国文学在中国的翻译和传播虽然相对零散、数量稀少，但一些英国文学家已经被引入中国人的视野。"五四"运动之后，国内对于英国文学的翻译和介绍越来越多，涉及的作家作品越来越广泛和全面，如萧伯纳、乔治·梅瑞狄斯、王尔德、威尔斯、赫胥黎、高尔斯华绥、劳伦斯、哈代、司各特、勃朗特姐妹、毛姆、盖斯凯尔夫人、康拉德、伍尔夫、詹姆斯·乔伊斯、菲尔丁、莎士比亚等。在这种社会文化氛围中度过自己青少年阶段的张爱玲不可能不受到影响。

2. 家庭环境与求学经历

对于一个作家来说，她的家庭环境、成长经历、教育背景等对其创作有极其深远的影响。张爱玲出身于一个中西合璧式的家庭，父亲作为清朝遗少，整日躺在烟榻上吞云吐雾，靠变卖家产维持贵族生活。而母亲则深受"五四"精神影响，追求自由与独立。在张爱玲四岁时，母亲与姑姑就远赴英国留学，在她们的影响下张爱玲从小就对欧洲，特别是英国有一种特殊的喜爱与向往。母亲从英国给她带来各种礼物，比如玩具、草帽、明信片等。后来，全家迁往上海，张爱玲是这样形容她的新家的：家里的一切我都认为是美的顶巅。蓝椅套配着旧的玫瑰红的地毯，其实是不甚谐和的，然而我喜欢它，连带的也喜欢英国了，因为"英格兰"三个字使我想起蓝天下的小红房子，而法兰西是微雨的青色，像浴室的瓷砖，沾着生发油的香。母亲告诉我英国是常常下雨的，法国是晴朗的，可是我没法矫正我最初的印象。

英国在张爱玲心中一直是梦幻中的一片乐土，承载着她对理想生活的所有期望和幻想。虽然由于第二次世界大战的爆发，张爱玲没能完成留学英国的心愿，但是在母亲的支持和鼓励下，张爱玲从小学习英文，先后在上海圣玛丽女校及香港大学接受西式教育的经历使她接触了大量的英国文学作品，并且培养了她出色的英文语言能力，这也是张爱玲阅读接受英国文学的一个重要的客观条件。

3. 接触过的英国作家作品

张爱玲非常喜欢读书，广泛涉猎文学作品，尤其喜欢读英国文学作品。在张爱玲作品中，萧伯纳的名字出现的频率最高，先后在 8 篇文章中被提到过。比如，《更衣记》中张爱玲谈女人与衣服的关系时曾说：有个西方作家（是萧伯纳）曾经抱怨过，多数女人选择丈夫远不及选择帽子一般地聚精会神，慎重考虑。《谈跳舞》中又说到萧伯纳的戏长生，《续集自序》中提到萧伯纳的《卖花女》：萧伯纳的《卖花女》在舞台上演后，改编成黑白电影，又改编成轻音乐剧《窈窕淑女》，再改编成七彩宽银幕电影。

对于毛姆，张爱玲在文章中也多次提及。《张看自序》中，张爱玲描绘炎樱父亲的老朋友，整个像毛姆小说里流落远东或南太平洋的西方人，肤色与白头发全都是泛黄的脏白色，只有一双缠满了血丝的麻黄大眼睛像印度人。可见，张爱玲对毛姆小说的熟悉程度。赫胥黎在张爱玲 4 篇文章中被提及，但名字是不同的称谓：《谈女人》中说名小说家爱尔德斯赫胥黎，并谈到他的《针锋相对》。在《双声》中，张爱玲与炎樱对话，提到至于外国，像我们都是在英美的思想空气里面长大的，有很多的机会看出他们的破绽。就连我所喜欢的赫克斯莱，现在也渐渐地不喜欢了。在《小团圆》中两处提及小赫胥黎。

另外，胡兰成在《今生今世》中说张爱玲把现代西洋文学读得最多，主要是萧伯纳、赫克斯莱、桑茂武芒及劳伦斯的作品，这里的桑茂武芒就是毛姆，赫克斯莱就是赫胥黎。另外，张爱玲对劳伦斯的作品是很熟悉的，胡兰成在《今生今世》中说：她讲了劳伦斯的小说《查泰莱夫人》及两篇短篇小说给我听，果然哲学也深、文辞也美。同萧伯纳、赫胥黎一样，威尔斯也是在张爱玲作品中出现次数较多的作家之一。在《更衣记》中，张爱玲提到威尔斯，称他是预言家，并提及威尔斯的合理化的乌托邦里面的男女公民一律穿着最鲜艳的薄膜质的衣裤、斗篷，这倒也值得做我们的参考资料。在《烬余录》中，张爱玲说到威尔斯的《世界史纲》，以及在《传奇》再版序中再次提到威尔斯的预言，在《小团圆》中还提到威尔斯的科学小说《莫罗博士的岛》。

在对英国文学的阅读接触中，张爱玲有自己的喜好，无论是在张爱玲自己的文章中，还是在她接受他人访谈，以及周边故人的回忆文字记述中，萧伯纳、赫胥黎、毛姆、威尔斯、劳伦斯等英国作家都被多次提及，作为张爱玲所熟知好读的英国作家，他们无疑在张爱玲创作中占有一定的地位并有潜在影响。

（二）张爱玲对英国文学的选择取向

在对张爱玲所阅读和接触外国文学的史料梳理中，我们看到，张爱玲并不是对所有的英国文学都囫囵吞枣般地全盘接受，而是有自己的主观选择和鲜明喜好。接下来要探讨的是张爱玲何以对这些英国作家如此关注，他们在哪些方面契合了张爱玲的审美取向和精神气质。

1. 理性与反讽叙事

英国文学中的理性精神是很突出的，从奥斯汀、萧伯纳，到威尔斯、毛姆等，在文本中都表现出清醒的理性态度，采用冷眼旁观的客观写作视角对世事进行审视。奥斯汀以不动声色的语调和平静的言辞对故事内容进行叙述；萨克雷一向与笔下人物保持距离，展示生活真实；萧伯纳以理性的观察者身份，对资本主义社会生活形态进行多方面揭露；赫胥黎的科幻题材小说在对未来科技文明发展的描绘之下，可以鲜明感觉到文本中所蕴含的深刻现实意义。

英国文学中这种理性旁观的叙述角度与英国人淡漠、自守的性格特征亲切关联，淡漠得让人对世事保持一种有距离的旁观态度，以客观视角进行审视。张爱玲在《沉香屑第二炉香》中说罗杰安白登是一个英国人，对于任何感情的流露，除非是绝对必要的，他总觉得有些多余。这表明张爱玲对英国人性格特征的一种认知，同时通过张爱玲的这一认知，我们发现张爱玲在性格气质上与英国人相通。胡兰成在《今生今世》中说她完全是理性的，理性到得如同数学，张爱玲自己在文章中对此也多有表述，说自己不喜欢浪漫主义文学：我不喜欢罗曼蒂克主义的传统，那种不求甚解的神秘，就像是把电灯开关一捻，将一种人造的月光照到任何事物身上，于是就有模糊的蓝色的美艳，有黑影，里头唧唧咯咯叫着兴奋与恐怖的虫与蛙。理性气质的契合，使张爱玲自觉地接近英国文学。

2. 城市题材

英国文学有关注城市题材的创作倾向，这与英国城市的发展和工业化程度密切相关，特别是在 19 世纪中叶由农业社会向工业社会转型期，城市阶层不断壮大，引起了文学界的广泛关注。在萧伯纳、赫胥黎、毛姆、威尔斯笔下展示的大多是城市生活背景，人物主要是一些城市中产阶级形象。萧伯纳笔下的人物大都生活在伦敦，如《人与超人》《华伦夫人的职业》《巴巴拉少校》等。赫胥黎的讽刺作品以冷嘲热讽的笔触表现上层中产阶级社会及其知识分子的精神危机，嘲弄当时的传统道德、爱情。毛姆笔下的人物也以生活在城市中的中产阶级作为协作对象，如《大班》《宝贝》等。

张爱玲长期生活在上海与中国香港两个大都市，笔下的人物也大都生活在城市，而且着重表现城市中产阶级的生活场景，虽然英国文学以城市为主的题材取向很契合张爱玲的创作喜好，张爱玲却没有借鉴他们的批判笔墨。可以看到，英国作家对城市的描写大多是讽刺与批判的，他们以小说为武器，揭露英国城市中产阶级的虚伪、自私和冷漠，批判城市欲望与生活，将笔触指向英国社会，具有强烈的现实批判意义。在张爱玲笔下，对城市生活的表现并不是批判和讽刺的，对城市中产阶级的叙述笔触也不是贬抑的，而是夹杂着温情。这与她的个人经历感悟、创作倾向有关，其中饱含了张爱玲对世俗生活的强烈认同感。

3. 人生幻灭感

萧伯纳、赫胥黎、毛姆、威尔斯、劳伦斯等英国作家，大多处于 19 世纪末 20 世纪初。回顾一下当时的社会历史情境，19 世纪以来，英国社会处于平稳状态，科学技术、物质文明和经济飞速发展，人们对未来充满信心。但同时也滋长了不稳定因素，尤其是世界大战的爆发，更凸显了这些。萧伯纳后期创作的表现主题就是幻灭情绪，这体现在《伤心之家》中的人物肖菲特船长、爱丽等人身上。毛姆小说中也是如此，他说生活是毫无意义的，而且不可能变成另一个样子。在《刀锋》《人性的枷锁》等作品中描绘了现代人的孤独、隔膜和虚无情绪。威尔斯科幻作品中对世界末日、人类毁灭等各种恐怖景象的描写，让人毛骨悚然，一切都显得不安。劳伦斯对现代英国和机械深深失望，有一种末日情绪，他宣称工业企业资本主义是没有心肝的，现代生活没有爱，人类的性生活都被压抑了，一些革命都是无目的的。

这些英国作家所共有的对人类及现代文明的幻灭感与精神危机，唤起了张爱玲强烈的共鸣。张爱玲在文本中也有类似的情感表达，她身处社会历史转折中并亲历战争。虽然她对世事有悲观和幻灭认知：人生恐怕就是这样的罢？生命即是麻烦，怕麻烦，不如死了好。麻烦刚刚完了，人也完了，人生就是这样的错综复杂，不讲理。但是与这些英国作家相比，张爱玲的生命意识却非常强烈，因而幻灭感有不同的旨归，英国作家精神幻灭后大都投向了信仰，而张爱玲的视线却转向了对现世庸常生活的诗意表达上。

总之，作为一位与英国文学渊源极深的作家，理性旁观的叙述手法、城市生活的题材内容，以及对于人生幻灭感是张爱玲与英国文学之间共通的特征，这种情感体认与共鸣契合让张爱玲自觉地深入接近英国文学。这些英国作家对张爱玲精神上的影响是交叉混合、互相纠结和助长的，共同成了张爱玲可供借鉴的思想和精神资源。张爱玲在此基础上又有所创新，从而形成了自己独特的艺术创作风格。

第二节 中国文化视野中的美国文学

一、美国文学在中国的传播

美国文学在中国的传播可以追溯到 19 世纪末，当时一些中国学者和留学生开始学习英语和阅读英语文学作品。随着时间的推移，越来越多的美国文学作品被引进中国，成为中国文化领域中不可或缺的一部分。

（一）传播历程

早期引进：19 世纪末到 20 世纪初，中国一些学者和留学生开始学习英语和阅读英语文学作品。一部分人学习并翻译了一些美国文学作品，如马克·吐温、爱伦·坡和赫尔曼·梅尔维尔等人的作品。这些翻译作品的出版和推广，使得中国读者开始接触和了解美国文学。

新文化运动：20 世纪初，新文化运动的兴起推动了中国文学的现代化和革新。在这一时期，许多中国作家受到了美国文学的启发和影响，如鲁迅、胡适和丁玲等人都在其作品中表现出了对美国文学的借鉴和参考。此时，美国文学在中国的影响开始得到进一步扩大和加深。

当代传播：随着全球化和信息技术的发展，美国文学在中国的传播途径越来越多样化和多元化。除了传统的出版和翻译外，网络文学、数字图书馆和在线阅读平台等新兴的传播方式也为美国文学在中国的传播提供了新的途径。

（二）传播途径

1.学术交流和翻译

学术交流和翻译是美国文学在中国传播的主要途径之一。自20世纪以来，中国的大学和研究机构就开始引进和研究美国文学。其中，翻译是非常重要的一环。从20世纪30年代开始，中国就有了第一批翻译美国文学的作品，如杰克·伦敦、爱德华·海明威、欧内斯特·海明威、福克纳等作家的作品都得到了翻译和出版。近年来，随着中国对外开放的深入发展，越来越多的优秀翻译家加入翻译美国文学的队伍中，他们不仅在翻译上有所突破，而且在学术研究上也做出了很多有益的探索和贡献。

2.出版和网络传播

除了学术交流和翻译，出版和网络传播也是美国文学在中国传播的重要途径之一。自20世纪80年代以来，中国的出版社开始引进和出版大量的美国文学作品。比如，马克·吐温、海明威、福克纳、卡瑞尔、沃尔科特、鲍尔斯和巴拉特等作家的作品一直备受中国读者的欢迎。

3.电影、电视和音乐

电影、电视和音乐也是美国文学在中国传播的重要途径之一。许多美国文学作品被改编成电影或电视剧后，在中国上映或播出，成为人们了解美国文学的另一种途径。比如《了不起的盖茨比》《肖申克的救赎》《杀死一只知更鸟》等电影，不仅在美国受到了广泛好评，也在中国获得了极高的关注度和评价。此外，美国文学作品也经常被用作音乐创作的灵感来源，比如，乐队美洲大革命曾经以福克纳的小说《喧哗与骚动》作为专辑名，而鲍勃·迪伦在自己的歌曲中也经常引用和借鉴美国文学的经典作品，这间接促进了美国文学在中国的传播和推广。

4.文学节和文化活动

文学节和文化活动也是美国文学在中国传播的重要途径之一。每年都有许多文学节和文化活动在中国举办，其中包括以美国文学为主题的活动。这些活动不仅能够让中国读者更深入地了解和感受美国文学，还能够促进中国和美国文学界的交流和合作。

5.社交媒体和网络平台

社交媒体和网络平台也成为美国文学在中国传播的重要途径之一。在中国，像微博、豆瓣读书、知乎等社交媒体和网络平台上，有很多关于美国文学的讨论和分享，人们可以在这些平台上轻松地获取和交流美国文学作品的相关信息和感受。这为美国文学在中国的传播和推广提供了新的渠道和机会。

综上所述，学术交流和翻译、出版和网络传播、电影、电视和音乐、文学节和文化活动以及社交媒体和网络平台等都是美国文学在中国传播的重要途径。这些途径的多样性和互补性，为美国文学在中国的传播和推广提供了广阔的空间和机会。随着中国和美国之间文化交流的不断加深和扩展，相信美国文学在中国的影响力和地位也将不断得到巩固和提升。

（三）传播影响

1.提升文化水平

美国文学作品在中国的传播和推广，有助于提升中国读者的文化水平和素养。通过阅读和研究美国文学作品，中国读者可以了解到美国文化和价值观念，有助于扩大视野，提高文化认知和素养水平。

2.促进文化交流

美国文学在中国的传播，为中美之间的文化交流和理解提供了新的机会和平台。通过阅读和翻译美国文学作品，中国读者可以更好地了解和理解美国的文化和价值观念，有助于增进中美两国之间的互信和友谊。

3.推动文学发展

美国文学对中国文学的发展产生了积极影响。在20世纪初，新文化运动的兴起推动了中国文学的现代化和革新。许多中国作家受到了美国文学的启发和影响，如鲁迅、胡适和丁玲等人都在其作品中表现出了对美国文学的借鉴和参考。同时，在当代，美国文学作品的翻译和阅读也为中国文学的发展提供了新的动力和启示。

4.形成文化认同

美国文学作品在中国的传播，也有助于形成中国读者对美国文化的认同和理解。通过阅读和研究美国文学作品，中国读者可以更加深入地了解美国的文化和价值观念，有助于增强对美国文化的认同感和文化自信心。

5.开拓市场

美国文学在中国的传播，也有助于开拓市场和推广美国文学产业。随着中国市场的逐渐开放和文化消费的增长，越来越多的美国文学作品被引进中国，成为中国文化市场的一部分。同时，一些美国文学作品也被改编成电影、电视剧和游戏等形式，为美国文学产业在中国市场的推广和发展提供了新的机遇。

（四）传播面临的问题

1.文化差异

美国文学在中国传播面临的最大问题是文化差异。由于中美之间存在不同的文化背景和价值观念，美国文学作品在中国的传播和接受会受到一定的限制和影响。为了更好地适应中国的文化环境和读者需求，翻译和出版机构需要进行更为深入和细致的文化研究和理解。

2.翻译质量

美国文学作品的翻译质量也是一个重要的问题。由于美国文学作品的语言和文化背景比较复杂，翻译作品的质量对于其在中国的传播和接受至关重要。为了保证翻译质量，翻译机构需要招聘专业和有经验的翻译人员，并对翻译作品进行更为严格和细致的审核和修改。

3.市场需求

美国文学作品在中国市场的接受程度也需要考虑到读者需求的变化和变异。随着时间的推移，读者对于文学作品的需求和喜好会发生变化，翻译和出版机构需要及时调整和适应市场需求，推出更符合读者口味和需求的作品。

二、美国文学在中国文化中的地位

美国文学作为世界文学的重要组成部分，在中国文化中占有举足轻重的地位。从 20 世纪开始，随着中美之间文化交流不断加深和扩大，越来越多的美国文学作品被翻译成中文并引进中国，成了中国读者了解美国文化和价值观念的重要途径。

（一）历史地位

自 20 世纪以来，美国文学在中国的传播经历了漫长的过程。早期的翻译者主要是一些学者和留学生，他们通过自学英语和文学知识，进行翻译和出版工作。随着时间的推移，专业的翻译机构和出版社逐渐涌现，为美国文学在中国的传播提供了更为权威和系统的支持。

随着中美文化交流不断加深和扩大，美国文学作品在中国的传播得到了越来越多的关注和支持。从 20 世纪 50 年代开始，中国和美国之间的文学交流逐渐增多，一些中国作家和文学翻译家前往美国参加文学活动和交流，从而接触和了解到更多美国文学作品和文化。同时，一些美国作家也前往中国，参加文学会议和讲座，促进了中美之间的文化交流和理解。

在当代，随着互联网技术的普及和发展，网络传播逐渐成了美国文学在中国传播的新途径。中国一些在线阅读平台和数字图书馆提供了许多美国文学作品的电子版本，使得读者可以随时随地获取和阅读这些作品。同时，一些社交媒体平台也为中国读者提供了交流和讨论的平台，促进了对美国文学作品的深入理解和探讨。

（二）文化价值

美国文学作为世界文学的重要组成部分，在中国文化中具有重要的价值和地位。

首先，许多美国文学作品被誉为世界文学的经典之作，具有极高的文学价值和艺术价值。例如，《老人与海》《了不起的盖茨比》《麦田里的守望者》等作品，在中国读者中广受欢迎，被视为经典之作。这些作品通过对人类生活的深刻描绘和对人性的探索，展现了美国文化的精髓和价值观念。

其次，美国文学作品在中国文化中还具有重要的教育价值和文化传承价值。许多美国文学作品揭示了人类文明的普遍问题，表现了人类生活的多样性和复杂性，能够启发读者对于生活和文化的深刻思考和理解。同时，美国文学作品还传递了美国的文化传统和价值观念，有助于增强中国读者对于美国文化的认识和理解，促进中美文化交流和合作。

（三）对中国文学的影响

美国文学作品在中国的传播和阅读，也对中国文学的发展产生了一定影响。

首先，美国文学作品的翻译和阅读，为中国文学的翻译和创作提供了新的思路和启示。中国的一些作家和翻译家受到了美国文学作品的影响，尝试采用新的表现手法和文学风格，推动了中国文学的发展和创新。

其次，美国文学作品的翻译和阅读，也为中国文学的国际化提供了新的契机和动力。随着中国的国际地位和文化影响力的提升，越来越多的中国作品被翻译成外语并引进国际市场。美国文学作品的成功传播和接受，也为中国文学的国际化提供了新的机遇和动力，有助于推动中国文学的发展和全球化。

美国文学在中国文化中具有重要的地位和作用。美国文学作品的传播和阅读，为中国读者了解美国文化和价值观念提供了重要途径和手段，同时为中国文学的发展和创新提供了新的启示和动力。在未来，随着中美之间文化交流不断加深和扩大，美国文学在中国的传播和接受也将迎来更加广阔的发展空间和更大的机遇。

三、美国文学对中国文化的影响

美国文学是世界文学的重要组成部分，它的思想、文化、价值观念等对中国文化的影响是深远而广泛的。自 20 世纪以来，越来越多的美国文学作品被引进中国，并成为中国文化的一部分。本书将从美国文学对中国文化的启示、对中国社会的影响以及对中国文化的挑战和启示等方面进行分析和探讨。

（一）对中国文学的启示和影响

美国文学作为世界文学的重要组成部分，其深厚的文化内涵和丰富的文学形式对中国文学的发展和创新具有重要的启示和影响。

首先，美国文学作品描绘了人类生活的多样性和复杂性，反映了人类普遍的精神追求和情感体验，能够启示中国文学作家对于人性和人生的深刻探索和表达。

其次，美国文学作品的翻译和传播，为中国读者提供了新的文学体验和思维方式，有助于拓宽中国文学的视野和文化认知。许多中国读者通过阅读美国文学作品，对美国文化和价值观念有了更深入的了解和认识，也对自身文化的认知和审美有了更新和提升。

（二）对中国社会的影响

美国文学作为西方文化的代表之一，对中国社会产生了深刻影响。

首先，美国文学作品揭示了人类社会的普遍问题，表现了人类生活的多样性和复杂性，有助于中国社会理解和面对自身的文化和社会问题。

其次，美国文学作品的翻译和传播，为中国社会提供了新的文化交流和合作的契机。随着中国的国际地位和文化影响力的提升，越来越多的中国作品被翻译成外语并引进国际市场。美国文学作品的成功传播和接受，也为中国文化的国际化提供了新的机遇和动力，有助于推动中国文化的发展和全球化。

（三）对中国文化的挑战和启示

美国文学作为西方文学的代表之一，与中国文化存在明显的差异和冲突。美国文学作品所体现的文化价值观念，与中国的传统文化和价值观念存在一定的差异和冲突，这也为中国文化提出了一些挑战和启示。

首先，美国文学作品所体现的个人主义和自由精神，与中国的集体主义和家庭观念存在冲突。这导致了一些中国读者对于美国文学作品的接受和理解存在困难和阻碍。然而，这对中国文化提出了一个重要问题，即如何在保持传统文化和价值观念的基础上，吸收和融合外来文化的优秀元素，以满足现代社会的需要。

其次，美国文学作品所描绘的现代生活和社会问题，与中国的传统文化和现实生活存在较大的差异。这对中国文学提出了一个重要挑战，即如何通过创新和改革，使中国文学作品能够更好地反映现代社会的变化和发展，满足读者的需求和期望。

最后，美国文学作品所体现的文化多元性和包容性，为中国文化提供了一个重要的启示。在现代社会的背景下，文化多元性和包容性已成为世界文化发展的重要趋势。因此，中国文化需要不断开放和包容，吸收和融合外来文化的优秀元素，以适应世界文化的发展趋势。

（四）美国文学在中国文化中的地位

美国文学作为世界文学的重要组成部分，在中国文化中占有重要的地位。

首先，美国文学作品所描绘的现代生活和社会问题，与中国现代文学有相似的主题和表现形式，有助于丰富中国文学的内容和风格。

其次，美国文学作品所体现的文化多元性和包容性，为中国文化的发展和创新提供了重要的启示和借鉴。通过吸收和融合美国文学的优秀元素，中国文学可以更好地满足现代社会的需求和期望，同时有助于中国文学在国际文化交流中发挥更重要的作用。

最后，美国文学作品在中国文化中的传播和接受，也体现了中国文化的开放和包容。随着中国文化的国际化和全球化，越来越多的中国文学作品被翻译成外语并引进国际市场。这也为美国文学在中国文化中的传播和接受提供了更多机遇和动力，有助于推动中美文化交流和合作。

总之，美国文学作为世界文学的重要组成部分，在中国文化中具有重要的地位和影响。通过美国文学作品的翻译和传播，中国读者可以更好地了解和认识美国文化和价值观念，同时启示和丰富中国文学的内容和风格。在未来的发展中，中美文化交流和合作将进一步加强，美国文学在中国文化中的地位和影响也将得到进一步提升和巩固。

四、美国文学对中国社会和文化的影响

除了对中国文学的影响，美国文学也对中国社会和文化产生了重要影响。

（一）美国文学作品中自由的思想对中国现代化进程的影响

自由是美国文化和价值观的核心，也是美国文学作品中一个重要主题和价值取向。自由的思想在美国文学作品中得到了深刻的探讨和体现，它不仅对美国社会和文化产生了深远的影响，同时对中国现代化进程产生了积极的推动作用。下面，笔者将从以下几个方面，探讨美国文学作品中自由的思想对中国现代化进程的影响。

1.美国文学作品中自由思想的内涵和特点

自由思想是美国文学作品中的一个重要主题，它体现了美国人民对自由和个人权利的追求和表达。美国文学作品中，自由思想的内涵和特点主要表现在以下几个方面。

（1）强调个体主义和自我实现

在美国文学作品中，自由思想强调个体主义和自我实现。个体主义强调个人权利和自由选择的权利，每个人都有权利追求自己的人生价值和自我实现。自我实现则强调每个人都有权利追求自己的兴趣和激情，不断发掘和发展自己的潜力，实现自己的人生价值。这种个体主义和自我实现的思想在美国文学作品中得到了广泛的表达和反映，如赛林格的《麦田里的守望者》、海明威的《老人与海》、福克纳的《喧哗与骚动》等作品中，人物形象往往具有强烈的个性和自我意识，他们坚持自己的信仰和追求，不断探索和实现自己的人生价值。

（2）反对权威主义和压制

美国文学作品中，自由思想反对权威主义和压制，强调个人权利和自由选择的权利。这种反对权威主义和压制的思想，在美国文学作品中得到了广泛的表达和反映。例如，奥威尔的《一九八四》、赛林格的《麦田里的守望者》、海明威的《老人与海》等作品中，都反映了社会和政府对个人自由的限制和压制。这种反对权威主义和压制的思想，对于中国社会和文化中长期以来的权威主义和封建思想具有重要的借鉴意义，有助于中国社会和文化以更加自由和开放的姿态走向世界。

（3）注重探索和思考

在美国文学作品中，自由思想注重探索和思考，强调个人自由意志的选择和思想探索的重要性，这种注重探索和思考的思想在美国文学作品中得到了广泛的表达和反映。例如，霍桑的《红字》中，人物往往通过自我探索和思考，最终实现人生价值。这种注重探索和思考的思想，可以促进个体的自我认识和成长，也可以促进社会和文化的进步与发展。

2.美国文学作品中自由思想对中国现代化进程的影响

自由思想在美国文学作品中得到了广泛的表达和反映，它不仅对美国社会和文化产生了深远影响，同时对中国现代化进程产生了积极的推动作用。以下是美国文学作品中自由思想对中国现代化进程的影响。

（1）促进社会和文化现代化

自由思想可以促进人权意识的提升，加深个体的自我认识和自我价值，进而推动社会和文化的进步与发展。在中国，人权意识的提升也是一个重要的方向和目标，随着中国社会和文化的不断发展与进步，人权意识的提升越来越重要。美国文学作品中自由思想的表达和反映，可以为中国的人权意识提升提供重要的思想支持和借鉴。

（2）促进文化多元化和开放性

自由思想注重探索和思考，强调个人自由意志的选择和思想探索的重要性。这种思想可以促进文化多元化和开放性，推动文化的自由流动和交流，增强文化的开放性和多元性。在中国，文化多元化和开放性的提升也是一个重要的方向和目标，随着中国社会和文化的不断发展与进步，文化多元化和开放性的提升越来越重要。美国文学作品中自由思想的表达和反映，可以为中国的文化多元化和开放性提升提供重要的思想支持和借鉴。

美国文学作品中自由思想是一个重要的主题和价值取向，它体现了对自由和个人权利的追求与表达。自由思想在美国文学作品中得到了深刻的探讨和体现，它不仅对美国社会和文化产生了深远影响，同时对中国现代化进程产生了积极的推动作用。自由思想可以促进社会和文化的现代化，推动社会的民主化进程，同时促进文化的多元化和开放性。

（二）美国文学作品对中国社会的自由化和民主化进程的推动作用

随着中国社会和经济的发展，中国的自由化和民主化进程逐渐得到了广泛的关注和讨论。美国作为一个充满自由和民主精神的国家，其文学作品在对中国社会和文化的影响中发挥了重要作用。

1.美国文学作品对中国社会和文化的启示与鼓励

美国文学作品中所体现的自由和民主精神，对中国社会和文化产生了深刻的启示与鼓励作用。美国文学作品中的自由和民主精神，以及其中所表现的人权意识、民主价值观和自由思想等，为中国社会和文化的自由化与民主化进程提供了重要的借鉴和参考。

例如，美国作家约翰·斯坦贝克的《愤怒的葡萄》就体现了自由和民主的精神。这部小说描述了一群加利福尼亚州的葡萄园工人为了生存和尊严与资本家斗争的故事。小说中的主人公汤姆·朱德被描述为一个强烈的个人主义者，他不仅为自己的利益而斗争，也为其他工人的利益而奋斗。这部小说通过展现工人们的团结和斗争，表达了自由和民主的理念。这部小说对中国社会和文化的自由化与民主化进程，提供了重要的启示和鼓励。

2.美国文学作品对中国社会和文化的批判与反思

美国文学作品中的自由和民主精神，也对中国社会和文化的现实问题进行了批判与反思。这种批判和反思，对于中国社会和文化的进步与发展，起着重要的推动作用。

例如，美国作家乔治·奥威尔的《1984》就对极权主义和集权主义进行了批判和反思。这部小说描述了一个被统治的世界，全民被监视和控制的生活，以及反抗统治的个人行为。这部小说揭示了极权主义和集权主义的严重问题，警示人们要保护自由和人权。这部小说对中国社会和文化中长期以来存在的权威主义和集权思维进行了深刻的批判与反思，对于中国社会和文化的自由化和民主化进程提供了重要的启示与借鉴。

除了《1984》外，美国文学作品中的批判和反思还包括对性别歧视、贫困等社会问题的揭示与反思。例如，美国作家托尼·莫里森的《亲爱的》就揭示了族群歧视的严重问题，以及女性在性别压迫下的困境和斗争。这部小说通过对美国黑人文化和历史的深入剖析，提出了对自由和平等的追求，对中国社会和文化中的性别歧视进行了深刻的批判与反思。

3. 美国文学作品对中国社会和文化的借鉴与启迪

美国文学作品对中国社会和文化的自由化与民主化进程，也提供了重要的借鉴和启迪。这些借鉴和启迪，有助于中国社会和文化更好地实现自由化与民主化进程。

例如，美国作家亨利·戴维·梭罗的《瓦尔登湖》提出了对自然的尊重和追求。梭罗在这部书中倡导了回归自然、俭朴生活的理念，提倡人们不要沉迷于物质追求，而是要追求内心的自由和平静。这种对自由和自然的理念，可以为中国社会和文化中的环境保护和生态文明建设提供重要的借鉴与启迪。

另外，美国文学作品中所体现的创新精神和思想启示，也可以为中国社会和文化的自由化和民主化进程提供重要的借鉴与启迪。例如，美国作家艾萨克·阿西莫夫的《银河帝国》就提出了关于人类文明进步和发展的重要思想启示。这部小说提出了对未来的展望和设想，探讨了人类文明发展的不同阶段和趋势，为中国社会和文化的自由化和民主化进程提供了重要的思想借鉴与启迪。

4. 美国文学作品对中国社会和文化的积极影响

美国文学作品对中国社会和文化的自由化和民主化进程产生了积极影响，具体表现在以下几个方面。

（1）提高人们的自我意识和自由意志

美国文学作品中所体现的自由和民主精神，可以促进中国社会和文化的自我意识和自由意志的提高。这种自我意识和自由意志的提高，可以让人们更加注重自己的权利和自由，反对权威主义和压制，进而推动社会和文化朝更加自由、开放和先进的方向发展。

（2）促进社会和文化现代化

美国文学作品中的自由和民主精神，可以促进中国社会和文化的现代化进程，推动社会和文化朝更加自由、开放和先进的方向发展。这种现代化进程，可以为中国社会和文化的自由化和民主化提供重要的支持和帮助，加快中国社会和文化的进步与发展。

（3）推动民主化进程

美国文学作品中的自由和民主精神，可以推动中国社会和文化的民主化进程。这种民主化进程，可以让中国社会和文化更加平等、公正和民主，进一步推动中国社会和文化的自由化和民主化进程，加速中国社会和文化的进步与发展。

（4）促进文化多元化和开放性

美国文学作品中的自由和民主精神，可以促进中国社会和文化的多元化和开放性。这种文化多元化和开放性，可以使中国社会和文化更加开放、包容和多元化，进一步推动中国社会和文化的自由化和民主化进程，加速中国社会和文化的进步与发展。

总之，美国文学作品对中国社会和文化的自由化和民主化进程产生了积极影响，为中国社会和文化的自由化和民主化提供了重要的支持与帮助。随着中美两国之间文化交流不断加深和扩展，美国文学作品对中国社会和文化的影响与地位也将不断得到巩固和提升。

（三）美国文学作品中对中国社会和文化的影响

美国文学作品具有很强的文化冲突和多元化的特点，它们对中国社会和文化产生了重要影响。

1.美国文学作品的文化冲突对中国社会和文化的影响

美国文学作品中所体现的文化冲突，对中国社会和文化产生了重要影响。这种文化冲突，可以使中国社会和文化更加开放、包容和多元化，推动中国社会和文化的现代化进程。

（1）推动社会和文化的变革

美国文学作品中所体现的文化冲突，可以推动中国社会和文化的变革。这种变革可以使中国社会和文化更加开放、包容和多元化，推动中国社会和文化的现代化进程。例如，美国作家欧内斯特·海明威的《太阳照常升起》描写了一群在巴黎生活的流浪汉和旅游者，其中涉及战争、失落和人生的意义等话题，对中国社会和文化有重要的思想启示具有重要意义。

（2）拓展文化视野

美国文学作品中所体现的文化冲突，可以拓展中国社会和文化的视野。这种文化视野的拓展，可以使中国社会和文化更加包容和多元化，进一步推动中国社会和文化的现代化进程。例如，美国作家托尼·莫里森的《宠儿》讲述了黑人女孩在性别歧视的环境中成长的故事，这种题材和主题对中国社会和文化有重要的思想启示。

（3）消解文化隔阂

美国文学作品中所体现的文化冲突，可以消解中国社会和文化的隔阂。这种文化隔阂的消解，可以使中国社会和文化更加开放、包容和多元化，推动中国社会和文化的现代化进程。例如，美国作家加布里埃尔·加西亚·马尔克斯的《百年孤独》涉及家族、历史等话题，这种跨文化的视角和主题，对中国社会和文化有重要的思想启示。

2.美国文学作品的多元化特点对中国社会和文化的影响

美国文学作品的多元化特点，也对中国社会和文化产生了重要影响。这种多元化的特点，可以使中国社会和文化更加开放、包容和多元化，推动中国社会和文化的现代化进程。

（1）推动文化多元化

美国文学作品的多元文化特点，可以推动中国社会和文化的多元化发展。这种文化多元化，可以使中国社会和文化更加开放、包容和多元化，进一步推动中国社会和文化的现代化进程。例如，美国作家爱丽丝·沃克的《紫色小说》讲述了一个黑人女性的成长故事，探讨了性别、文化等多种话题，这种跨文化的视角和主题，对中国社会和文化有重要的思想启示。

（2）拓展文化视野

美国文学作品的多元文化特点，可以拓展中国社会和文化的视野。这种文化视野的拓展，可以让中国社会和文化更加包容和多元化，进一步推动中国社会和文化的现代化进程。例如，美国作家托尼·莫里森的《遥远的爱情》讲述了一对黑人情侣在歧视的环境中生存的故事，这种题材和主题对中国社会和文化的思想启示具有重要意义。

（3）推动文化交流和融合

美国文学作品的多元化特点，可以推动中国社会和文化的交流与融合。这种文化交流和融合，可以使中国社会和文化更加开放、包容和多元化，推动中国社会和文化的现代化进程。例如，美国作家鲁道夫·华莱士的《无人生还》通过对社会、文化、心理等多方面的描写，呈现了一幅关于人性、文化和社会的多元化画卷，这种多元化的文化特点对中国社会和文化有重要的思想启示。

总之，美国文学作品的文化冲突和多元化特点对中国社会和文化产生了重要影响。通过对美国文学作品的深入研究和思考，可以促进中国社会和文化的现代化进程，推动中国社会和文化的开放、包容和多元化，为中国的现代化建设和文化发展注入新的思想与力量。因此，加强中美文化交流，推动中美文学作品的翻译和传播，是促进中美文化交流与合作的重要途径之一。

第五章　文化研究视野中的英美生态文学

第一节　英国生态文学

英国生态文学是一种以自然环境和生态系统为主题的文学流派，它强调人类与自然的互动和相互依存关系，呼吁人类对自然资源的保护和可持续发展。英国生态文学流派的兴起，源于 20 世纪 70 年代以来英国社会对环境保护和生态问题的日益重视，以及文化界对自然环境和人类命运的关注与思考。

一、英国生态文学的历史背景

英国生态文学的兴起与 20 世纪 70 年代以来英国社会对环境保护和生态问题的日益重视有密切的关系。在这一时期，英国社会出现了一系列环境污染和生态危机事件，如石油泄漏、核辐射、空气污染和森林砍伐等，这些事件引发了公众对环境保护和生态问题的高度关注与反思。同时，英国文化界对自然环境和人类命运的关注与思考越来越多。20 世纪 70 年代以前，英国文学以现代主义为主导，强调个人内心世界的表达和探索，而忽视了自然环境和社会现实的描绘。然而，20 世纪 70 年代以后，一批作家开始将自然环境和生态问题纳入文学创作的主题范围，提出了人与自然互动和相互依存的观点，并倡导环境保护和可持续发展的理念。

（一）英国社会的现实状况

20 世纪 70 年代以来，随着工业化和城市化进程的加速，英国社会的环境问题日益突出，空气污染、水污染、垃圾处理等问题越发引起公众关注。与此同时，社会主义和民主主义的思潮不断兴起，人们开始反思工业化和城市化带来的问题，呼吁环境保护和可持续发展。这种环境问题的日益严重和社会思潮的转变，为英国生态文学的兴起提供了土壤。

（二）英国生态文学的演进历程

英国文学的演进历程对英国生态文学的发展产生了深远影响。19 世纪末，英国文学经历了一次新文学运动，反对文艺复兴时期以来的浪漫主义和维多利亚时期的故事性写作，强调描写现实生活和社会问题，鼓励文学家对社会进行揭露和批判。这种文学运动在 20 世纪 70 年代后期得到了继承和发扬，尤其是在生态文学领域，文学家开始探讨环境问题和自然生态的价值与意义，强调人类与自然环境的互动和相互依存关系，呼吁环境保护和可持续发展。

在英国文学发展过程中，自然主义文学对英国生态文学产生了深刻影响。自然主义文学强调描写自然环境和社会现实的相互作用，反映人类对自然环境的探索和理解，表达了对自然环境的敬畏和尊重。这种文学流派的兴起，为英国生态文学的发展奠定了重要基础。

英国生态文学的历史背景可以分为两个层面：一个是英国社会的现实状况，另一个是英国文学的演进历程。随着环境问题日益突出和社会思潮的转变，英国生态文学得以兴起和发展。在英国文学的演进历程中，新文学运动和自然主义文学也为英国生态文学的发展提供了宝贵经验和文化资源。这些历史背景的影响，不仅为英国生态文学的兴起和发展提供了土壤，反过来促进了英国社会和文学的环境保护与可持续发展的进程。

值得注意的是，英国生态文学的发展不仅反映了英国社会和文学的现实问题与思考，也具有普遍的全球意义。在环保和可持续发展的问题上，英国生态文学呼吁的是全球性的合作和行动。因此，英国生态文学不仅是一种反映英国文化和历史的文学流派，更是一种超越国界的生态文明思想和实践。

随着全球环境问题的日益严重，生态文学的发展已成为当今世界文学和文化发展的重要方向。未来，英国生态文学在全球环保和可持续发展的背景下，将继续发挥重要作用。英国生态文学的主题和理念，将更多地与全球环境问题和人类命运相结合，呼吁更广泛的社会参与和全球合作，为推动人类文明向更加和谐、稳定、可持续的方向发展做出贡献。

二、英国生态文学的主要特点

（一）强调人与自然的互动和相互依存关系

英国生态文学强调人与自然的互动和相互依存关系，认为人类不能孤立于自然环境之外，而应该与自然环境协同发展。这一观点在英国生态文学中得到了广泛的反映，例如汤姆·斯图尔特的《大自然的年轮》、理查德·麦布莱德的《南方水鸟》等，都强调了人与自然的互动和相互依存关系。以下是英国生态文学强调人与自然的互动和相互依存关系的几个方面。

1. 生态系统的互动

英国生态文学关注的不仅是自然环境本身，更关注自然环境中生态系统的互动关系。生态系统是自然界中的一个相互关联的系统，其中的各种生物体都在相互作用、相互依存。英国生态文学家通过文学的形式探讨生态系统中各种生物之间的相互依存和作用，反映出人与自然环境之间的紧密联系。

2. 生态伦理的重视

英国生态文学强调人与自然的相互依存关系，表现为对自然界的敬畏和尊重。人类是自然界的一部分，应该尊重自然环境、保护自然资源，不能任意破坏和损害生态系统。英国生态文学家通过文学作品反映这种生态伦理观念，鼓励人们重视生态伦理，采取积极措施保护自然环境。

3.人与自然的相互关系

英国生态文学强调人与自然的相互关系，认为人类与自然环境之间应该是相互支持、相互依存的关系。人类需要自然环境提供生存所需的资源和条件，而自然环境也需要人类的保护和管理。英国生态文学家通过文学作品探讨人类与自然环境之间的相互关系，呼吁人们与自然环境和谐共生，实现人类和自然环境的可持续发展。

4.环境保护与可持续发展

英国生态文学的另一个重要特点是对环境保护和可持续发展的关注。人类活动对自然环境的影响越来越大，导致环境问题日益严重，而英国生态文学家则通过文学作品呼吁人们保护环境、实现可持续发展。他们强调人类与自然环境之间的相互依存关系，认为人类需要保护和管理自然环境，以实现环境的可持续发展，使人类可以在环境保护的前提下，以获得经济和社会的发展。

5.环境危机的警示

英国生态文学作为一种文学流派，通过文学的形式警示人们环境危机的存在和日益加剧的危险。英国生态文学家创作了大量作品，揭示了人类活动对自然环境造成的损害和破坏，呼吁人们采取行动，保护自然环境。这种警示作用可以激发人们的环保意识和责任感，实现环境保护和可持续发展。

6.反思现代文明的局限性

英国生态文学强调人与自然的相互依存关系，反映出对现代文明的批判和反思。现代文明追求的是物质和技术的进步，却忽视了生态和环境的保护。这种盲目追求破坏了生态平衡，导致环境危机的加剧。英国生态文学家通过文学作品，反思现代文明的局限性，呼吁人们重新审视生态与环境保护的重要性，探索新的生态文明和文化价值观。

总之，英国生态文学强调人与自然的互动和相互依存关系，表现为对自然环境的敬畏和尊重，呼吁人们保护环境、实现可持续发展。英国生态文学的思想和理念，反映了人类文明向生态文明转型的方向和努力，也为其他国家和地区的生态文学发展提供了借鉴和参考。

（二）呼吁环境保护和可持续发展

英国生态文学流派呼吁人们关注环境保护和可持续发展，反对过度开发和破坏自然资源。这一理念在英国生态文学中得到了广泛的表达和反映，如蕾切尔·卡森的《寂静的春天》强调了环境保护和可持续发展的重要性。下面从几个方面详细阐述英国生态文学的环境保护和可持续发展理念。

1.生态文学作为环保宣传和倡导的载体

英国生态文学作为文学的一种形式，通过文学作品传达环保宣传和倡导的信息，呼吁人们关注环境问题，积极保护环境。文学作品可以通过情感、形象、细节等方面，使环境保护问题更加真实、生动和感人，从而激发人们的环保意识和责任感。例如，英国生态文学家蕾切尔·卡森的《寂静的春天》就是一部环境保护的经典作品。她通过对春天的描述，批判了对人们不负责任地破坏环境的行为，引起了全球环保运动的广泛关注和支持。

2. 生态文学作为环保知识普及和科普的媒介

英国生态文学作为一种文学流派，不仅传达环保宣传和倡导的信息，还可以作为一种知识普及和科普的媒介，传播环保知识，增强人们的环保意识和保护环境的能力。例如，英国生态文学家理查德·梅比的《心向原野》就是一部以生态科学为基础的环境保护文学作品。他在作品中运用生态学原理和科学知识，向读者介绍了生态系统的特点和运作机制，增强了人们对环境保护的理解和认识。

3. 生态文学作为环保教育的重要手段

英国生态文学还可以作为一种环保教育的重要手段，通过文学作品向人们传递环保理念和知识，增强人们的环保意识和保护环境的能力。例如，英国生态文学家保罗·莫里森的《河流的神话》就是一部以环保教育为主题的文学作品。他在作品中描绘了人类对自然环境的破坏和对生态系统的不负责任的行为，呼吁人们采取行动，保护环境，实现可持续发展。通过这种方式，他成功地激发了人们的环保意识和责任感，推动了环保教育的发展。

4. 生态文学作为环保和可持续发展思想的倡导者

英国生态文学强调人与自然的相互依存关系，主张在保护自然环境的前提下实现可持续发展。这种思想在英国生态文学中得到了广泛的表达和推广，成为一种文化理念和价值观。英国生态文学家对环保和可持续发展问题的关注和反思，对世界范围内环保和可持续发展思想的传播和倡导，都具有积极的推动作用。例如，英国生态文学家珍·古道尔的《希望的收获》就是一部倡导可持续发展和生态平衡的文学作品。她通过描绘人类活动对生态系统造成的破坏和危害，表达了对自然环境的关注和保护，呼吁人们采取行动，保护环境，实现可持续发展。

综上所述，英国生态文学作为一种新兴的文学流派，强调人与自然的相互依存关系，呼吁人们保护环境、实现可持续发展。它不仅是一种文学形式，更是一种文化理念和价值观。英国生态文学的思想和理念，反映了人类文明向生态文明转型的方向和努力，也为其他国家和地区的生态文学发展提供了借鉴和参考。

（三）重视本土文化和传统价值观念

英国生态文学流派重视本土文化和传统价值观念，认为它们是人类与自然环境相互依存的重要基础。这一观点在英国生态文学中得到了广泛的反映，如温斯顿·格雷厄姆的《三块广场》、罗杰·德雷佛斯的《森林、河流和沼泽》等，都强调了本土文化和传统价值观念在环境保护和可持续发展中的重要作用。下面从几个方面详细阐述英国生态文学重视本土文化和传统价值观念的特点。

1. 文化传承与保护

英国生态文学强调传统文化在环境保护和可持续发展中的作用，反对文化和环境的破坏和失传。在英国生态文学作品中，我们经常可以看到对传统文化的传承和保护的关注与探索。例如，英国生态文学家理查德·梅比在《心向原野》中描绘了英格兰南部的莫尔文丘陵的自然景观和历史遗迹，并表达了对这些文化遗产的保护和传承的关注与呼吁。

2. 环境伦理和道德

英国生态文学中强调本土文化和传统价值观念在环境伦理和道德方面的作用。文学家们通过对传统文化和价值观念的探索与反思，建立了一种新的环境伦理和道德观念。例如，英国生态文学家艾琳·奥德恩在《河流的神话》中描绘了人类对河流的破坏和污染，反映了对环境伦理和道德的关注与思考。

3. 地方主义

英国生态文学的另一个特点是地方主义，即强调地方特色和地域文化。在英国生态文学作品中，我们经常可以看到对地方文化和特色的关注与探索。例如，英国生态文学家理查德·杰弗里在《大自然的肖像》中描绘了苏格兰高地的自然景观和地域文化，反映了对地方主义的关注和倡导。

（四）关注社会公正和人类命运

英国生态文学流派不仅关注自然环境和生态问题，还关注社会公正和人类命运。这一观点在英国生态文学中得到了广泛的反映，如乔治·莫纳斯的《绿色花园》、艾玛·特纳的《鸟的国度》等，都强调了社会公正和人类命运在环境保护和可持续发展中的重要作用。下面从几个方面详细阐述英国生态文学关注社会公正和人类命运的特点。

1. 社会公正

英国生态文学认为环境问题是社会问题的一部分，需要通过社会公正来解决。文学家们通过对社会问题的探索和反思，建立了一种新的社会公正观念。例如，英国生态文学家玛丽·米德在《濒危物种》中描绘了城市化和工业化对自然和人类生活的破坏与影响，并呼吁通过社会公正来解决这些问题。

2. 全球化和国际合作

英国生态文学认为环境问题是全球问题，需要通过国际合作来解决。文学家们通过对全球化和国际合作的探索与反思，建立了一种新的国际合作观念。例如，英国生态文学家托尼·普林斯在《做最好的事情》中呼吁全球合作来解决气候变化问题，并探索了全球化对环境和社会的影响。

3. 人类命运

英国生态文学认为环境问题不只是自然问题，也是人类问题。文学家们通过对人类命运的探索和反思，建立了一种新的人类命运观念。例如，英国生态文学家加里·斯奎尔斯在《大自然的天空》中探索了人类对自然的认识和理解，并建立了一种新的人类命运观念。

综上所述，英国生态文学不仅关注环境问题，也关注社会公正和人类命运，通过对社会问题、全球化和国际合作、人类命运的探索与反思，建立了一种新的社会公正、国际合作和人类命运观念。

三、英国生态文学的代表作品

（一）理查德·麦布莱德，《南方水鸟》

《南方水鸟》是理查德·麦布莱德的代表作，该书以英国南部海滩为背景，通过对自然环境的描写和反思，探讨了人与自然的关系和环境保护的重要性。该书以优美的语言和深刻的洞察力，传递了对生态文明的思考和呼吁。这部小说三部曲呈现出丰富的生态思想，表现了作者对生态环境的关注和反思。

1. 表现自然环境的力量和神秘性

《南方水鸟》以神秘的南方沼泽地带为背景，麦布莱德通过对沼泽环境的描写和刻画，展现出自然环境的强大和神秘性。小说中描述了许多神秘的生物和环境，如闪电树、冥王星植物、被命名为"咕噜噜"的生物等，这些形象鲜明的描写展示了自然环境的力量和神秘性，使读者产生了强烈的自然景观感。

2. 呼吁尊重自然环境和生物多样性

在《南方水鸟》中，麦布莱德呼吁人们尊重自然环境和生物多样性。小说中的沼泽环境和其中的生物种类繁多，但这些生物并没有受到人类的保护和尊重，反而受到了人类的破坏和侵害。小说通过对人类对自然环境的破坏和生物多样性的消失的描写和反思，呼吁人们应该更加尊重自然环境和生物多样性，实现人类与自然的和谐共生。

3. 强调生态平衡的重要性

在《南方水鸟》中，麦布莱德强调了生态平衡的重要性。小说中的生态环境由于人类的破坏和干预，遭到了严重破坏，进而引发了各种奇异的生物和现象。小说通过对生态平衡重要性的强调，呼吁人们应该采取措施保护自然环境，维护生态平衡，防止生态环境继续恶化。

4. 反思人类对自然环境的破坏

《南方水鸟》通过对人类对自然环境的破坏和干预的描写和反思，让人们意识到人类在现代化进程中对自然环境所造成的破坏和危害。小说中人类对自然环境的破坏和侵害，使得自然环境和生物多样性受到了威胁与危害。麦布莱德通过对这些问题的反思，呼吁人们应该重视自然环境的保护，为生态平衡和可持续发展作出贡献。

5. 呈现人类与自然环境的相互依存关系

《南方水鸟》中的生态思想强调了人类与自然环境的相互依存关系。小说中描述了一种名为"漩涡"的神秘生物，这种生物使沼泽和人类的界限逐渐消失，人类也被卷入了生态平衡的旋涡中。小说通过对旋涡现象的描写和刻画，呈现了人类和自然环境之间相互依存和相互影响的关系。

综上所述，《南方水鸟》通过对自然环境和人类之间相互关系的描写和反思，强调了尊重自然环境、保护生物多样性和维护生态平衡的重要性，同时反思了人类对自然环境的破坏和危害。小说所呈现的生态思想深入人心，对现代社会人们的环保意识和生态观念具有积极的启示作用。

（二）温斯顿·格雷厄姆，《三块广场》

《三块广场》是温斯顿·格雷厄姆的代表作，该小说以英国乡村为背景，通过对自然环境和社会生活的描写，探讨了人类与自然的互动和相互依存关系。该小说以细腻的笔触和深刻的思考，呈现了环境保护和可持续发展的理念与实践。

1.生态文明与人类文明的关系

《三块广场》中的生态思想认为，生态文明与人类文明是相互关联、相互依存的关系，二者需要相互协调和平衡。该小说中，作者认为现代社会追求经济发展和技术进步的过程中，人类文明对生态环境造成了巨大的破坏和危害，从而导致生态危机的出现。他呼吁人们应该反思现代社会发展的方向和方式，寻找一种更加人性化、和谐、可持续的发展模式。

2.呼吁重视自然环境和生物多样性的保护

小说的主人公唐纳德·肖，是一位年轻的大学教师，他在教授《环境学》的过程中，深刻认识到了自然环境和生物多样性保护的重要性。他呼吁人们应该尊重自然环境，保护生物多样性，采取措施防止环境恶化和生态失衡，为人类和地球的未来作出贡献。

3.反思社会文化和人类行为对自然环境的影响

《三块广场》中的生态思想通过对社会文化和人类行为对自然环境的影响进行反思，强调了人类行为对自然环境造成的破坏和危害。小说中，作者通过描述人类的工业化、城市化和消费主义文化，揭示了现代社会对自然环境的破坏和危害。他呼吁人们要反思并改变这些不良的行为和文化习惯，追求一种更加和谐、平衡、可持续的生活方式。

4.强调自然环境和人类之间的相互依存和相互影响关系

《三块广场》中的生态思想强调了自然环境和人类之间的相互依存和相互影响关系，认为二者是相互联系、相互作用的整体。小说中，作者通过描绘肖在加州旅行的经历，深刻表达了自然环境和人类之间的相互关系。他呼吁人们应该意识到自己与自然环境的相互依存和相互关系，采取措施保护自然环境和生态平衡。

5.强调人类和自然之间的和谐关系

《三块广场》中的生态思想强调了人类和自然之间的和谐关系，认为只有实现人类和自然的和谐，才能实现生态文明建设。小说中，作者通过描绘肖和其他人物的生活经历，强调了人类和自然之间的和谐关系，以及如何实现这种和谐。他呼吁人们要学会尊重自然、珍爱生命、追求平衡，寻找一种人性化、和谐、可持续的发展模式。

总之，《三块广场》作为一部充满生态思想的小说，深刻反映了作者对生态环境和人类命运的关注与呼吁。通过揭示现代社会对自然环境的破坏和危害，以及反思人类行为对自然环境的影响，呼吁人们意识到自己与自然环境的相互依存和相互关系，采取措施保护自然环境和生态平衡，实现人类和自然的和谐关系，为生态文明建设贡献力量。

（三）罗杰·德雷佛斯，《森林、河流和沼泽》

《森林、河流和沼泽》是英国生态文学作家罗杰·德雷佛斯的代表作之一，也是英国生态文学的经典之作。这部作品中，德雷佛斯不仅详细描述了英国南部乡村地区的自然风光和野生动植物，还深入探讨了自然环境和人类生活的相互关系，反思了现代社会对自然环境的破坏和危害，呼吁人们保护自然环境和生态平衡，实现人类和自然的和谐关系。

1.着重揭示自然环境的重要性

德雷佛斯在《森林、河流和沼泽》中强调了自然环境的重要性，认为自然环境是人类生存和发展的重要基础。他详细描绘了英国南部乡村地区的自然风光和野生动植物，以及这些自然景观对人类的重要性和价值。他认为，自然环境是人类生存和发展的重要基础，是维系生态平衡和生命链条的关键，只有保护自然环境，才能实现可持续发展和生态文明建设。

2.反思现代社会对自然环境的破坏和危害

在《森林、河流和沼泽》中，德雷佛斯反思了现代社会对自然环境的破坏和危害，指出现代社会的工业化和城市化进程给自然环境带来了巨大的压力和破坏，造成了生态平衡和生命链条的断裂。他通过描绘现代工业和城市化进程对自然环境的破坏和危害，呼吁人们应该意识到自己对自然环境的影响和责任，采取措施保护自然环境和生态平衡。

3.呼吁人们保护自然环境和生态平衡

在《森林、河流和沼泽》中，德雷佛斯呼吁人们保护自然环境和生态平衡，实现人类和自然的和谐共处。他认为，人类应该意识到自己与自然环境的相互依存和相互影响关系，采取措施保护自然环境和生态平衡，实现人类和自然的和谐共存。只有这样才能实现可持续发展和生态文明建设。

4.探讨自然环境和人类生活的相互关系

在《森林、河流和沼泽》中，德雷佛斯深入探讨了自然环境和人类生活的相互关系，认为二者是相互依存的关系。他通过描绘英国南部乡村地区的自然环境和人类生活的关系，反思了现代社会对自然环境的破坏和危害，呼吁人们意识到自然环境对人类生活的重要性和价值，采取措施保护自然环境和生态平衡。

5.强调生态文明建设

在《森林、河流和沼泽》中，德雷佛斯强调了生态文明建设，他认为只有实现人类和自然的和谐共处，才能实现可持续发展和生态文明建设。他呼吁人们采取措施保护自然环境和生态平衡，实现资源的可持续利用和生态系统的可持续发展，促进人类社会的发展和进步。

总之，《森林、河流和沼泽》是一部充满生态思想的作品，德雷佛斯在其中描绘了自然环境和人类生活的相互关系，反思了现代社会对自然环境的破坏和危害，呼吁人们保护自然环境和生态平衡，实现人类和自然的和谐共处，促进生态文明的建设和可持续发展。这部作品不仅对英国生态文学的发展产生了深远影响，也为全球生态文学的发展奠定了重要的思想和理论基础。

第二节　美国生态文学

人类与自然的关系是一种最古老的关系，辩证自然观认为人与自然构成了一个完整的系统，系统的健康发展依赖人与自然之间的和谐发展。但是，随着社会现代化进程的加快，工业社会的迅速发展，人与自然之间的矛盾日益突出，生态危机成为当今人类面临的严峻挑战之一。如何解决生态危机，保护自然生态环境，正确认识和协调人与自然生态之间的关系，维持人与自然生态的和谐发展是当前社会发展的重要命题。随着工业革命和科技的迅猛发展，人类为了获取巨额财富，开始违背自然规律，破坏生态平衡，透支自然资源。在环境污染加剧、资源枯竭、生态危机日益严重的严峻形势下，生态批评诞生了。

一、美国生态文学思想的发展历程及主要内容

美国生态文学思想始于美国浪漫主义文学时期。库珀是美国最早关注生态环境被破坏的作家之一，他在《拓荒者》中详细描写了人类屠杀野生动物的行为，批判了人类对自然的破坏。梭罗是浪漫主义时期最伟大的生态文学作家，他在《瓦尔登湖》中描写自然环境的优美，倡导简单的生活方式，呼吁人们停止破坏自然环境，保护大自然。20世纪60年代以来，美国生态文学思想进入了快速发展的时期。卡森是美国生态文学思想发展史上里程碑式的人物。她的《海风下》《寂静的春天》等揭示了杀虫剂等化学品所造成的全球性环境污染和严重的生态危机，表达了她的生态整体主义思想。艾比是继卡森之后的另一位美国生态文学作家，生态防卫和唯发展主义批判是艾比重要的生态思想。生态防卫是指为保护生态环境而对破坏生态环境的事物进行有意破坏。进入21世纪，美国生态文学思想有了新的发展。美国小说家布伊尔于2000年发表了《地球之友》，这部生态小说警告世人生态环境遭到破坏的严重后果，提出了保护生态环境就是保护人类自身的思想。

（一）梭罗的生态文学思想

梭罗是美国浪漫主义文学时期最重要的生态文学作家和生态思想家，他的作品《瓦尔登湖》《缅因森林》等集中体现了生态文学思想。梭罗批判了西方文明中人与自然对立的观念，提出人类是大自然的一个组成部分，人与自然应该和谐相处。梭罗提倡简单的生活，他认为简单生活的目的是以物质生活的尽量简单换来精神生活的最大丰富。梭罗指出，人类在开发利用自然的同时，还要保护自然，人类要想走出精神困境，就必须回归自然。

（二）卡森的生态文学思想

卡森是美国生态文学思想发展史上里程碑式的人物。她认为，大自然是一个完整的系

统，破坏了其中任何一个环节，必将导致整个系统的瘫痪。此外，卡森还认为人类作为地球上最高级别的物种，必须对所有生物的生存和整个地球的存在负起责任。人类必须将自己置身于自然系统中，进而对整个系统以及系统内部各种关系的和谐、平衡负责。卡森认为，只有放弃人类中心主义思想，人类才能真正拯救地球和属于它的所有生命。

（三）艾比的生态文学思想

艾比是继卡森之后的另一位美国生态文学作家和生态思想家。他的代表作品是《沙漠独居者》和《有意破坏帮》。艾比认为自然万物都有生存权，并且指出唯发展主义是一种有害的意识形态，严重威胁着地球和人类，必须进行深刻的批判。他提倡进行生态防卫，即"生态性有意破坏"，号召人们为保护地球、保卫家园付出实际行动。艾比唤醒了民众为生态进行合理反抗的意识，深深影响了西方民众的生态保护实践。

二、美国生态文学的思想内涵

美国生态文学在揭示人与自然关系的过程中，蕴含了丰富而深刻的生态文学思想。理解和分析美国生态文学的思想内涵，是生态文学研究的重要任务。

（一）对人类中心主义进行反思和批判

许多生态文学作家和思想家认为，人类中心主义思想是造成人类破坏生态环境的思想根源。人类中心主义是指人类认为自己是地球上万物的主宰，为了满足自身的欲望，人类可以随意践踏其他生物生存的权利。在人类中心主义的支配下，人们开始对自然无节制地开发和利用，从而对生态环境造成了严重破坏。对此，生态文学作家纷纷著书立说，希望通过文学作品潜移默化的作用促使人类善待自然，从精神领域纠正人类歪曲的自然观，对人类征服改造自然的思想和行为进行批判。美国生态文学作家卡森的《寂静的春天》就是批判人类中心主义思想的力作。

（二）强调人对生态环境的责任和义务

当今世界，人类比任何时候都能感受到生态危机的威胁。生态危机实质上是人类在人类中心主义的影响下与整个自然界对立的结果，因此，人类对生态危机有不可推卸的责任。美国生态文学作家和思想家针对人类中心主义提出了生态整体主义。他们认为，人类必须从道德上关心整个生态系统以及其他自然存在物，承认自然界的一切生物都是具有独特价值和创造力的生命体，尊重并服从自然规律。生态文学作家用自己的作品唤起人们生态意识的觉醒，号召人们履行自己的生态责任和义务。他们还积极倡导建立一种适度消费的方式，倡导简单消费，崇尚物质简朴、精神丰富的生活。

（三）提倡人类重返与自然的和谐

美国生态文学不但描写触目惊心的环境污染和生态危机，用事实从反面敦促人们进行反省，增强生态意识，而且歌颂现实生活中美好的生态形象，展示理想的生态社会。在美国生态文学作家的作品中，人类与自然的关系不再是对立的关系，而是和谐相处，融为一体。实践证明，如果人类企图征服和统治自然，就是站在了自然的对立面，会遭到自然的报复。人类只有停止对自然的掠夺和蹂躏，平等地对待自然万物，才能够回归自然，重返与自然的和谐。

三、美国生态文学的代表作品

美国生态文学作为一个独特的文学流派，在美国文学史上占有重要地位，其代表作品也颇具影响力。

（一）蕾切尔·卡森《寂静的春天》

《寂静的春天》是美国生态学家蕾切尔·卡森的代表作品，也是一部充满生态思想的作品。卡森在这部作品中揭示了人类活动对自然环境的破坏和危害，呼吁人们采取措施保护自然环境和生态平衡。这部作品在当时引起了轰动，被认为是环保运动的先声，对环境保护和可持续发展产生了深远影响。

1.蕾切尔·卡森及《寂静的春天》介绍

蕾切尔·卡森被尊称为"现代环保主义之母"。她于1962年出版的《寂静的春天》改变了人类的生态意识。《寂静的春天》是一部通俗易懂又引人深思的生态文学作品，它的创作是由鸟儿遭受DDT滥用所害而引发，书中叙述了由于滥用杀虫剂、除草剂等化学物品所带来的环境污染和生态灾难。卡森主要针对人类滥用杀虫剂给环境和人类健康造成的危害，抨击了人类依靠技术来控制自然的发展方式、经济利益至上的价值观念、征服自然的心理模式。

2.《寂静的春天》蕴含的环境正义思想

《寂静的春天》中包含了大量的环境伦理思想，如环境正义思想、非人类中心主义思想、生态整体主义思想等，尤其凸显了环境正义思想。发达国家和发展中国家之间、地域之间在环境合作问题上的矛盾激化，代内之间以及代际之间的环境正义问题，逐渐上升为社会发展的主要矛盾。

（1）人与自然的和谐

自然的存在具有二重性，既是为人类存在也是为自己存在。所谓人与自然的不和谐也是相对于人来讲的，造成不和谐的根源在于人类行为本身。书中透露出卡森对人类中心主义的批判和谴责，作为一名从小热爱自然、敬畏生命的生物学家，她反对控制和征服自然。卡森提出"自然孕育了多样的物种，但人们却执着于简化这一多样性"，而自然界中没有任何孤立存在的东西。环境伦理学认为，自然界和生物与人类拥有同样的权利。这是师承了康德的道义论传统，我们每个人都是一个拥有某种对我们自身而言或好或坏的生活的生命主体。我们要尊重每个物种的生命与价值，维护其他物种在地球自然环境中生存和生活的权利。

（2）人与人之间的和谐

环境正义追求人与人之间的和谐。在环境保护实践中，存在由于环境保护中权利和义务不对等引起的"环境不公"问题。

代内环境正义。卡森列举了大量骇人听闻的事实和数据，用来说明DDT等化学制品对当代人的生存造成威胁，阐述了其代内环境正义思想。人类对于环境中致癌物质存在的容忍会使自身处于危险中，卡森通过20世纪60年代的虹鳟鱼大范围爆发肝癌事例明确说明了这一点。化学物质、辐射性物质以污染物的形式出现在水源、土壤中，进入人体，播下肿瘤的种子。这个事例告诉我们强力的致癌物进入环境中会出现什么情形，如果不采取措施，人类很快就会有类似的灾难发生。政府和商人推动有毒化学物品的生产和使用，但他们无权剥夺他人的知情权，更无权损害他人的健康和生命。如果人类不能及时控制环境污染的现状，有毒物质就很容易侵入人体，最终导致疾病甚至是死亡。

代际环境正义。卡森在《寂静的春天》中表达了代际环境正义思想，即当代人在享受环境权利的同时，要保持环境的完整性，不能损害后代人的权利。越来越多的地方，春天来临时，却无鸟儿报春，它们给世界所带来的色彩、美丽与乐趣逐渐被清除。事实上，还有许多物种在逐渐消失。我们享有过五彩斑斓的春天，但我们的子孙后代呢？我们无法对孩子们说出鸟儿都被杀死了，更没有权利剥夺他们享受自然的权利。所有生物都依赖自然界生存，而我们不慎重考虑自然界完整性的这种行为，很可能会贻害子孙后代。人类要避免对环境的破坏，走上一条可持续发展道路，从而为子孙后代留下蓝天、绿地和碧水青山。

3.对我国生态文明建设的启示

《寂静的春天》自问世以来已有55年，而书中所讲述的危机却在我们身边继续发生。人类的环保意识需要不断增强，能够自发地对生产、生活中不合理的行为予以制止。

（1）尊重自然，实现人与自然的可持续发展

人类一直把经济利益放在首位，把自然界看作是人类任意获取资源以满足自身利益的工具。这一系列行为导致了人类赖以生存的生态系统被破坏，环境污染日益严重。科学技术飞跃式的发展使人类对环境和资源具有强大的支配力和不可逆的破坏力。目前，我国环境保护的意识、政策、行动力均处于落后状态，而社会多方发展积累的问题，迫使环境承载能力接近上限。人类有责任使自然生态过程保持完整的秩序和良性循环。尊重自然，摒弃对自然的极端功利主义态度，建立一种人与自然互利共生、和谐发展的新型关系。我们必须重新审视人与自然的关系，在享受大自然赋予我们权利的同时，背负起人类所应承担的责任。强化生态责任，采取有效的措施推动人类和自然的和谐发展。

（2）提高公民的环保意识，传播生态文明理念

《寂静的春天》之所以经久不衰，在于它传播的生态文明理念与人们的真实生活息息相关。因此，我们必须把人类与环境的关系及其变化作为重要的存在，通过宣传反映真实情况，把生态文明理念融入人们的日常生活中。公民具有环保意识，才能广泛地参与到环境保护和环境可持续活动中。然而，中国人几千年来通过改造自然而获取经济腾飞的方式使得他们的环保意识淡薄。大力开展生态、环保教育，从家庭、学校、社区各方面抓起，

强化可持续发展理念，动员全民参与生态保护活动。

（3）打造共治共享绿色发展生态圈

卡森在《寂静的春天》最后一章中为我们指出了另外一条发展道路，虽然很少有人走那条路，但为我们提供了让地球得以保存的最后希望。卡森提倡用生物特性来解决问题，基于对生命体的理解而进行控制，与使用化学药剂相对比，这无疑是一条可持续发展的道路。结合我国城市发展的现状，这条道路应该是绿色环保的。

卡森运用大量事实数据向世人发出警示，保护环境是人类必须承担的责任。《寂静的春天》所展示的环境伦理思想让我们重新审视人与自然的关系。

（二）亨利·戴维·梭罗《瓦尔登湖》

《瓦尔登湖》是美国作家梭罗的代表作品，也是一部充满生态思想的作品。梭罗在这部作品中讲述了自己在瓦尔登湖畔生活两年多的经历，探讨了人类与自然的关系以及自然环境对人类精神生活的影响。梭罗通过对自然环境的描述和对人类社会的批判，呼吁人们重视自然环境的保护，实现人类和自然的和谐共处。

1.《瓦尔登湖》及其他

（1）《瓦尔登湖》的主要内容

《瓦尔登湖》的主要内容来自作者亨利·戴维·梭罗在瓦尔登湖畔的生活感悟。在那里，作者一边劳动，一边对生活进行感悟。在《瓦尔登湖》这部散文集里，作者既写出了自己对经济生活的思考，又写出了自己内心的孤独和寂寞。

在瓦尔登湖畔，作者不仅有自己与众不同的阅读生活，还与自己的四邻结下了深厚友谊。他详细地记录了自己在伯克田庄的生活，具体描述了"旧居民：冬天的访客"，他在描述"冬天的野兽""冬天的湖"的同时，也详细地写到了"春"的到来以及自己对"春"的思考。虽然在此用作者在瓦尔登湖畔的生活感悟来概括这本散文集的内容有些抽象，但在这种抽象的概括里却提示读者在阅读中应该结合文本具体的内容全面地了解亨利·戴维·梭罗的全部思想。一句话，《瓦尔登湖》是作者生活及其思考的记录。

（2）《瓦尔登湖》的研究现状

《瓦尔登湖》是一部深受研究者关注的散文作品。目前，对这部散文集及其思想内涵的研究主要集中在以下几个方面：

首先，从比较文学的层面对其所蕴含的思想进行详细分析。例如，有的研究者结合中国传统儒家思想和道家思想，分析两者的异同。特别是中国传统思想中的"出世与入世"思想与《瓦尔登湖》主题的比较研究。

其次，从语言的层面对其进行相关研究。在语言层面上，研究者对《瓦尔登湖》的研究主要集中在两个方面，一方面，从修辞角度对其语言特点进行详细的分析。例如，《瓦尔登湖》中语言在双关上的特点，《瓦尔登湖》语言中的隐喻现象及其分析。另一方面，主要集中在从语境的角度对其进行分析。例如，从多元的语境视角对其语言特点及其蕴含的意义进行解读。

再次，从生态的角度对其解读。从生态的角度对《瓦尔登湖》进行的研究主要集中在对这部散文集的主题探讨上。当然，在具体的研究中还涉及了生态批评问题、生态伦理思想问题。

最后，对《瓦尔登湖》的研究还涉及了翻译的问题。在翻译的视角下，探讨《瓦尔登湖》翻译实践中存在的问题，既是对其翻译实践经验的总结，也是对其内容及价值探讨的关键。因为，翻译过程中存在的问题，既会影响国内读者对内容的理解，也会影响这部散文集文学价值的实现。在《瓦尔登湖》有关的生态研究中，还有许多问题值得继续探讨，还有许多生态研究的视野值得研究者继续尝试。虽然已有研究者对《瓦尔登湖》主题中有关生态问题进行了解读，但还没有研究者把这部散文集中的生态问题与其文学创作过程结合起来进行详细的解析。

2.生态视角下的《瓦尔登湖》

（1）生态的创作目的

众所周知，在《瓦尔登湖》这部散文集自序中，作者亨利·戴维·梭罗曾经说过这样的话：本书文字，或者说其中大半，写于数年之前。当时我孤身一人，在马萨诸塞州康科德密林深处的瓦尔登湖畔生活。我在那里亲手搭建小屋，营谋生计。我僻居其间两年有余（两年又两月），最近的邻人也在一英里之外。此刻，我又重返文明世界，匆匆驻足，聊充过客。从这段自序中，读者可以明确这样的事实：

首先，作者亨利·戴维·梭罗是以一个现代文明人的身份来到湖畔隐居生活的。而这部书中所写的内容又是作者亲身经历的事情。

其次，在湖畔生活期间，作者的生活涉及了诸多生态问题。因为他既需要亲自营造赖以居住的小屋，又需要在远离现代文明人的条件下创造赖以生存的生活资料。因此，生态问题是其在湖畔生活最主要的、最核心的问题。而这些生态问题又是其创作《瓦尔登湖》这部散文集的目的。

（2）生态的描述内容

《瓦尔登湖》的主要内容大多与生态问题相关。例如，在《禽兽为邻》一章，作者既写到与自己为邻的鸽子、与自己为邻的蝉鸣，又写到了美丽的天空：看这些云，如何地悬挂在天上！这就是我今天所看见的最伟大的东西了。在古画中看不到这样的云，在外国也都没有这样的云，除非我们是在西班牙海岸之夕。

在这一段有关云彩的描写中，足以看到作者对生态问题的重视。虽然在此作者说这样的云彩也可以在西班牙海岸的傍晚见到，但是在如今的世界里，再见这样的云彩已不容易。在那雾霾横行的现代社会，对面走来的人都会用防尘口罩把自己的脸遮挡起来，更何况是这样美丽的云彩啊。当然，这里仅举一例，类似的描述在《瓦尔登湖》还有许多，所以说这部散文集涉及了许多生态问题。

（3）生态主题的提出

《瓦尔登湖》详细地记录了作者在湖畔的生活经历。而一个人的生活也会涉及经济问题，涉及居住问题，涉及与自然如何相处的问题。一句话，生态问题是作者解决所有问题的基础。特别是对于居住环境而言，它既是经济问题的体现，也是生态问题的核心。对于居住的问题，作者有一句非常著名的话值得我们深思，即"导致房子很别致的，不是它们的外表而是房子里面居民的生活"。现代生活中的居住环境与其正好相反，现代人不仅用华丽的材料来装饰房子的外表，还用那富含甲醛的材料来美化房子的内部，而真正的问题不但没有解决，反而因此受到了影响，即房子里面居住者的生活质量并没有提高。

（4）生态问题的思考

《瓦尔登湖》这部散文记录了作者对众多生态问题的思考。例如，居住问题与环境之间的相互影响。再如，对造成生态问题原因的探索。在这部散文中，作者还说过一句非常著名的话：人的嘴巴不会使人肮脏，而贪婪的口味却会使人肮脏。试想一下，如果不是因为贪恋美味，怎么会有那么多野生动物濒临灭绝的危险？既然生态问题如此重要，人类应该如何解决生态问题呢？方法只有一个，那就是"不仅要在理论中埋头，还要更多地从实践出发"。可以这样说，在《瓦尔登湖》这部散文集中，作者对生态问题进行了系统化思考，包括它的产生原因、解决办法。

（三）查德·哈里森《众星捧月》

《众星捧月》是查德·哈里森创作的一部关于环境问题和人类对自然的侵害的小说。小说以美国科罗拉多州为背景，通过讲述一个小镇居民团结起来保护当地自然环境的故事，揭示了人类在经济发展和自然保护之间的矛盾，并呼吁人们要保护环境、珍惜自然资源。

在小说中，哈里森通过对自然景观的描绘，表现了他对自然的敬畏和珍视。他通过描写科罗拉多州的壮丽山川、清澈的河流和广袤的森林，向读者展示了自然的美丽和伟大。他认为，人类应该珍惜自然，尊重自然规律，而不是掠夺和破坏自然资源。

此外，小说中还描写了人类对自然环境的破坏和侵害。在小说中，科罗拉多州的自然资源面临被剥夺和破坏的威胁，因为一些企业和势力为了自己的利益而盲目开发自然资源。这种做法不仅破坏了环境，也损害了人类的生存和健康。哈里森通过描写这些情节，表达了对人类行为的谴责，同时呼吁人们应该更加关注自然环境和生态平衡问题。

在小说中，哈里森强调了人类与自然环境的相互依存关系。他认为，人类不应该对自然资源进行过渡开发和利用，而应该尊重自然规律，保护自然环境。只有这样，才能实现人类与自然环境的和谐共处。

总之，《众星捧月》通过一个小镇居民保护当地自然环境的故事，揭示了人类与自然环境之间的矛盾，表达了作者对环境问题的关注和珍视。小说的生态思想强调了人类与自然环境的相互依存关系，并呼吁人们应该保护自然环境、珍惜自然资源，实现可持续发展。

（四）安妮·迪拉德《野草》

《野草》是美国作家安妮·迪拉德的代表作品，也是一部充满生态思想的作品。迪拉德在这部作品中讲述了自己在缅因州湖畔的小屋里生活两年的经历,探讨了人类与自然的关系以及自然环境对人类精神生活的影响。迪拉德通过对自然环境的描绘和对人类社会的批判,呼吁人们重视自然环境的保护,实现人类和自然的和谐共处。

在《野草》中,迪拉德运用了许多生态学和自然历史学的知识,对当地自然景观进行了详尽的观察和描述,并表达了对自然之美的赞美和对人类破坏自然的忧虑。以下是作品中的一些生态思想:

生态系统的互联互通:迪拉德认为,自然界的生物和非生物物质都是相互联结和相互作用的,这种互动关系构成了一个复杂的生态系统。在书中,她通过描述河流、树木、昆虫等自然现象,强调了生态系统内各种元素的相互关联和影响。

环境保护与生态平衡:迪拉德对人类对自然环境的破坏表示关切和忧虑,她呼吁人们应该采取措施保护自然环境,保持生态平衡。她写道:"我们的星球对我们的子孙后代,对我们这个物种的未来,意味着一切。这并不是空话,而是事实。"

个体与自然环境的关系:迪拉德在书中强调了人与自然的紧密联系,她对自然环境的观察和体验有利于她更好地认识自己,从而更加珍惜自然环境。她写道:"我需要这样的自然景观,这样的印象,来刺激我的想象力,调动我的感官,以更深刻的方式来理解自己和这个世界。"

自然界的生命力和恢复力:迪拉德相信自然界具有强大的生命力和恢复力,能够自我修复和适应变化。她认为,人类的行为可能对生态系统造成破坏,但自然界有足够的力量来恢复平衡。

(五)艾德·艾比《荒野求生》

《荒野求生》是艾德·艾比在美国犹他州荒野地带努力生存的回忆录,他是这里的公园管理员,同时探索自然、思考生态问题。在书中,艾德·艾比呼吁人们对自然世界的保护和珍视,批评了工业化和城市化对自然环境的破坏,呼吁人们重拾与自然的联系,重新审视人类与自然的关系。

具体来说,艾德·艾比在《荒野求生》中呼吁人们对野生动物的保护,他认为,野生动物是自然生态系统的一部分,是人类文明的珍贵遗产。他指出,现代人类社会的发展和城市化过程,导致自然环境和野生动物的破坏和消失,人们需要意识到这种危险并采取行动保护野生动物。

此外,艾德·艾比还强调了自然环境的价值和重要性,他指出,自然环境是人类生存和发展的基础,我们需要重视自然资源的保护和管理。他批评了人类过度开采自然资源、污染自然环境等行为,呼吁人们保持对自然环境的敬畏之心,保护自然环境,使其得以继续存在下去。

艾德·艾比在《荒野求生》中还强调了人类对自然环境的依赖和互相依存的关系。他认为,自然环境和人类社会是不可分割的整体,我们需要尊重和保护自然环境,与之和谐共处。他倡导人们要回归自然,学习从自然中获取智慧和启示,建立人与自然的和谐关系。

　　总的来说，艾德·艾比在《荒野求生》中呼吁人们要重视自然环境和野生动物的保护，保持对自然环境的敬畏之心，与自然和谐共处，这些思想在当今环保运动中仍具有重要的指导意义。

（六）查尔斯·弗雷泽《冰河时代》

　　《冰河时代》是美国作家查尔斯·弗雷泽的代表作品，也是一部充满生态思想的作品。弗雷泽在这部作品中讲述了美国北部一个小镇在全球变暖的背景下面临的种种危机和挑战，探讨了人类和自然的关系以及全球气候变化对人类社会的影响。弗雷泽通过对自然环境的描绘和对人类社会的批判，呼吁人们重视环境保护和可持续发展，实现人类和自然的和谐共处。小说的生态思想主要体现在以下几个方面。

　　1. 强调人类活动对自然环境的影响

　　《冰河时代》中描绘了人类活动对自然环境的破坏和变化，如大量的工业排放物和城市化带来的空气污染、水污染、土地沙漠化等问题。这些问题不仅影响了自然生态系统的稳定，也对人类的健康和生存造成了威胁。

　　2. 呼吁环保与可持续发展

　　《冰河时代》中反复强调了环保与可持续发展的重要性，倡导人们保护环境、降低对自然资源的消耗，并提倡使用可再生能源。在小说中，人类只有通过保护环境和可持续发展，才能避免类似冰河时期这样的环境灾难。

　　3. 倡导自然保护与生态平衡

　　《冰河时代》中强调了自然保护和生态平衡的重要性，呼吁人们尊重自然，保护生态环境，避免对自然资源的过度开发和消耗。作者通过描写冰河时期下的自然生态系统，强调了自然生态系统的复杂性和平衡性，并警示人类不能破坏这种生态平衡。

　　4. 探讨人类与自然的关系

　　《冰河时代》中也探讨了人类与自然的关系，强调了人类对自然环境的依赖和受制于自然环境的现实。作者认为，人类只有与自然和谐相处、尊重自然规律，才能实现可持续发展并保障自身的生存和发展。

　　以上仅是美国生态文学的部分代表作品，这些作品不仅对美国的环保运动和可持续发展产生了重要影响，也对全球的环保事业产生了启示和借鉴作用。

第三节　生态文学解读与生态文明理念构建

　　生态文学作为一种文学类型，强调人与自然环境的相互关系和依存关系，倡导环境保护和可持续发展理念。英美生态文学作为生态文学的重要流派之一，在探索人类与自然关系的同时，也探讨了人类与自己的关系，关注社会公正和人类命运。

一、英美生态文学的嬗变

英美生态文学的兴起有其源远流长的浪漫主义传统，这种传统使英美生态文学具有了生态批评的自然视野，使它成为既是一种基于大自然的文学形式，又是一座基于对生态整体主义的信仰和憧憬的大厦。20 世纪，现代工业文明和科技的迅速发展，极大地改变了人类的物质生活，同时工业文明也给社会带来了物质的疯狂贪欲，以及随之产生的自然生态、社会生态和精神生态的灾难，人类陷入了前所未有的生存困境，生态危机尤其是精神生态危机已经严重威胁到人类自身的生存。现当代英美生态文学作品中所蕴含的生态智慧对当今社会我们如何应对生态危机有一定的启示和借鉴作用。

现当代英美生态文学的发端——第一次世界大战期间，生态文学作品大都反映两次世界大战时期美国大平原和英国城市空间的生态灾难，生态文学作家强烈谴责西方几千年来占统治地位的"人类中心主义"思想，深刻揭示引起生态灾难的根源，表明人类的命运与自然命运息息相关，表达了对人类理想生态家园的憧憬，这些充满生态哲思和文明批判的生态文学作品给现代人以启示。

（一）生态文本从自然生态、社会生态对精神生态的关注

在现当代时期，生态文学作家比较关注人的精神生态状况。例如，美国诺贝尔文学奖获得者约翰·斯坦贝克的长篇小说《愤怒的葡萄》，就体现了他的生态主义思想，文本描述了大萧条时期贫穷农民的悲惨生活，严厉谴责了人类破坏生态环境的行为，表达了作者对生态危机的担忧。斯坦贝克在作品中向读者展示了大自然的美，在他的笔下，大自然充满了生命与活力。然而农业现代化却带来了飞扬的沙尘和无数被毁坏的庄稼，现代技术和现代工业破坏了人们赖以生存的土地，这反映出 20 世纪 30 年代美国南部大平原上的灾难正是"人类中心主义"统治下人类征服自然、掠夺自然所造成的极端恶果。

"乐土的梦想之所以破灭，并不是因为土地自身的先天不足，而是因为人的贪婪和暴力。"爱德华·阿尔比、洛兰·汉斯贝丽、萨姆·谢泼德、奥古斯特·威尔逊、大卫·马麦特以及托尼·库什纳等继续探讨自然生态、社会生态尤其是当代人的精神生态问题。

除了小说以外，在戏剧领域也涌现出很多关注生态问题的剧作家。例如，美国"戏剧之父"尤金·奥尼尔的《毛猿》就明确揭露了现代社会人们对机器文明和物质主义的盲目崇拜及其所造成的种种异化形象。工业化生产导致的人与自然关系的失衡、人理性的沦丧以及人格的异化在奥尼尔的很多剧本里都有揭示。20 世纪 50 年代，美国剧坛的领军人物阿瑟·米勒在《推销员之死》中鲜明体现了作家的生态思想。工业化喷出的滚滚浓烟和拜金主义释放的阵阵恶臭无情地遮蔽了主人公洛曼的双目，"污染"了他的"精神"。洛曼处于自然和精神生态的双重污染中，是 20 世纪人们处于生态困境的典型代表。

生态诗歌是生态文学领域一个重要组成部分，主要关注人类家园，体现了生态文本对人类精神状况的关怀。例如，生态诗人史坦利·默温对人类的精神生态状况十分关注，他

的一些诗歌描述了现代人的失落感，精神世界越来越荒芜。其著名诗歌《黎明时分寻找蘑菇》体现了诗人对人类精神状况的关怀：当"我"来到山上，发现有蘑菇的地方似曾相识，是蘑菇在找"我"还是"我"在寻找蘑菇？原来"我"在寻找的不正是"我"自己吗？通过"寻找蘑菇"，诗人默温暗含在复杂的社会中现代人的精神生态危机，他们更需要找寻的是他们自己。这一时期主要的生态诗人还有罗宾逊·杰弗斯、加里·斯奈德、威廉·斯塔福德等。这一批诗人的作品与他们的前辈不同，他们的诗歌包含了丰富而深刻的生态哲思，在关注自然生态的同时更关注人的精神生态。生态诗人关注的另一个主题是生态整体主义观，其中有部分生态诗歌还表达了对垃圾、细菌等的赞美，如斯奈德在《正好在路上》一诗中，把熊便比作暗藏神圣的"闪光的信息""照亮了自然之神走过的印迹"。这些生态诗歌表明人类所生存的生态系统是一个相互关联的整体。生态诗人把垃圾、低等动物等纳入生态整体系统中，折射出生态文学作品中的生态思想从人类中心主义到生态整体主义思想的嬗变。

英国生态文学作品有悠久的自然主题的田园文学传统，主要呈现出一种怀旧的田园气息。在英国小说中，乡村代表伊甸园，城市是乡村的"黑暗的镜子"，一个孤独的、浪漫主义失落的地方。英国现当代时期的生态文学作品着重批判现代工业文明的弊端，希望建立人与自然和谐相处的理想世界，凸显其文化、社会批判的立场。例如，D.H. 劳伦斯的许多作品就猛烈抨击资本主义工业文明；多丽丝·莱辛的《玛拉和丹恩历险记》等作品主要关注人类生存前景及其文化和社会内涵；格雷厄姆·格林致力于探讨现代社会人们的精神危机。在诗歌领域，T.S. 艾略特的《荒原》描写了战后人们精神世界荒芜的景象；当代诗人特德·休斯的许多关于动物主题的诗歌揭示了人类的残暴性。

（二）生态文本从自然写作的主题到对毒物描写的延伸

现代工业和高度发达的科技文明对自然的征服与破坏在当代英美达到前所未有的高度，于是当代英美国家具有生态环境保护意识的文学作品不断问世。现当代时期美国生态文学主要描述自然中的"荒野"，如以空旷的田野和群山为背景的西部文学。对自然的书写，尤其是荒野之美是作家们重点关注与歌颂的一个主题，表达了人们对"荒野"和大自然的喜爱。美国文学中的自然写作可以追溯到 17 世纪，当第一批欧洲移民抵达美洲新大陆时，荒野描写就备受众多作家的关注。"荒野意象是整个美国文学发展中的主要母题之一，并形成了美国文学的传统"。在美国文学中，荒野描写是一个极具美国性的命题，是生态批评中环境文学的重要书写形式，其宗旨是回归自然、歌咏自然，多表现以自然为中心的生态诉求与生态伦理观。近年来，有关荒野描写的著作呈现上升趋势，如福克纳就是以小说的形式进行荒野描写的典型作家，他的小说《去吧，摩西》通过展示主人公艾克的"荒野情结"，从"正面"揭示这样一个真理：只有弘扬环境正义，人与自然才能和谐共生，才能实现"人诗意地栖居在大地上"的生态思想。生态诗人加里·斯奈德的诸多诗篇体现出对荒野的崇敬与亲近。

随着环境危机的恶化，生态批评理论和研究视域也相应拓展，毒物描写进入生态文本与生态批评研究的范围，生态文本从荒野主题延伸到对性别、城市化景观、中毒问题等题材的关注。毒物描写从反面书写和揭露人为毒物造成的污染对自然与人类的破坏，表达对城市环境与环境正义等的焦虑和反思。

以美国女作家蕾切尔·卡森的《寂静的春天》为发轫之作，它开启了美国毒物等化工合成物描写的历史。这部作品是 20 世纪 50 年代以来全球最具影响力的著作之一，作品中描述了滥用杀虫剂等化工合成物给生态环境造成的危害，揭示出错误的现代工业化技术方式对生态环境造成的巨大危害。在现代工业社会，尤其是在第二次世界大战以后，人们消耗大量矿产资源及燃料来制造各种工业产品，导致资源消耗，生态环境不断恶化。由于使用化学物品而给环境带来破坏及对人类造成威胁，毒物描写便是对它们所导致的焦虑和恐惧的书写，旨在弘扬环境正义，倡导生态伦理，倡导强烈的社会责任感，是现代环境与生态思想运动的里程碑。毒物的污染所造成的生态危机给人们带来了深重的灾难，生态作家利用文学作品来展现生态危机的后果，唤醒人们的生态意识。以描写生态灾难给人类带来危害的生态文本不断涌现，其中主要代表作有约翰·厄普代克的《兔子安息》，简·斯迈利的《一千英亩》等；有关毒物描写的生态诗歌主要包括诗人默温的《最后一个》。

与美国生态文学作品关注空旷的荒野不同，英国生态文学作品产生于本国悠久的浪漫主义田园文学传统，但 20 世纪英国生态文学中的田园已经充满了危机意识和末世意识，触目惊心地展示着人类科技文明所带来的一系列生态灾难。现当代时期英国生态文学作品所关注的自然是早已受到人工规划的稠密的人口居住景观，还包括城市空间问题。

二、英美生态文学的特点

（一）唤起人们的环保意识和生态觉醒

英美生态文学中的自然环境不再是被人类看作一种可以随意使用和摧毁的资源，而是被视为与人类社会相互依存的生态系统。因此，英美生态文学强调自然环境与人类的相互关系，旨在唤起人们的环保意识和生态觉醒。

1. 人与自然的共生关系

英美生态文学强调人类与自然的相互依存关系。自然环境不仅为人类提供了生存的物质基础，也为人类提供了精神上的满足。自然环境的恶化不仅会导致人类身体上的疾病和疲惫，也会导致人类精神上的空虚和失落感。因此，英美生态文学呼吁人们与自然和谐共处，保护自然环境，重建人类与自然的共生关系。

在《荒野之歌》中，杰克·伦敦用雪原、森林和草原等自然元素展现了自然环境的神秘和力量。作品中主人公白牙，从被母狼所抚养长大的过程中，建立了与自然的亲密联系。他通过狩猎、战斗和生存，逐渐认识到自然环境的规律和秩序。他在与自然环境的交互中建立了自己的价值观和信仰体系，从而成了一个强大的生物。通过这个故事，杰克·伦敦表达了人类与自然共生的关系，以及对自然环境的敬畏和感激之情。

在《群山回唱》中，约翰·米尔顿父亲和儿子在山区进行野外生存实践。在与自然环境的交互中，他们感受到自然环境的力量和美丽。他们通过采摘、狩猎和搭建简易住所等活动，体验到了自然环境中的生命力和秩序。同时，他们也学会了尊重自然环境，保护自然资源，从而实现了与自然和谐共处。

2.人类对自然环境的破坏

英美生态文学中除了强调自然环境与人类的相互关系外，还反映了人类对自然环境的破坏和对生态环境的关注。这部分内容常常涉及工业化、城市化、技术发展等因素。

英国作家 H.G. 威尔斯在《时间机器》中，通过对未来世界的描写，反映了人类对自然环境的破坏和对生态环境的忽视，揭示了人类贪婪和短视导致的恶果。美国作家欧内斯特·海明威在《永别了，武器》中，描写了第一次世界大战中人类对自然的破坏，同时也反映了人们对和平的向往。

美国作家蕾切尔·卡森在《寂静的春天》揭示了农业用药物对自然环境的危害，引起了广泛的社会关注。该作品反对对自然环境的过度开发和破坏，呼吁人们重视生态平衡，保护自然环境。

英美生态文学还反映了城市化对自然环境的破坏。美国作家理查德·怀特在《自然的某些事物》中，反映了城市生活方式对自然环境的影响，同时呼吁人们重视生态环境保护，重新建立人与自然的联系。英国作家 J.G. 巴拉德在《混凝土岛屿》中，描绘了人类对自然的破坏和城市化带来的后果，同时反映了人们对自然的渴望和向往。

在这些作品中，作者们深刻地反思了人类与自然环境的关系，揭示了人类对生态环境的破坏，同时呼吁人们重视自然环境保护，重新建立人与自然的联系。这些作品不仅是文学作品，更是生态文明建设的重要参考。

（二）倡导环境保护和可持续发展

英美文学中倡导环境保护和可持续发展是一种对现代化进程中破坏环境的警示，同时也是一种对环保和可持续发展的呼吁。生态文学作为一种文学流派，强调了自然环境和人类的相互依存和相互影响关系，也意味着着重强调了保护环境和促进可持续发展。

1.《荒野之书》

《荒野之书》是美国作家阿尔多·勒波德的作品，是一本探讨自然保护和环境保护的生态文学作品。该书被誉为"美国环保运动的圣经"，影响了许多环保主义者和自然爱好者。在《荒野之书》中，勒波德强调自然保护和环境保护的重要性，提出了一系列生态理念。首先，勒波德提出了"土地道德"的概念，强调土地和自然环境是具有独立价值的存在，而非只是人类利益的资源。他认为，人类应该对土地和自然环境负责，保护和维护它们的健康和完整。其次，勒波德倡导了"生态学"的概念，即自然界各种生物和环境因素之间的相互关系与相互作用。他认为，人类应该尊重和保护这种生态学平衡，避免对自然环境的破坏和干扰，以维持生态系统的稳定和健康。此外，勒波德还提出了"生物多样性"的概念，强调自然界中各种生物之间的多样性和相互依存关系。他认为，人类应该尊重和保护这种生物多样性，避免物种灭绝和生态平衡被破坏。最后，勒波德强调了人类对自然环境的依赖和相互关系。他认为，人类应该认识到自己是自然界的一部分，尊重自然环境并与之和谐共处，而不是对自然环境采取掠夺性行为。总之，《荒野之书》通过生动的描述和深刻的思考，表达了对自然环境的热爱和保护，强调了人类与自然环境的相互依存关系和责任。这些生态理念不仅深刻影响了当时的环境保护运动，也对现代环境保护和可持续发展理念的构建产生了重要影响。

2.《绿色帝国》

《绿色帝国》是美国历史学家安妮·威尔特·布朗（Annie Wilcox Brown）的作品。该书主要讲述了20世纪初美国人对自然资源的开发和利用，以及由此引发的环境问题和环保运动的兴起。在本书中，作者提出了一种新的环保主义理念，即绿色帝国。

绿色帝国的核心理念是可持续发展，即在满足当前需要的同时，保护自然资源，以使未来的人们也能享有这些资源。该理念认为，自然环境和人类社会是相互依存的，只有在保护自然环境的基础上，人类社会才能持续发展。为了实现可持续发展，绿色帝国主张采取一系列措施，包括节约能源、推广清洁能源、减少废物排放、加强环保法律法规的制定和执行等。此外，绿色帝国还主张加强环保教育，提高人们的环保意识和行动能力，推动社会各界加入环保事业中来。在绿色帝国的理念指导下，美国的环保运动开始向全社会推广，并在20世纪中叶得到了快速发展。此后，绿色帝国的理念逐渐得到了世界各国的认可和关注，成为全球环保事业发展的重要理论基础之一。总之，绿色帝国是一种全新的环保主义理念，其核心是可持续发展，旨在保护自然环境，促进人类社会的持续发展。该理念不仅在美国环保运动中发挥了重要作用，也为全球环保事业的发展提供了重要的理论支持。

3.《沙丘》

《沙丘》是美国科幻小说家弗兰克·赫伯特创作的经典科幻小说，于1965年出版。该小说主要讲述了在一个荒凉的星球上，其中的地带叫作"沙丘"地区发生了一系列复杂的文化、生态变化的故事。在小说中，作者深刻地探讨了生态与环境的重要性，提出了一系列的环保观念和生态思想。

沙漠环境的价值与生态平衡的重要性。小说的主要背景是一个几乎全是沙漠的星球，而沙丘地区则是沙漠的中心地带。在这个星球上，人类社会和自然环境的关系非常紧密，人们必须依靠当地的自然资源和生态系统来生存。作者在小说中深刻地表达了沙漠环境的价值和生态平衡的重要性，认为自然环境是人类社会的基石，必须得到保护和重视。

生态破坏的危害性。在小说中，作者描绘了一个虽然富饶但却非常脆弱的生态系统，而人类的贪婪和无节制的开发活动对这个生态系统造成了极大的破坏。作者通过生动的描写，使读者深刻地认识到生态破坏的危害性和后果，警示人们必须保护自然环境，避免过度开发和消耗。

可持续发展的理念。在小说中，作者提出了可持续发展的理念，认为人类必须尊重自然环境，采用可持续发展方式，保证自然资源的合理利用和维护生态平衡。这一理念与现代环保思想十分契合，也为我们思考未来的可持续发展提供了重要的参考和借鉴。

人类和自然的关系。在小说中，作者探讨了人类和自然的关系，认为人类不能将自然视为私有财产或者无限制的资源，而是要像对待自己的家园一样，尊重、保护自然环境，维护生态平衡，建立人与自然的和谐关系。这一观点为我们思考如何平衡经济发展与环境保护提供了重要启示。

三、英美生态文学对生态文明理念的启示

（一）倡导与自然和谐共生的生活方式

英美生态文学呼吁人们要重视自然环境，采取与自然和谐共生的生活方式。通过倡导环境保护、可持续发展和回归自然等理念，提醒人们应该把自己看作自然的一部分，要与自然环境保持和谐关系，保护自然资源，维护生态平衡。

首先，英美生态文学描绘了人与自然的关系。文学作品中常常描绘人们与自然环境之间的互动关系，如《冰河时代》中动物与人类之间的关系、《荒野之书》中人类与自然的和谐共生、《绿色帝国》中人类对自然的利用和破坏等。这些作品通过对人与自然的关系的描述，强调了人类对自然的依赖，呼吁人们尊重自然、保护自然。

其次，英美生态文学强调环境保护和可持续发展。文学作品中经常出现对环境破坏和污染的描绘，例如《钢铁是怎样炼成的》中对自然资源的过度开采和环境污染、《沙丘》中对星球生态系统的保护等。这些作品揭示了环境破坏和污染所带来的后果，提醒人们保护环境，实现可持续发展。

此外，英美生态文学反映了人类对自然的破坏。文学作品中经常描绘人类对自然的破坏和对生态平衡的破坏，例如《绿色帝国》中的森林砍伐和野生动物灭绝、《荒野之书》中的自然资源过度开采和环境破坏等。这些作品揭示了人类对自然的破坏和对生态平衡的破坏所带来的后果，提醒人们反思自己的行为、改变对自然的态度。

最后，英美生态文学倡导与自然和谐共生的生活方式。文学作品中描绘了一些与自然和谐共生的生活方式，例如《荒野之书》中的草原文化、《冰河时代》中的原始人类生活方式等。这些作品提倡人们在生活中更加尊重自然、与自然和谐相处，探索与自然共生的新生活方式。

（二）追求社会公正和人类命运的可持续发展

英美生态文学不仅关注自然环境和人类的相互关系，同时关注社会公正和人类命运。在这些文学作品中，环境问题往往与社会问题紧密相连，生态问题被视为社会问题的一部分。这些文学作品通过揭示环境问题与社会问题的内在联系，提出了追求社会公正和人类命运的生态理念。

在英美生态文学中，对社会公正和人类命运的关注体现在多个方面。

一方面，这些作品揭示了环境问题与社会阶级和族群问题的密切联系。例如，弗雷泽

的《冰河时代》揭示了美国西部白人定居者对土著居民的统治，以及对环境的破坏和掠夺。迪拉德的《野草》则反映了工人阶级在工业化进程中遭受的剥削和艰苦生活，同时呼吁保护自然环境和农业生态。这些作品强调环境问题与社会问题的相互依存和相互影响，指出解决环境问题的前提是解决社会问题。

另一方面，英美生态文学强调了全球环境问题与人类命运的紧密联系。这些作品提醒人们，环境问题已经成为全球性的挑战，需要全人类共同面对和解决。例如，哈里森的《众星捧月》揭示了全球化对自然环境和人类生活的影响，呼吁建立全球环境保护和可持续发展的机制和意识。艾比的《荒野求生》强调了人类与自然的和谐共生，反对人类的过度消费和浪费。

总的来说，英美生态文学不仅呼吁保护自然环境和生态平衡，同时关注社会公正和人类命运。这些文学作品通过揭示环境问题与社会问题、全球环境问题与人类命运的内在联系，提出了一种具有全球视野和人文关怀的生态理念。这种生态理念旨在促进人与自然的和谐共生，同时呼吁全人类共同面对和解决环境问题，共同追求社会公正和人类命运的可持续发展。

四、生态文学视域下的英美文学教育

在生态文明建设大环境下，英美文学教育作为提升学生人文素养的重要环节担负着生态文明建设、学生价值观和道德观塑造的重要历史使命。

（一）搭建英美文学教育的兴趣平台

兴趣是开展教育的前提。英美文学教育是高校人文素质教育的重要组成部分，通过选取优质的英美文学作品，深入解读其内涵，引导学生进行文学赏析和观点交流，以提升大学生的审美情趣和人文素养，进而形成健康向上的人格。在当前生态文明建设大环境下，英美文学教育要重视改变生态意识教育不足和学生生态观念缺乏的现实环境，教师应积极利用多种教育媒介，帮助学生克服对英美文学教育的排斥心理，创新教育理念，通过搭建兴趣平台改善英美文学教育效果有限的现状。

一方面，英美文学教育学生参与不足、效果不明显的主要原因在于文学作品的内容与现实或学生生活联系不紧密，难以引起学生共鸣。教师可以通过问卷调查等多种途径了解学生感兴趣或者关注的话题，选择合适的文学作品开展教育。在生态文学视域下，教师要选择与生态文明建设和教育相关的文学作品，可为高校开展英美文学生态教育提供重要参考，同时该书对生态文学作品的解读比较到位而且生动形象，将其融入教学过程中必然能激发学生学习兴趣，而且该书对文学作品的解读能被学生感知，能促进学生主动了解人与生态的关系，进而养成思考的良好学习习惯，逐渐树立正确的生态道德观念，培养学生对于文学作品思想内涵和审美意蕴的领悟能力。

另一方面，当今社会是科技的时代，英美文学教育形式应该改变单一的讲授模式，借助多媒体教学设备和教学资源，运用多种教学手段，采用灵活的授课形式使学生长时间维持对英美文学的学习兴趣。例如，可以利用相关影视作品开展教学，该书中所介绍的美国小说家斯坦贝克的《愤怒的葡萄》已改编成影视剧，教师在教学中可以通过播放该影片使学生能直观感受小说中展现的生态灾难，深刻理解生态文学的展现形式和文学意蕴，增强学生的生态意识观念和生态道德观念。

从英美文学教学实践来看，在生态文学视域下，英美文学教育通过搭建教育兴趣平台达到生态教育的目的需要采用多种教育手段。

其一，英美文学作品中有很多典型的文学片段，是教学重点赏析部分，在具体教学中，教师可以采用角色扮演的方式开展相应教育，帮助学生理解作品内涵，未参与的学生也能在观看过程中更好地理解教学内容。

其二，从不同角度赏析文学作品会产生不同观点，因此在英美文学教育中，教师可以采用小组讨论或者辩论等教学方式，激发学生参与教学的兴趣，促进师生间交流互动，营造良好的教学环境。

其三，教师要具有较强的多媒体课件制作能力，在精选英美生态文学的前提下，利用影像、动画等不同现代化教学手段呈现文学作品典型片段，既能丰富教学方式，也能使教学内容更具吸引力，更好地激发学生学习的兴趣和欲望，从而达到英美文学教育的目的。

（二）营造英美文学教育的生态环境

在生态文学视域下，英美文学的教育需要营造出相应的生态环境，并逐渐打造多元化的文化生态系统。在生态文学视域下，文学作品与教师、学生、教育环境之间相互关联，同时课堂教育方式、师生间的关系以及课堂氛围之间相互影响，这些因素共同决定了教育的效果。在英美文学教育的生态环境中，教师不再是单纯的知识传递者和讲解者，而是转变为学生自主思考、自主学习的引导者，教学中学生的主导性得以充分体现，教师是学生学习道路的伴随者、人生道路的指引者、人生困境的激励者。在此环境中，教师需要将多种教育手段和英美文学的教学内容相融合，为其设计出适合英美文学学习的教学方法和教学情境，使学生能感受到微小文字所蕴藏的宏伟思想境界。因此，在营造英美文学教育生态环境过程中，教师要与学生共同参与，打破教师"一言堂"的陈旧课堂教育模式，归还学生的教育主体地位，共同协作完成每一堂课的教学内容。

英美文学教育的生态环境营造是一个相对复杂的过程，在营造过程中，要充分且动态地协调好文学作品与师生关系、相关教育环境之间的相互关系。生态环境的营造需要教师合理选取文学作品，深入研究与讲解文学作品的典型段落，尤其是涉及生态与人类发展关系的生态文学作品，教师更要注重教研，借此在英美文学教育中营造生态环境。同时教师还要为学生学习英美文学和赏析英美文学的思想内涵创设出和谐的生态学习环境。此外，学生也要积极主动配合教师教学，提升综合素质，参与到教学中帮助教师优化教学手段和教学内容，这些因素相互协调配合能充分营造出适合生态文学视域下的英美文学教育的生态环境。

（三）提升英美文学教育的审美境界

文学教育是通过大量文学作品培养人遵循本性追求美好事物，同时形成良好美德的教育活动。英美文学教育的重要目标之一就是提升学生对文学作品所展现的现实内涵的审美境界，学生通过教师对文学作品的解读和思考，在欣赏文学作品的同时，逐渐形成和完善自我审美境界。

文学教育具有其他教育在学生审美能力培育和审美境界提升方面所欠缺的优势，能够通过文学作品中的人物形象和反映的时代特征对人的思想产生深刻影响。例如，美国作家海明威的《老人与海》展现的不怕失败的精神震撼人心，为处于失败困苦的人们带来希望和慰藉。因此，在生态文学视域下英美文学教育不能单纯集中在赏析与分析文学作品方面，还应在此基础上，深入挖掘文学作品中所蕴含的深邃思想，开展文学作品的审美教育，这是诸多高校开展英美文学教育的目的。通过审美教育能够激发学生对于美好事物、优质品格的追求，从而在生活中逐渐形成正确的价值观和健全人格。该书选取了很多优质的生态文学作品，蕴含深刻的自然思想和生态意识，能够带给读者震撼，借助文学作品能显著提高学生的生态保护意识。例如，梭罗热爱自然风光、崇尚简洁生活，并将在瓦尔登湖独居的所见所闻记录于《瓦尔登湖》，是英美生态文学教育的重要资源，对于引导学生尊重自然、树立生态意识大有裨益。总之，在英美文学教育中，教师应深刻关注并挖掘作品本身蕴含的生态观念和人生哲理，在解读和赏析作品的同时，引导学生提升审美意识和审美境界，帮助学生进一步追求高尚的道德品质和和谐发展的生态人格，实现文学教育对人精神风貌和道德人格塑造的目标。

第四节　文化生态学语境下的多元文化交融

随着全球化的加速和移民潮的增加，文化多元化已成为世界范围内的一种普遍趋势。在这样的背景下，英美文学作为两大文学传统，不可避免地受到了其他文化的影响和交融。文化生态学的视角为我们提供了一种新的思考方式，使我们能够更好地理解英美文学中的多元文化交融现象。

一、文化生态学的基本概念

文化生态学是文化人类学的一个分支，主要研究文化与环境之间的相互关系。它认为文化和环境是相互依存的，文化对环境产生影响，同时环境也对文化产生影响。文化生态学的研究对象包括文化的传承、文化变迁、文化适应等方面。文化生态学的一个基本假设是，不同文化之间的差异和变化是由环境和人类行为的相互作用所引起的。换句话说，文化和环境是相互作用的，并且它们之间的关系不是单向的，而是相互依存的。文化生态学强调文化的动态性和变化性，认为文化不是静止的，而是不断发展和演变的。

（一）文化生态学的发展概述

文化生态学是研究人类与环境之间相互作用关系的一门跨学科。它将文化和生态学两个领域的理论和方法相结合，探讨了文化和环境之间的相互作用和影响。

文化生态学强调文化与环境之间相互作用的动态过程，即文化因素对自然环境的影响，自然环境对文化的影响，以及文化与环境共同演化的过程。文化生态学强调文化和环境的共同性，认为文化是一种与环境密切相关的人类活动形式，而环境则是文化的基础和条件。

文化生态学的研究对象包括人类文化与自然环境之间的相互作用、人类文化的演化和变化、人类文化在不同环境条件下的适应和发展等。文化生态学的研究方法包括田野调查、历史研究、生态学模型、系统分析等多种方法。

在文化生态学的视野下，文化被看作一种与环境相互关联的现象，文化的形成、传承和演变都受到环境的影响。文化和环境的相互作用和共同演化，导致文化的多样性和环境的多样性。因此，文化生态学认为保护文化多样性和生态多样性是一体两面的问题，需要在保护文化的同时保护环境，实现文化与环境的和谐共生。

（二）英美文学与文化生态学的关联

英美文学与文化生态学密切相关，文化生态学是一门研究文化与环境互动的跨学科，涉及文化、历史、人类学、地理学、生态学等多个学科。文化生态学强调文化与环境之间的相互影响，认为文化和环境是相互依存的，文化的变迁和发展会对环境产生影响，环境的变化也会对文化产生影响。

英美文学中的作品大多是在一定的文化背景和社会环境下创作的，这些作品反映了当时的社会风貌、价值观念和生活方式等方面的特征。文化生态学关注的是这些作品与环境之间的相互关系，通过分析作品中的环境描写、人物性格、价值观念等方面，探究作品所呈现的文化生态背景和文化生态演变。

文化生态学认为文化和环境之间的相互关系是一个动态的过程，英美文学中的作品也体现了这一点。例如，在《汤姆·索亚历险记》中，马克·吐温通过描述密西西比河流域的自然环境和小镇社会的生活场景，展现了当时美国南方社会的文化生态特征；在《白鲸记》中，赫尔曼·梅尔维尔通过描绘北极海域的自然环境和捕鲸活动的场景，反映了19世纪美国社会对资源开发的盲目追逐和破坏。

另外，文化生态学还关注多元文化交融的问题。英美文学中涉及不同文化、不同地区的作品，这些作品之间存在相互影响和交融的现象。例如，美国作家欧内斯特·海明威的小说中涉及欧洲和非洲等不同地区的背景，这些背景对他的作品产生了重要影响。

总之，英美文学与文化生态学密切相关，文化生态学强调文化与环境、人类和自然的相互作用，而英美文学中反映了这种相互作用的复杂性。在英美文学中，我们可以看到作家对不同文化之间的交融、文化在环境变迁中的变化以及文化对环境的影响等问题的关注。

例如，在美国文学中，托尼·莫里森的《彩色女性》描绘了黑人女性的生活经历，探讨了性别和阶级的交错问题，同时体现了黑人文化的多元性。她的另一部作品《宠儿》则关注了非洲文化和美国文化的冲突和融合，探讨了文化和地区的认同问题。

在英国文学中，魏尔德的《道林·格雷的画像》则探讨了文化对人性和自然环境的影响，表达了作家对当时英国文化浮躁和对自然的破坏的担忧。萨缪尔·贝克特的作品则关注了人类对自然的掌控欲望，表现出对现代社会的批判。

此外，英美文学还反映了不同文化之间的交流和融合。例如，印度裔作家萨尔曼·鲁西迪的《午夜的孩子》探讨了印度文化与英国文化的碰撞和交融，表现了多元文化的复杂性。而在美国文学中，黑人文化和拉丁裔文化等少数族裔文化逐渐得到关注和表达。

因此，英美文学在文化生态学的语境下，展现了文化与环境、人类和自然的相互作用的复杂性和多样性。作家们通过创作反映了不同文化之间的交融、文化在环境变迁中的变化以及文化对环境的影响等问题，同时呼吁人们关注文化多元性和环境保护，构建人与自然和谐共生的文化生态系统。

二、英美生态文学的多元文化交融

英美文学作为两大文学传统，不可避免地受到了其他文化的影响和交融。这种交融现象在历史上有很长时间的发展过程。最初的英美文学是欧洲文学的分支，因此，它们在语言、文化、思想等方面都具有欧洲文化的烙印。随着时间的推移，英美文学开始吸收来自其他文化的影响，逐渐形成了多元文化的交融现象。英美生态文学中的多元文化交融体现在多个方面。

（一）英美文学作品多元文化的自然观和环境观的展现

英美文学作品展现了多元文化的自然观和环境观，这是由于作者们对自然环境和人类文化的关注和探索。在这些作品中，作者们通过文学手法将自然环境融入作品中，表现出对自然的关注和探索。同时，他们表达了对环境保护和文化多样性的呼吁，这是一个非常重要的主题，需要深入探讨。

1. 多元文化的自然观

英美文学作品中展现了多元文化的自然观。这主要体现了不同文化对自然的认识和理解。文学作品通过不同文化对自然的描述和描绘，展现了不同文化的自然观和人类与自然之间的关系。

例如，美国作家华莱士·斯蒂文森在《金银岛》中展现了多元文化的自然观。小说中，斯蒂文森将英国传统文化与加勒比海地区的文化相融合，通过对自然环境的描绘，展现了不同文化对自然的认识和理解。小说主人公吉姆·霍金斯是一个年轻的英国少年，他在探寻金银岛的过程中遇到了很多加勒比海地区的居民，他们对自然的认识和理解与英国传统文化有很大不同。小说通过对不同文化对自然的描述和描绘，反映了不同文化对自然的认识和理解。

另外，英国作家伊恩·麦克尤恩在《红色英雄》中也展现了多元文化的自然观。小说以印度为背景，通过对自然环境的描绘，展现了不同文化对自然的认识和理解。小说主人公是一个英国医生，他在印度与当地居民相处，他们对自然的认识和理解也有很大不同。小说通过对不同文化对自然的描述和描绘，反映了不同文化对自然的认识和理解。

2.多元文化的环境观

英美文学作品中展现了多元文化的环境观。这主要体现在对环境保护和文化多样性的关注上。文学作品通过对环境保护和文化多样性的探讨，展现了不同文化对环境保护和文化多样性的重视和方法。

例如，美国作家乔治·奥威尔在《1984》中就展现了多元文化的环境观。小说中，奥威尔通过对环境保护的探讨，展现了对环境保护的重视和关注。小说主人公温斯顿·史密斯生活在一个极权主义社会，他开始怀疑政府对环境的破坏和对环境保护的重要性。小说通过对环境保护的探讨，呼吁社会对环境保护的重视和关注。

另外，英国作家J.G.巴拉德在《高层》中也展现了多元文化的环境观。小说以一栋高层公寓为背景，通过人类对环境的破坏和文化多样性的探讨，呼吁社会对环境保护和文化多样性的重视和关注。小说主人公是一个环保主义者，他与其他居民一起对环境进行保护和改善。小说通过对环境保护和文化多样性的探讨，呼吁社会对环境保护和文化多样性的重视和关注。

总之，英美文学作品展现了多元文化的自然观和环境观，这反映了作者们对自然环境和人类文化的关注和探索。同时，他们也表达了对环境保护和文化多样性的呼吁。这些作品通过文学手法将自然环境融入作品中，表现出对自然的关注和探索，也通过对环境保护和文化多样性的探讨，呼吁社会对环境保护和文化多样性的重视和关注。这些主题是非常重要的，需要我们进行深入探讨和思考。

（二）英美生态文学中多元文化交融对于环境保护的贡献

英美生态文学中多元文化交融对于环境保护的贡献可以从以下三个方面展开。

1.多元文化交融为环境保护带来新的视角

英美生态文学中的多元文化交融，使得文学作品呈现了不同文化对于环境保护的看法和方法。例如，美国作家路易丝·厄德里奇在《深度灰度》中，通过对不同文化和不同人物的刻画，展现了对于环境的关注和保护。小说主人公是一名科学家，他与一位艾伦族居民合作，保护了艾伦族的土地和环境。小说通过对不同文化对于环境的看法和方法的呈现，提供了新的视角和思考方式，对于环境保护有积极的贡献。

2.多元文化交融推动环境保护的国际化合作

英美生态文学中的多元文化交融，促进了环境保护的国际化合作。不同文化的交流和融合，为国际合作奠定了基础。例如，英国作家拉德克里夫·基普林在《绿色帝国》中描绘了印度的生态和环境问题。小说主人公是一个印度人，他与一个英国环保志愿者合作，推动了环境保护的国际化合作。小说通过对不同文化之间的合作和交流的描绘，呼吁人们共同保护地球环境，促进了国际环保事业的发展。

3. 多元文化交融强调生态平衡的文化多样性

英美生态文学中的多元文化交融，强调了生态平衡的文化多样性。不同文化的传统和价值观对于环境保护具有不同的贡献。例如，美国作家莫里斯·嘉伯在《母亲河》中描绘了美国土著印第安人的生活和传统文化。小说主人公是一个印第安人，他通过对母亲河的保护和祭祀，展示了印第安人对于自然和环境保护的文化贡献。小说强调了不同文化之间的生态平衡和文化多样性，为环境保护提供了新的思考和方向。

综上所述，英美生态文学中的多元文化交融对于环境保护有积极的贡献。它为环境保护提供了新的视角和思考方式，促进了环境保护的国际化合作，强调了生态平衡的文化多样性。这些方面都在不同程度上为环境保护做出了贡献，推动了环境保护事业的发展。

值得一提的是，多元文化交融的背景下，我们应该尊重不同文化对环境保护的认识和方法，同时探索不同文化之间的合作和交流，使环境保护成为全球共同的责任和事业。这也是英美生态文学中多元文化交融所要传递的重要信息。

（三）英美生态文学中的多元文化交融对于多元文化的尊重和理解

英美生态文学中的多元文化交融对于多元文化的尊重和理解具有重要意义。多元文化交融的背景下，英美生态文学通过描绘不同文化之间的互动和交流，呼吁人们尊重和理解多元文化，促进文化多样性的发展和传承。

1. 多元文化交融展现了文化多样性的美丽

英美生态文学中的多元文化交融展现了文化多样性的美丽。不同文化的交流和融合，形成了丰富多彩的文化景观。例如，美国作家莫里斯·嘉伯在《母亲河》中描绘了美国土著印第安人的生活和传统文化。小说主人公是一个印第安人，他通过对母亲河的保护和祭祀，展示了印第安人对于自然和环境保护的文化贡献。小说强调了不同文化之间的生态平衡和文化多样性，展现了文化多样性的美丽。

2. 多元文化交融提倡文化之间的互相尊重和包容

英美生态文学中的多元文化交融提倡文化之间的互相尊重和包容。不同文化的交流和融合，需要文化之间的互相尊重和包容。例如，英国作家 J.G. 巴拉德在《高层》中描绘了一栋高层公寓中不同文化之间的交流和冲突。小说主人公是一个环保主义者，他与其他居民一起对环境进行保护和改善。小说通过对不同文化之间的交流和冲突的描绘，提倡文化之间的互相尊重和包容。

值得一提的是，多元文化交融需要在尊重和理解的基础上进行，不应该出现文化冲突和文化侵略。在文化交流和融合的过程中，应该充分尊重和保护每一个文化的独特性和价值，促进文化多样性的发展和传承。这也是英美生态文学中多元文化交融所要传递的重要信息。

第六章　文化研究视野中的英美女性文学

第一节　英国文学中的女性主义

英国文学中的女性主义是一个重要的文化现象，它在文学中表现出女性的社会角色和地位，关注女性的权利、平等和自由，呼吁社会对女性进行认可和尊重。女性主义在英国文学中的表现形式多种多样，涵盖了小说、诗歌、戏剧等多种文学形式。在英国文学中，女性主义的发展经历了不同的阶段，从第一波女权主义到第二波女权主义，再到当代女性主义的兴起，都对英国文学产生了深远影响。

一、第一波女权主义对英国文学的影响较为显著

第一波女权主义对英国文学的影响较为显著，它在 19 世纪末对英国文学产生了深远影响。这一时期的女权主义呼吁对女性的权利和地位进行保护和提升，女性开始在文学中表现出自己的社会角色和地位，探索女性的内心世界和情感体验。

（一）第一波女权主义强调了女性的平等和自由

19 世纪末，英国女性开始参与社会活动，呼吁对女性的权利和地位进行保护和提升。这一时期的女权主义对英国文学产生了深远影响，女性开始在文学中表现出自己的社会角色和地位，探索女性的内心世界和情感体验。例如，英国女作家艾米莉·勃朗特在《呼啸山庄》中描绘了女主人公凯瑟琳对自由和独立的追求，反映了当时女性对于权利和自由的渴望与追求。

（二）第一波女权主义对英国文学产生了深刻影响

19 世纪末，女性开始在文学中表现出自己的社会角色和地位，探索女性的内心世界和情感体验。这一时期的女性主义对英国文学产生了深刻影响，女性开始挑战社会对女性的刻板印象和性别歧视，探索女性的身份认同和自我价值。例如，英国女作家乔治·艾略特在《米德尔马契》中描绘了女主人公萝西娅对于自我价值的追求，反映了当时女性对于身份认同和自我价值的思考与探索。

（三）第一波女权主义强调了女性的自我意识和自我价值

19 世纪末，女性开始在文学中表现出自己的社会角色和地位，探索女性的内心世界和情感体验。这一时期的女性主义强调了女性的自我意识和自我价值，鼓励女性独立思考

和追求自我价值。例如，英国女作家夏洛蒂·勃朗特的《简·爱》中，主人公简·爱通过自我奋斗和努力，赢得了自己的尊严和幸福。小说中的女性形象具有强烈的意志力和自我意识，反映了女性在当时社会中的地位和权利。

综上所述，第一波女权主义对英国文学的影响较为显著。19 世纪末，英国女性开始参与社会活动，呼吁对女性的权利和地位进行保护与提升。这一时期的女性主义对英国文学产生了深远影响，女性开始在文学中表现出自己的社会角色和地位，探索女性的内心世界和情感体验。女性主义强调了女性的平等和自由，对文学中的女性形象进行了探索和刻画，呈现出女性在不同社会环境中的力量和魅力。

二、第二波女权主义对英国文学的影响更为深远

第二波女权主义是指 20 世纪 60 年代末开始的一场社会运动，旨在推动性别平等和女性权利的发展。这一运动对英国文学产生了更为深远的影响，女性开始挑战社会对女性的刻板印象和性别歧视，探索女性的身份认同和自我价值。在这一时期，女性主义的表现形式更加多样化和复杂化，涵盖了小说、诗歌等多种文学形式。下面将详细探讨第二波女权主义对英国文学的影响。

（一）女性主义小说的兴起

第二波女权主义的兴起催生了一大批女性主义小说家，她们以女性的视角和语言讲述女性的故事，反映女性的情感体验和内心世界。这些女性主义小说家对英国文学产生了深远影响，推动了英国文学的发展和变革。

1. 玛格丽特·阿特伍德

玛格丽特·阿特伍德是 20 世纪末英国最有影响力的女性作家之一，她的《使女的故事》是女性主义小说中的经典之作。这部小说描述了一个极权主义的社会中女性的处境和反抗，揭示了女性在极权主义社会中的权利被剥夺和沦为生育工具的悲惨处境。小说中的女性形象呈现出强烈的反抗意识和自我意识，反映了当时女性对于权利和自由的渴望与追求。

她的小说《猫眼》也是女权主义小说的代表作之一，讲述了女性艺术家的成长经历，描述了女性在社会中的处境和身份认同问题。小说中的女性形象呈现出强烈的自我意识和独立性，反映了当时女性对于权利和自由的渴望与追求。

除了小说作品，玛格丽特·阿特伍德的诗歌作品也是女权主义诗歌中的代表之一。她的诗歌作品主要关注女性在社会中的处境和身份认同问题，反映了女性对于权利和自由的渴望与追求。

2. 安吉拉·卡特

安吉拉·卡特是 20 世纪末英国女性主义小说家中最有才华的一位，她的小说《新夏娃的激情》和《魔幻玩具铺》都是经典之作。这些小说描绘了女性在男性支配的社会中的生存状态，反映了女性在社会角色和身份认同方面的困惑与挣扎。小说中的女性形象呈现

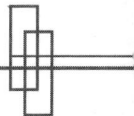

出强烈的个性和独立性，反映了当时女性对于身份认同和自我价值的思考和探索。

（1）《染血之室》中的女性形象

《染血之室》是安吉拉·卡特的代表作之一，其中的女性形象是小说中的主要元素之一。小说中的女性形象通常呈现出强烈的反抗意识和独立性，反映了女性对于权利和自由的渴望与追求。

（2）《魔幻玩具铺》中的女性形象

《魔幻玩具铺》也是安吉拉·卡特的代表作之一，其中的女性形象同样具有强烈的反抗意识和独立性。小说女主人公梅拉尼是一个年轻的女孩，她在成长过程中遇到了许多挑战和困境，但她始终坚定地保持着自己的信仰和自由。

（二）女性主义诗歌的崛起

第二波女权主义的兴起催生了一大批女性主义诗人，她们用自己的诗歌讲述女性的故事，反映女性的情感体验和内心世界。这些女性主义诗人对英国文学产生了深远影响，推动了英国文学的发展和变革。

1.西尔维娅·普拉思

西尔维娅·普拉思是 20 世纪英国最有影响力的女性诗人之一，她的诗歌以个人经验为出发点，探索女性在社会中的生存状态和身份认同。她的诗歌反映了女性在社会角色和身份认同方面的困惑与挣扎，呈现出女性在不同社会环境中的力量与魅力。

2.雅各布·波尔特

雅各布·波尔特是 20 世纪英国女性主义诗歌的代表人物之一，她的诗歌作品主要关注女性在社会中的处境和身份认同问题。她的诗歌作品《肚脐》和《想要一个男孩》都是女性主义诗歌中的代表作。这些诗歌反映了女性在不同社会环境中的生存状态和情感体验，呈现出女性在不同角色和身份认同中的力量与魅力。

（三）女性主义批评的兴起

第二波女权主义的兴起还催生了一大批女性主义批评家，她们用自己的批评理论分析文学作品中的性别问题和女性形象。这些女性主义批评家对英国文学产生了深远影响，推动了英国文学的发展和变革。

1.艾莉森·比尔

艾莉森·比尔是 20 世纪末英国女性主义批评家中最有影响力的一位，她的批评理论主要关注女性在文学中的形象和地位。她的著作《女性文学的政治》和《女性的化身：英国小说中的女性角色》都是女性主义批评中的经典之作。这些著作分析了英国文学中的性别问题和女性形象，并提出了对于女性主义批评理论的探索和创新。

2.苏珊·吉伦

苏珊·吉伦是 20 世纪末英国女性主义批评家中最著名的一位，她的批评理论主要关注女性在文学中的形象和地位。她的著作《性别之政治》和《新文学理论》都是女性主义批评中的代表作。这些著作分析了英国文学中的性别问题和女性形象，并提出了对于女性主义批评理论的探索和创新。

（四）女性主义理论的发展和演变

第二波女权主义的兴起催生了一大批女性主义理论家，她们从不同的角度和层面探讨女性在社会中的处境和身份认同问题。这些女性主义理论家对英国文学产生了深远影响，推动了英国文学的发展和变革。

1. 茱莉娅·克里斯蒂娜

茱莉娅·克里斯蒂娜是 20 世纪末英国女性主义理论家中最有才华的一位，她的理论主要关注女性在文学中的形象和地位。她的著作分析了英国文学中的性别问题和女性形象，并提出了对于女性主义理论的探索和创新。

2. 艾琳·克劳斯

艾琳·克劳斯是 20 世纪末英国女性主义理论家中最有影响力的一位，她的理论主要关注女性在社会中的处境和身份认同问题。她的著作《性别的痕迹：女性主义、文化理论和文学史》和《身份与文化批评》都是女性主义理论中的代表作。这些著作探讨了女性在社会和文化中的处境与身份认同，呈现了女性在不同角色和身份认同中的力量与魅力。

三、当代女性主义的兴起对英国文学产生了新的影响

当代女性主义呼吁将女性权利和平等的问题与其他社会议题相联系，探索女性的身份认同和多元性别体验。在当代英国文学中，女性主义呈现出更加多元化和复杂化的表现形式。例如，英国女作家詹妮弗·艾格伦德在《追寻光影的女孩》中描绘了一个女孩从少女到成年的成长历程，探索了女性在性别和文化认同方面的困惑和挣扎。小说中的女性形象呈现出强烈的个性和独立性，反映了当代女性对于身份认同和自我价值的思考与探索。

随着 20 世纪末女性主义运动的兴起，当代女性主义文学在英国的发展和变革越来越受到关注。当代女性主义文学作品通常呈现出强烈的女性主义色彩，探讨女性在社会中的处境和身份认同问题，展现出女性的力量和魅力。下面将从以下几个方面来探讨当代女性主义的兴起对英国文学产生的影响。

（一）反抗传统的女性角色

在传统英国文学中，女性通常被描绘为柔弱、无能和依赖性很强的存在，她们的主要任务是为男性服务和满足男性的需要。但是，在当代女性主义文学中，女性角色通常呈现出强烈的自我意识和独立性，反抗了传统的女性角色的刻板印象。当代女性主义运动的兴起对英国文学产生了重大影响，尤其是对传统女性角色的反抗。女性主义者批评传统的女性角色往往是被动的、依赖男性的，或者是被描绘为弱小、无知、易受伤害的。女性主义者呼吁描绘更为真实和多元的女性形象，描绘女性作为强大、自主、有智慧的个体。

这种呼吁对英国文学产生了深远影响。许多当代女性作家开始写作，他们的作品中描绘了各种类型的女性，包括强大、独立、自主的女性，以及传统意义上的温柔、柔弱、依

赖的女性。这些女性形象更为真实、多元、具有现实意义,使读者更好地了解女性的生活、经历和内心世界。

例如,在爱丽丝·沃克的《紫色》中,女性角色是强大、自主、勇敢和富有同情心的,她们的生活经历展现了她们面对性别歧视的挑战。在玛格丽特·阿特伍德的《使女的故事》中,女性角色是一个极权主义社会的生存者,她们为了自由和尊严而战斗。这些作品中的女性角色不再是单一的、被动的形象,而是具有复杂性、多维度的、与生活密切相关的人物。

此外,女性主义运动也使文学界更加关注女性的声音和视角。许多当代女性作家的作品都包含了强烈的女性主义意识,呼吁为女性争取平等权利和权益,探索女性身份和身份认同的复杂性。这些作品的出现推动了文学界更为多元化和开放化,使得文学成了一个更能反映当代社会多元性的媒介。

(二)关注女性身份认同

当代女性主义文学通常关注女性在社会中的身份认同问题。在过去的英国文学中,女性通常被视为男性的附属品,缺乏独立的身份和地位。但是,在当代女性主义文学中,女性的身份认同得到了重视,女性的独立性和权利得到了保护和支持。

1.当代英国女性主义的兴起

当代英国女性主义的兴起始于 20 世纪 70 年代,这一时期被称为"第二波女性主义"。第二波女性主义是在第一波女性主义之后的发展,它的出现源于对性别不平等和性别歧视的反抗。第二波女性主义强调了女性权利和平等的重要性,提出了"私人即政治"的口号,认为个人的私人生活和家庭生活是政治问题的一部分。

在当代英国,女性主义运动呈现出多元化和复杂性特点。女性主义者的立场、方法和目标存在差异,但是女性身份认同关注的是一个共同的主题。女性身份认同是指一个女性如何看待自己的性别,如何与社会、文化和历史的性别标准和期望进行互动和反应。

2.女性身份认同的意义

女性身份认同是女性主义运动中的一个重要议题,它涉及女性的自我认同、自我接受、自我表达和自我实现。女性身份认同的意义在于:

(1)打破性别刻板印象

传统的性别刻板印象对女性造成了限制和压迫。女性身份认同的关注能够打破传统的性别刻板印象,使女性不再局限于传统的女性角色和身份,使她们有更多的自由和选择。

(2)促进女性自我接受和自我实现

女性身份认同的关注有助于女性更好地认识自己,接受自己的性别和身份,并实现自我发展和自我实现。女性主义运动的目标是使女性能够在社会、文化和管理领域中享有平等权利和权益,使她们的生活更加自由和多样化。

(3)推动社会变革

女性身份认同的关注能够推动社会变革,使社会更加平等、公正和包容。女性主义者希望通过打破性别歧视和性别不平等，使女性和男性在社会与文化领域中享有平等的机会和权利，使社会变得更加公正和平等。

3.女性身份认同的影响

女性身份认同的关注对英国社会产生了深远影响。主要影响如下：

（1）改变传统的性别角色

女性身份认同的关注推动了社会对传统的性别角色的重新审视和反思。女性不再局限于传统的女性角色和身份，她们有更多的自由和选择，能够从事更多的职业、参与更多的社会活动，实现自我发展和自我实现。

（2）增强女性的自信和自尊

女性身份认同的关注有助于女性更好地认识自己，接受自己的性别和身份，并实现自我发展和自我实现。这种认识和接受能够增强女性的自信和自尊，使她们更加勇敢和自信地面对生活与社会。

（3）推动社会变革

女性身份认同的关注能够推动社会变革，使社会更加平等、公正和包容。女性主义者希望通过打破性别歧视和性别不平等，使女性和男性在社会、社会与文化领域中享有平等的机会和权利，使社会变得更加公正和平等。

（三）关注女性权利和自由

当代女性主义文学还关注女性的权利和自由。在过去的英国文学中，女性的权利和自由通常受到男性和传统价值观的压制与限制。在当代女性主义文学中，女性的权利和自由得到了保护和支持，女性通过自己的努力和不屈不挠的精神，获得了自己的权利和自由。

1.当代英国女性主义文学的特点

当代英国女性主义文学具有以下几个特点：

（1）关注女性的权利和自由

当代英国女性主义文学关注女性的权利和自由，呼吁为女性争取平等权利和权益。这些文学作品通常反映女性在社会和文化领域中所面临的各种问题与挑战，如性别歧视、家庭暴力、职场歧视等。

（2）探索女性身份和身份认同的复杂性

当代英国女性主义文学探索女性身份和身份认同的复杂性，认为女性的身份和认同不应该被简单地定义或归类。这些作品揭示了女性身份和认同的多元性与复杂性，呼吁社会和文化领域对女性身份和认同的多样性给予包容和尊重。

（3）呈现多元化的女性形象

当代英国女性主义文学呈现多元化的女性形象，包括强大、自主、有智慧的女性，以及传统意义上的温柔、柔弱、依赖的女性。这些女性形象更为真实、多元、具有现实意义，使读者更好地了解女性的生活、经历和内心世界。

（4）使用不同的叙事技巧

当代英国女性主义文学使用不同的叙事技巧，包括多视角、自传体、历史小说等，使作品更为丰富多彩，更能反映现实社会中的多元性和复杂性。

2.当代英国女性主义文学的意义

当代英国女性主义文学的意义在于：

（1）为女性争取平等权利和权益

当代英国女性主义文学呼吁为女性争取平等权利和权益，揭示女性在社会和文化领域中所面临的各种问题与挑战。这些文学作品有助于女性更好地认识自己的权利和权益，为女性争取平等和公正的待遇。

（2）推动女性身份认同的发展

当代英国女性主义文学探索女性身份和身份认同的复杂性，呼吁社会和文化领域对女性身份和认同的多样性给予包容和尊重。这些文学作品能够促进女性身份认同的发展，使女性更加自信、自主和自我。

（3）推动文学创作的多元化和多样性

当代英国女性主义文学呈现多元化的女性形象，使用不同的叙事技巧，使作品更为丰富多彩。这些文学作品推动文学创作的多元化和多样性，促进文学作品更好地反映现实社会的多元性和复杂性。

（4）建立女性主义文化

当代英国女性主义文学为建立女性主义文化做出了贡献，使女性主义成为一种文化和社会运动。这些文学作品有助于女性更好地认识自己，为女性的自由、权利和尊严发声，建立女性主义的文化和社会基础。

3.当代英国女性主义文学的影响

当代英国女性主义文学对英国社会产生了深远影响。主要影响如下：

（1）推动女性平等权利的实现

当代英国女性主义文学为女性争取平等权利和权益发声，推动了女性平等权利的实现。这些文学作品揭示了女性在社会和文化领域中所面临的各种问题与挑战，使人们更加了解女性的生活、经历和内心世界，推动社会对女性权利和权益的重视。

（2）打破传统的性别刻板印象

当代英国女性主义文学呈现多元化的女性形象，打破了传统的性别刻板印象，使女性不再局限于传统的女性角色和身份，使她们有更多的自由和选择。

（3）推动文学创作的多元化和多样性

当代英国女性主义文学推动文学创作的多元化和多样性，促进了文学作品更好地反映现实社会的多元性和复杂性。这些文学作品推动了文学创作的发展和创新，为文学创作注入了新的思想和灵感。

（四）揭示男性主义的暴力和压迫

当代女性主义文学还揭示了男性主义的暴力和压迫，反抗了对女性的剥削和压制。在过去的英国文学中，男性主义通常是一种主流价值观，女性在这种价值观下往往受到剥削和压制。但是，在当代女性主义文学中，女性反抗了男性主义的暴力和压迫，保护了自己的权利和自由。

1.揭示家庭暴力和性暴力问题

当代英国女性主义文学揭示了家庭暴力和性暴力对女性造成的严重伤害与影响。这些文学作品描绘了女性在家庭和性关系中所面临的各种压迫与暴力，呼吁社会对这些问题进行重视和关注。

2.反思社会性别歧视

当代英国女性主义文学反思社会性别歧视的问题，揭示了社会和文化领域中的性别歧视与不公平待遇。这些文学作品描绘了女性在工作、文化和其他领域中所面临的各种歧视与不公平待遇，呼吁社会和政府为女性争取平等权利和权益。

3.探索女性身份和身份认同的复杂性

当代英国女性主义文学探索女性身份和身份认同的复杂性，呈现多元化的女性形象，反对传统的性别刻板印象和限制。这些文学作品揭示了女性身份和认同的多元性与复杂性，呼吁社会和文化领域对女性身份和认同的多样性给予包容和尊重。

4.呼吁男性反思自身的角色和责任

当代英国女性主义文学呼吁男性反思自身的角色和责任，认识到自己在家庭和社会中的影响和作用，反对对女性的暴力和压迫。这些文学作品不仅面向女性，也面向男性，促进了性别平等和男女之间的理解和合作。

总之，当代英国女性主义文学通过文学创作揭示了男性主义的暴力和压迫，反思社会性别歧视的问题，探索女性身份和身份认同的复杂性，呼吁男性反思自身的角色和责任，推动了女性权利和自由的实现，促进了性别平等和社会公正。

第二节　美国文学中的女性主义

美国文学中的女性主义是一种强调女性自由和权利的文学流派，涉及女性身份认同、社会地位和历史地位等方面。女性主义文学呼吁为女性争取平等权利和权益，探索女性身份和身份认同的复杂性。本文将探讨美国女性主义文学的特点、意义和影响。

一、美国女性主义文学的特点

美国女性主义文学具有以下几个特点：

（一）关注女性的权利和自由

美国女性主义文学关注女性的权利和自由，呼吁为女性争取平等权利和权益。这些文学作品反映了女性在社会和文化领域中所面临的各种问题与挑战，如性别歧视、家庭暴力、职场歧视等。

（二）探索女性身份和身份认同的复杂性

美国女性主义文学探索女性身份和身份认同的复杂性，认为女性的身份和认同不应该被简单地定义或归类。这些作品揭示了女性身份和认同的多元性和复杂性，呼吁社会和文化领域对女性身份和认同的多样性给予包容和尊重。

（三）使用多种文学形式

美国女性主义文学使用多种文学形式，包括小说、诗歌、戏剧、散文等，为女性自由和权利发声。这些文学作品的多样性和丰富性使其更能反映现实社会的多元性和复杂性。

（四）呈现多元化的女性形象

美国女性主义文学呈现多元化的女性形象，包括强大、自主、有智慧的女性，以及传统意义上的温柔、柔弱、依赖的女性。这些女性形象更为真实、多元、具有现实意义，使读者更好地了解女性的生活、经历和内心世界。

（五）呈现历史中的女性

美国女性主义文学呈现历史中的女性，揭示了女性在历史上所受到的种种压迫和限制。这些文学作品有助于更好地认识女性在历史上的地位和作用，呼吁社会和文化领域对女性历史地位的重视和关注。

二、美国女性主义文学的意义

美国女性主义文学的意义在于：

（一）推动女性权利和自由的实现

美国女性主义文学呼吁为女性争取平等权利和权益，揭示女性在社会和文化领域中所面临的各种问题与挑战。这些文学作品有助于女性更好地认识自己的权利和自由，为女性的自由、权利和尊严发声，推动社会对女性权利和权益的重视。

1.揭示女性的生活和内心感受

19世纪初的女性文学家开始写作，呈现女性的生活和内心感受，这些作品让人们更加了解女性在社会和家庭中的角色和地位，从而有助于推动女性权利的实现。例如，简·奥斯汀的《傲慢与偏见》和夏洛蒂·勃朗特的《简·爱》等作品中，呈现了女性在当时社会中的种种限制和困境，反映出女性在爱情和婚姻中的束缚，这些都有助于激发人们对女性权利的思考和探索。

2.探索女性在社会中的角色和地位

20世纪的女性文学家更加直接地关注女性的社会和权利，探索女性在社会中的角色和地位。例如,弗吉尼亚·伍尔夫在《达洛维夫人》中呈现了女性在传统社会中的种种限制和压迫,这些作品促进了人们对女性权利的深入思考和探索。

3. 呈现女性的独立和自由形象

女性文学作品中经常呈现强势、独立、自由的女性形象,这些形象激励着女性争取自由和权利,使人们重新思考女性在社会中的地位和角色。

4. 促进女性解放运动的发展

女性文学作品对女性解放运动的发展起到了重要的推动作用。这些作品通过呈现女性的生活和内心感受,探索女性在社会中的角色和地位,以及呈现女性独立和自由的形象等,使人们重新思考女性的地位和权利,为女性解放运动提供了强大的动力。

(二)推动女性身份认同的发展

美国女性主义文学探索女性身份和身份认同的复杂性,呼吁社会和文化领域对女性身份和认同的多样性给予包容和尊重。这些文学作品能够促进女性身份认同的发展,使女性更加自信、自主和自我。

1. 揭示女性的生活经验

女性文学作家通过呈现女性的生活经验,使读者更加深入地了解女性的生活、心理和社会处境。这种呈现有助于建立起读者对女性的认同感,促进女性身份认同的发展。例如,爱米丽·狄金森的诗歌和小说以及路易莎·梅·阿尔科特的小说,通过呈现女性的情感世界和内心体验,激发了读者对女性生活的共鸣和关注,从而推动了女性身份认同的发展。

2. 探索女性的意识形态和身份认同

女性文学作家通过探索女性的意识形态和身份认同,使读者更加深入地了解女性的自我认知和认同感。这种探索有助于建立起读者对女性身份的认同感,促进了女性身份认同的发展。例如,吉娜·列昂的《新月落》和《纽约》等,探索了女性在社会方面的权利和角色,以及女性与自身身份的关系,使读者更加深入地了解女性的身份认同。

3. 呈现女性的多元性和复杂性

女性文学作家呈现的女性形象多样、丰富,展示了女性的多元性和复杂性,促进了女性身份认同的多元化和个性化发展。例如,托妮·莫里森的《亲爱的》《彩色女孩》等作品,呈现了不同年龄、阶层和性别的女性形象,使读者更加深入地了解女性的多元性和复杂性,从而推动了女性身份认同的发展。

总的来说,美国女性文学在推动女性身份认同的发展方面发挥了重要作用,通过呈现女性的生活经验、探索女性的意识形态和身份认同,以及呈现女性的多元性和复杂性等方式,促进了女性身份认同的发展。

(三)推动文学创作的多元化和多样性

美国女性主义文学推动文学创作的多元化和多样性,促进了文学作品更好地反映现实社会的多元性和复杂性。这些文学作品推动了文学创作的发展和创新,为文学创作注入了新的思想和灵感。

1.打破传统文学创作的桎梏

传统的文学创作通常由男性主导，反映的也是男性的视角和价值观。女性文学作家通过呈现女性的生活经验和探索女性的身份认同，打破了传统文学创作的桎梏，促进了文学创作的多元化和多样性。

2.推广女性主义文学

女性主义文学是一种重要的文学流派，强调女性的权利和价值，探索女性的经验和身份认同。女性文学作家在推广女性主义文学方面发挥了重要作用，通过呈现女性的生活经验和探索女性的身份认同，推动了女性主义文学的发展。

3.呈现多样化的女性形象

女性文学作家呈现了丰富多样的女性形象，展现了女性的多元性和复杂性。这种呈现有助于推动文学创作的多元化和多样性，使文学更加贴近生活和读者。

4.推广多元化的文学题材

女性文学作家探索了不同的文学题材，包括传记、小说、诗歌等，丰富了文学题材的多元化。这种探索有助于推动文学创作的多样性，促进文学的发展和进步。

总的来说，美国女性文学在推动文学创作的多元化和多样性方面发挥了重要作用，通过呈现女性的生活经验、探索女性的意识形态和身份认同，以及呈现女性的多元性和复杂性等方式，推动了文学创作的多元化和多样性，使文学更加丰富多彩，反映了更广泛、更真实的人类生活。

（四）建立女性主义文化

美国女性主义文学为建立女性主义文化做出了贡献，使女性主义成为一种文化和社会运动。这些文学作品有助于女性更好地认识自己，为女性的自由、权利和尊严发声，建立女性主义的文化和社会基础。

1.打破传统文学中的性别偏见

传统文学通常受到性别偏见的影响，女性往往被描绘为次要的、被支配的对象。女性文学作家通过呈现女性的生活经验和探索女性的身份认同，打破了传统文学中的性别偏见，建立了一种以女性为中心的文化。

2.推广女性主义思想

女性文学作家推广了女性主义思想，强调女性的价值和权利。这种思想建立了一种以女性为中心的文化，鼓励女性摆脱传统社会中的束缚和压迫，争取平等的地位和权利。

3.呈现女性的多样性和复杂性

女性文学作家呈现了丰富多样的女性形象，展示了女性的多元性和复杂性。这种呈现建立了一种以女性为中心的文化，促进了女性身份认同的多元化和个性化发展。

4.促进女性的自我认知和自我表达

女性文学作品促进了女性的自我认知和自我表达，使女性更加深入地了解自己的身份和价值，并表达自己的想法和感受。这种自我认知和自我表达建立了一种以女性为中心的文化，鼓励女性在社会中发挥积极的作用，为女性的权利实现做出努力。

总的来说，美国女性文学在建立女性主义文化方面发挥了重要作用，通过打破传统文学中的性别偏见、推广女性主义思想、呈现女性的多样性和复杂性，以及促进女性的自我认知和自我表达等方式，建立了一种以女性为中心的文化，促进了女性的权利实现和身份认同的发展。这种文化不仅促进了女性的解放和平等，也对整个社会的文化和道德价值产生深远影响。

三、美国女性主义文学的影响

美国女性主义文学对美国社会产生了深远的影响。主要影响如下：

（一）女性身份意识的觉醒

历史原因致使女性长期以来被迫要面临社会身份危机与文化身份危机问题，而女性文学的发展过程就是女性意识不断觉醒和女性身份逐渐确立的过程。同时，这两个方面也是促进女性主义文学发展的动力与源泉。

首先，女性的性别意识是女性意识的重要组成部分。虽然男女两性在生理上的区别和差异是与生俱来的，但是男女两性的社会身份和文化身份的差别却是在后天的社会生活中形成的。只有在女性的性别意识真正觉醒之后才能够对社会中性别权力不平等的结构或现象有较高的敏感度。长久以来，社会上存在已久的由性别差异问题导致的种种不公平现象和不平等待遇使女性深受其害，却又无力回天。但在女性主义运动开展以后，处于蒙蔽状态的女性才对自身的处境问题有了全面而清晰的认识，才有了一系列的关于争取权利和经济地位平等的运动。女性意识的缺乏伤害阻碍了女性个人价值的追求和个人身份的确认。女性主义作家率先发现并勇敢地揭示出这一问题，她们在文学作品中重新界定了女性意识，并且表现出前所未有的对女性价值的肯定与赞扬。这是女性主义文学发展迈出的重要一步。

其次，父权和夫权是制约女性意识觉醒的两个主要障碍，只有真正打破父权和夫权在社会发展过程中所形成的稳固地位，把它们的权威从神坛上拉下来才能够给予女性真正的自由，从身体到灵魂彻底的自由和解放。玛格丽特·米切尔在《飘》中描写了一位具有强烈反叛精神的女性。她敢于挑战父权和夫权的价值标准，表现出独立思考和解决问题的能力，主动追求爱情，经营锯木厂、棉花庄园，在一次次的战争和反叛中斯嘉丽的形象不断丰满。最后她在事业上的成功，彻底地击碎了男性的自尊心，撼动了男性的权威，可以说斯嘉丽的反叛形象是美国女性主义文学发展史上的重要篇章，她的形象具有划时代意义，从斯嘉丽身上读者可以明显地意识到女性意识的觉醒，她对自由、独立和平等的追求鼓舞了一代又一代女性。

（二）对女性形象的构建

对女性形象的构建一直是女性主义作品中永恒不变的主题。笔者对美国女性主义文学经典作品进行研究发现，在女性主义的发展过程中，女性的形象是不断变化的。而这个变化过程经历了由浅入深、由稚嫩到成熟。

首先，在女性主义作家眼中，传统的男性作家笔下的女性形象是失真的，他们或是对女性形象过度妖魔化，或是对女性形象过分美化。总之，男性作家的观察视角与写作视角是片面的、狭隘的，没有从完全客观的视角对女性形象进行反映。女性主义作家致力于从女性的视角来纠正这种失真的女性形象。打破男性作家虚构的关于"女人的神话"，建立真正的符合女性经验的女性形象是所有女性主义作家的共同目标。那种被男性作家虚构出来的女性形象是被女性主义作家所诟病的。当然，女性主义作家的笔下也不尽是温柔、善良的天使型女性形象。托尼·莫里森是美国著名的黑人女性作家。她从女性主义视角出发，在小说中重塑了一系列女性形象。她笔下的女性形象都具有强烈的女性意识，尽管生活在各种压迫下，但她笔下的女性却不甘心面对这种"与生俱来"的不平等地位以及不公正待遇。她们在苦难的生活中奋起反抗，努力抗争，表现出顽强的生命力。不仅如此，女性意识觉醒得非常彻底。同时，这些被迫害至深的女性非常爱惜自己的身体，对自己的身体表现出本能的热爱与赞美，这与男性作家文学世界中的女性形象是截然不同的。

其次，传统的男性占话语主导权的作品中，存在一种明显的"性别类比思维习惯"，将一些本来没有性别属性的词强制性地与性别发生关系。比如，在提到强壮、力量等词汇时就会自然而然地与男性联系起来。相反，"柔弱""娇小"这样的词只能用在女性身上。随着社会的不断发展，这已经成为一种约定俗成的社会现象。将男性与女性符号化，这直接导致了文学作品中女性形象的弱化，男性的统治地位被强化，而女性的从属地位固定化，两性之间权利和话语的分配逐渐变得不均衡，最终明显失衡。凯特·肖邦是美国文学史上著名的女性主义作家，她创作了一系列具有强烈女性意识的小说作品，其中包括代表作《觉醒》及《一个小时的故事》等。《一个小时的故事》反映了玛拉德夫人在一个小时之内的情绪变化以及心理变化过程。小说揭示了美国社会对于女性价值观以及女性自由精神的束缚，体现了女性意识的觉醒。玛拉德夫人在听闻丈夫的死讯之后，非常伤心，但她同时意识到了虽然丈夫去世了，她又获得了婚姻生活中被剥夺的自由，心情反而转好。事实上，丈夫的死只是一个乌龙事件，丈夫回来的一刹那，她心脏病发作而死。女性自我意识的觉醒，对新生活落空后的绝望才是导致玛拉德夫人死亡的真正原因。肖邦夫人笔下的女性的大胆和狂热是读者在男性作品中感受不到的。

（三）对女性话语权的争取

从开始的单纯对男性作家笔下的形象进行批判和解构，到女性主义作家的自觉创造、女性经典形象的确立，从对男性话语的模仿到真正具有女性经验的话语体系的建立，这是一个漫长而又艰辛的过程。

首先，美国女性主义文学对黑人女性话语权的争取和确立产生了重要影响。黑人女性主义文学是美国女性主义发展过程中的一个非常重要的历史阶段。由于历史的原因，很长一段时间内，美国黑人女性在美国社会中一直处于被压抑和被歧视的地位。黑人女性的特殊身份使她们在日常生活和家庭生活中要承受比普通白人女性更不公平的待遇。一方面，黑人女性受到所有白人的歧视与压迫，当然包括白人女性；另一方面，黑人女性又受到包括黑人男性在内的所有男性的歧视与压迫。可以毫不夸张地说，黑人女性一直生活在美国社会的边缘，无论是在社会生活中还是在家庭生活中都饱受不公正的待遇，她们没有话语权，更无自我可言。黑人女性主义文学便在这样尴尬的社会情境下应运而生，性别歧视问题是黑人女性主义文学研究的重要问题。20世纪70年代后，一大批黑人女性主义作家迅速崛起，她们致力于揭示问题、暴露矛盾，将黑人女性所承受的灾难与痛苦以血淋淋的事实摆在每一个读者面前，同时她们致力于提供一些能够使黑人女性摆脱苦难处境的方法和途径。

其次，艾丽斯·沃克是美国著名的黑人女性主义作家。她的代表作《紫色》以反映黑人妇女的权力斗争为主要内容，被改编成同名电影，获得包括普利策小说奖和美国国家图书奖在内的三项大奖。在艾丽斯·沃克的小说中塑造了形形色色的黑人形象，既有暴虐的黑人男性形象，他们残忍地对待自己的妻子和女儿，也不乏少数的尊重妇女和关爱他人的完美男性形象。而艾丽斯·沃克笔下的女性形象是不断成长和发展的，起初，她们在遭受不公正的待遇时选择逆来顺受，但在成长过程中能够不断地反省自己，逐渐走向成熟，她们逐渐地意识到自己的苦难处境，并激发起顽强斗争意识和生存意识，为争取平等的权利和女性的身份而斗争，但同时又不失女性的宽容精神和博爱的情怀。总之，女性主义作家以文学为手段彰显女性，延展了女性的话语权。

美国女性主义文学取得的一系列成就使世界女性文学的历史变得更加丰富和辉煌，其中很多重要的文学作品和文学批评理论经过岁月的沉淀和考验成为女性文学的经典，对其他国家女性文学的发展起到了推动作用。

第三节　文学中女性主义的影响

随着英美文学中女性意识的不断增强，女性开始在文学中确立了自己的选择。很多传统女性作家及其作品得以发展，文学中对于女性压迫、歧视的现象逐渐减少。这无疑丰富了文学的内容和表现形式，促进了文学向多元化方向发展。

一、女性主义在文学中的发展过程

无论是在英美文学中，还是在其他国家的文学中，女性主义都是在讨论中逐渐显现的。从最初的"女性为什么是男性的附属品"，到"如何公平地对待女性"，这些理论层面、思维层面的讨论，都推动了女性主义在文学中的发展。女性主义在 19 世纪末 20 世纪初的英美国家得到了蓬勃发展。这也是英美文学中女性主义影响深远的重要因素。弗吉尼亚·伍尔夫作为女性主义的创始人，她在《一间自己的屋子》中深刻地讨论了女性主义文学诞生的社会环境，她的很多关于女性的观点成为人们不断讨论的话题。托里尔·莫娃有关女性主义的观点则与伍尔夫有一定区别，她极力反对将男性观点凌驾于女性主义之上，认为女性主义文学最根本的目的，就是鼓舞女性通过反抗来获取两性上的平等，并深刻剖析了本质主义的性别观。在探讨女性主义上，哈姆的《第二性》也对其进行了全面的描述，指出男性与女性之间本就存在众多不同，正是男性对女性的歧视，才给她们的生理、心理都造成了极大伤害。女性主义文学的发展过程包括三个时期：第一波女性主义文学（19 世纪末至 20 世纪 60 年代），第二波女性主义文学（20 世纪 60 年代至 80 年代），以及第三波女性主义文学（20 世纪 80 年代至今）。在每个时期，女性主义作家都在以不同的方式探索女性的角色和经验，并将自己的文学作品用作传达他们的主张和观点的工具。

（一）第一波女性主义文学（19 世纪末至 20 世纪 60 年代）

第一波女性主义文学出现在 19 世纪末 20 世纪初。这个时期的女性作家主要关注的是改变社会对女性的看法，通过写作来为女性争取平等的权利。这个时期最著名的女性作家包括弗吉尼亚·伍尔夫、乔治·艾略特和艾米丽·狄金森（Emily Dickinson）。

弗吉尼亚·伍尔夫是第一波女性主义文学中最著名的作家之一。她的作品中充满了对女性压迫和限制的批判和反抗。她的小说《达洛维夫人》是一部经典的女性主义文学作品，通过描述主角克拉丽莎·达洛维的内心世界来探索女性的经验和角色。

乔治·艾略特的小说《米德尔马契》是第一波女性主义文学中的另一部经典作品，描述了女性在 19 世纪英国社会中的生活和挣扎。艾米丽·狄金森则以她的诗歌探索了女性在社会中的地位和角色。

（二）第二波女性主义文学（20 世纪 60 年代至 80 年代）

第二波女性主义文学始于 20 世纪 60 年代，这个时期的女性主义作家主要关注的是性别歧视和家庭暴力等问题。她们试图挑战传统的性别角色和文化中的男性优越感，探索女性自我意识和自我价值。这个时期的女性作家包括玛格丽特·阿特伍德（Margaret Atwood）、爱丽丝·沃克（Alice Walker）和莎朗·奈特（Sharon Olds）。玛格丽特·阿特伍德的小说《使女的故事》是第二波女性主义文学的代表作之一，描述了一个虚构的美国社会，女性被剥夺了自由和权利。小说中的女性被迫生育并且只被看作一种资源。这个故事突出了女性被迫在一个男性主导的社会中生存和争取权利的挣扎。爱丽丝·沃克的小说《紫色》则描述了一个美国南方黑人女性的成长历程。这部小说强调了女性的自我价值和挣脱压迫的重要性。莎朗·奈特则以她的诗歌探索了女性的身体和性的主题。她的诗歌充满了对女性的自我发现和自我认同的探索，同时探讨了男性权力和女性被剥夺自主权的问题。

（三）第三波女性主义文学（20 世纪 80 年代至今）

第三波女性主义文学始于 20 世纪 80 年代，这个时期的女性主义作家关注的是多元文化主义和后现代主义。她们试图探讨女性的身份和文化在性别和阶级方面的多样性。这个时期的女性作家包括希拉里·曼特尔（Hilary Mantel）、简·里斯（Jean Rhys）。

希拉里·曼特尔是一位知名的女性主义作家，她的小说中探讨了女性在男性主导的社会中的角色和挣扎。她的小说《狼厅》描述了亨利八世的英国王朝时期，主要聚焦在托马斯·克伦威尔身上，描述了他在男性主导的社会中的成功和挣扎。

简·里斯的小说《梦回藻海》则探讨了性别的问题。这部小说讲述了女主角柏莎的成长历程，她在殖民地的牙买加面临着来自白人和黑人的压迫和歧视。小说探讨了阶级和性别问题对女性的影响。

女性主义文学在文学领域发展了数十年，并且已经成为一项重要的文学运动。女性主义作家用她们的作品探索了女性的角色和经验，并用文学作为反抗和批判的工具。在不同的时期，女性主义作家关注的问题和主题有所不同，但她们都试图挑战传统的性别角色和文化中的男性优越感，并探索女性自我意识和自我价值。

二、英美文学中的女性主义对我国文学的影响

（一）促进了我国女性书写的发展

从历史大背景上看，英美两国与我国不同，英美两国一度有相对宽松的社会舆论环境。在文学上表现为，英美文学中的女性主义是在承认女性这一性别的前提下，追求两性之间的平等；而我国受传统封建思想和观念的束缚，所追求的男女平等并没有以认同女性这一性别为前提。因此，英美文学中的女性主义，承认了女性作为一个独立的文化形式存在，这在很大程度上促进了中国文学尤其是女性书写中的性别意识的发展，促进了性别的觉醒。例如，中国新写实小说就开始用女性的眼光审视世界，突出了女性意识的觉醒。

1. 女性身份的探索

英美女性文学中的女性角色和经验经常成为中国女性作家的灵感源泉。在文学作品中，英美女性作家通过描述女性的内心世界和个人经验来探索女性身份和自我价值的问题，这为中国女性作家提供了全新的思考角度。

例如，英国女作家简·奥斯汀在《傲慢与偏见》中描述的伊丽莎白·班纳特是一位具有自我意识和独立思考能力的女性，她的形象激励了许多中国女性作家探索自我认同和价值的问题。美国作家西尔维娅·普拉斯（Sylvia Plath）的诗歌则描绘了女性的孤独、焦虑和沮丧，反映了女性在社会中的边缘化和不被理解的状态，这为中国女性作家提供了探索女性内心情感的思考方向。

2. 女性主义思潮的引入

女性主义是英美女性文学中的一个重要思潮，它旨在揭示和反抗社会中性别不平等和压迫的存在。女性主义作家试图挑战传统的性别角色和文化中的男性优越感，探索女性自

我意识和自我价值。

英美女性主义文学对中国女性写作产生了很大影响，它为中国女性作家带来了女性主义思想和行动的启示。例如，玛格丽特·阿特伍德在《使女的故事》中描述了一个虚构的美国社会，女性被剥夺了自由和权利，这激发了中国女性作家对性别平等的反思和呼吁。

另外，女性主义的思想也为中国女性作家带来了自我认同和自我解放的思考。女性主义作家试图通过文学作品反映女性生存的现实和挣扎，同时探讨女性的权利和自我价值，这种探讨对于中国女性作家具有启示作用。例如，英国女作家苏珊·伯克利（Susan Hill）的《第一年》中描述了一个年轻女性在生活中的挣扎和自我发现，这激励了中国女性作家对自我认同和自我发展的关注。

3. 女性书写的自由度

英美女性文学为女性作家提供了更大的书写自由度，使女性作家能够自由地表达自己的思想和情感。英美女性作家通常试图挑战传统的文学范式，打破传统文学的限制，这为中国女性作家提供了更多的书写自由度和更大的创作空间。

例如，英国作家弗吉尼亚·伍尔夫在《达洛维夫人》中采用流畅的意识流手法，突破了传统小说的叙事模式，这种创新的表达方式对于中国女性作家的写作产生了积极影响。美国作家吉娜·列恩（Gina León）的《天使之血》也在表现方式上创新，采用了非线性的叙事结构，探讨了女性对于爱、性和权利的控制和解放，这为中国女性作家带来了新的书写范式和思考方式。

4. 社会责任感

英美女性作家常常关注社会问题和社会责任，试图通过文学作品呼吁社会正义和平等。这种社会责任感激励了许多中国女性作家用文学作为表达社会关切和思考的工具。

例如，美国作家艾丽斯·沃克在《紫色》中探讨了阶级和性别问题对女性的影响，呼吁社会对于女性权利的关注和尊重，这种社会责任感为中国女性作家提供了表达社会问题和呼吁社会公正的思考方向。英国作家朱迪思·库伯在《人造女皇》中则探讨了社会对于女性的偏见和压迫，呼吁社会对于女性的平等和尊重，这为中国女性作家带来了对于社会责任和公正的反思和呼吁。

（二）促进了中国女性书写中群体意识的凸显

英美文学中所表现出来的"姐妹情谊"成为其凸显女性主义的重要内容和形式，这促进了中国女性书写中的群体意识。由于中国没有女权运动，女性意识在觉醒过程中，必然要经历重重阻碍，漫长而曲折，对女性的解放也缺乏深层次认识，在文学上也难有独特的建树。而英美女性主义文学中表现出来的群体意识、反抗意识，正好弥补了中国女性文学书写中的不足，为我国女性书写的发展注入了新的活力。

1. 女性作家的影响力

英美女性作家的影响力使得女性写作成为一种群体行动，女性作家的思想和作品为其他女性提供了新的思考和行动的启示。英美女性作家的作品通常探讨女性生存的现实和挑战，为中国女性作家提供了关于性别、文化和社会议题的视角，促进了中国女性书写中的群体意识的凸显。

例如，美国女作家玛格丽特·米切尔在《飘》中描述了一个女性在战乱和社会动荡中的生存和奋斗，这启示了许多中国女性作家探讨女性生存的现实和挑战，为中国女性书写中的群体意识凸显提供了动力。英国女作家简·奥斯汀在《爱玛》中则探讨了女性的内心世界和情感，这为中国女性作家提供了表达个人情感和探索女性内心世界的思路，促进了中国女性书写中群体意识的凸显。

2. 女性生存的现实和挑战

英美女性文学通常试图揭示女性生存的现实和挑战，呼吁对女性的关注和尊重。这种探讨激励了中国女性作家表达对于女性生存现实的认识和关注，促进了中国女性书写中群体意识的凸显。

例如，英国女作家露西·莫德·蒙哥马利在《绿山墙的安妮》中描述了女孩安妮在失去父母的情况下独自在社会生存和奋斗的故事，这反映了女性在男性主导的社会中面临的挑战和困难。中国女性作家通过对这种挑战和困难的描绘与反思，表达了对于女性生存现实的认识和关注女性权利的呼吁。

英美女性文学常常呼吁社会对于女性权利的尊重和关注，这为中国女性作家提供了表达对于女性权利的呼吁和反思的空间和渠道。这种呼吁激励了中国女性作家探讨女性权利和平等的问题，促进了中国女性书写中群体意识的凸显。

例如，美国女作家贾斯汀·富尔顿在《夜行人生》中探讨了女性对于性爱和自我决定的权利，呼吁社会对于女性的权利和自主的关注和尊重。这种呼吁激励了中国女性作家表达对于性别平等和女性权利的关注和呼吁，促进了中国女性书写中群体意识的凸显。

3. 女性主义的启示

女性主义是英美女性文学的一个重要思潮，它呼吁挑战传统的性别角色和文化中的男性优越感，并探索女性自我意识和自我价值。女性主义思想为中国女性书写提供了新的思路和创作方向，促进了中国女性书写中群体意识的凸显。

例如，英国女作家玛格丽特·阿特伍德在《使女的故事》中描述了一个虚构的美国社会，女性被剥夺了自由和权利，这激发了中国女性作家对于性别平等的反思和呼吁。中国女性作家通过对于女性权利和平等的探讨和呼吁，表达了对于女性自由和尊重的追求，促进了中国女性书写中群体意识的凸显。

英美女性文学的思想、主题和创作手法对中国女性写作产生了深远影响，其中之一就是促进了中国女性书写中群体意识的凸显。女性作家的影响力、女性生存的现实和挑战、女性权利的呼吁和女性主义的启示，这些都激励了中国女性作家表达对于女性问题的关注和反思，促进了中国女性书写中群体意识的凸显。在未来，中国女性作家可以继续借鉴英美女性文学的思想和创作手法，通过文学作品表达对于女性权利和尊重的呼吁，促进中国女性书写的发展和进步。同时，中国女性作家也应该注重自身创作的独立性和创新性，通过自己的思考和探索来丰富和拓展女性书写的领域和视野，为中国女性书写的进一步发展作出贡献。

（三）对我国文学创作的影响

女性主义是一种反对性别歧视和支持性别平等的思想和运动。它在 20 世纪初出现于英美社会，随后成为一种全球性的文化现象。女性主义运动的出现和发展为英美文学带来了前所未有的变革，它不仅创造了大量优秀的女性文学作品，还为文学创作提供了新的思想和视角。

1.女性主义思想

女性主义思想为英美文学创作提供了新的思考方向和表达方式。女性主义思想呼吁挑战传统的性别角色和文化中的男性优越感，探索女性自我意识和自我价值。女性主义的出现和发展为英美女性文学带来了前所未有的变革，为我国文学的发展和进步带来了重要启示。

女性主义思想激发了英美女作家对于女性生存现实的关注和反思，探讨了女性在家庭、职场、社会和文化中所面临的种种不公和困境。这种关注和反思促进了英美女性作家创作出一批充满反抗性和批判性的女性文学作品，呼吁社会对于女性权利和平等的关注和尊重。例如，英国女作家玛格丽特·阿特伍德在《使女的故事》中描述了一个虚构的美国社会，女性被剥夺了自由和权利，这反映了女性在社会中所面临的挑战和困难。这种作品对于我国女性作家的创作具有启示意义，鼓励她们探索女性生存现实和女性权利的问题。

2.女性主题

女性主义运动的出现和发展也为英美女性文学带来了一批独特的女性主题。女性主题通常探讨女性自我意识、自我价值和自我发展的问题，呼吁社会对于女性权利和平等的关注和尊重。这些主题为英美女性作家提供了表达女性自我意识和自我价值的空间和渠道，也为我国女性作家提供了新的思考方向和创作灵感。

例如，英国女作家弗吉尼亚·伍尔夫在《到灯塔去》中探讨了女性的内心世界和情感，呼吁社会对于女性自由和自主的关注和尊重。这种主题启示了英美女性作家探索女性自我意识和自我发展的问题，也为我国女性作家提供了表达女性自我意识和价值的创作空间。

3.女性创作手法

女性主义思想和女性主题的探讨为英美女性作家创造了一批独特的女性创作手法。这些手法包括对语言、叙事和人物塑造的重新思考和探索，使得女性作家能够更好地表达女性自我意识和自我价值。这些创作手法对英美女性文学的发展和进步做出了重要贡献，也为我国女性作家提供了新的创作思路和方法。

例如，美国女作家托尼·莫里森在《亲爱的》中采用了非线性的叙事结构和口头传统的语言风格，以探讨奴隶制度对于黑人女性的影响和反抗。这种创作手法为英美女性作家表达女性自我意识和自我价值提供了新的思路和方法，也为我国女性作家提供了探索语言、叙事和人物塑造的新的创作方向。

　　女性主义是一种反对性别歧视和支持性别平等的思想和运动，它为英美女性文学带来了前所未有的变革。女性主义思想、女性主题和女性创作手法等都对英美女性文学的发展和进步做出了重要贡献，也为我国女性作家提供了新的思考方向和创作灵感。在未来，我们应该继续借鉴英美女性文学中的女性主义思想和创作手法，探索女性自我意识和自我价值的问题，为我国文学的发展和进步做出更大的贡献。

第七章　英美文学研究与文学教育的结合

第一节　简·奥斯汀《傲慢与偏见》的女性意识

在现代，所谓女性意识，就是指女性对自身作为人，尤其是女人的价值的体验和醒悟。对于男权社会，其表现为拒绝接受男性社会对女性的传统定义，以及对男性权力的质疑和颠覆；同时，又表现为关注女性的生存状况，审视女性心理情感和表达女性生命体验。在男女社会分工中，女性长期处于被动的地位，她们一直被男权的阴影笼罩着，长期的被压抑使许多女性无法正确地认识自我，没有自我价值意识。奥斯汀在作品中为我们介绍了几位勇于打破这种"陈规"的年轻人，在她们身上，我们可以看到一些女性意识觉醒的痕迹。

一、从女性形象看奥斯汀的女性意识

世界上没有两片相同的树叶，同样，没有两个完全一样的人，但却存在两个形成鲜明对比的人。在《傲慢与偏见》中作者刻画了几个性格上形成鲜明对比的人物，她们对于婚姻爱情的追求、对于社会、自我现状的认识让我们看到了人物身上散发的鲜明个性。笔者选取作品中几个女性进行对比，以此来认识奥斯汀在作品中传达出来的女性意识。

（一）伊丽莎白与夏绿蒂·卢卡斯

很显然，伊丽莎白站在理想的一方，夏绿蒂则走向了现实，她们的冲撞从夏绿蒂告诉伊丽莎白，她同意了柯林斯先生的求婚时拉开了帷幕，并且存在于很多方面，她们的冲撞同样是作者的矛盾纠结所在，社会现实摆在那里，作为普通的社会成员，一时间是无法打破这种现状的，现实的声音告诉你必须嫁给物质财产，而理想的声音却大声疾呼要嫁就嫁给爱情。两种声音都来自作者的内心：一种代表了对于常规的遵守、默认；另一种是作者的理想，就像伊丽莎白一样，作者渴望一种建立在平等基础上的婚姻，而不是传统物质上的门当户对。

夏绿蒂是现实的，在彬格莱举办的舞会上，她有幸与彬格莱跳了第一支舞，但是，她并没有因为这样的幸运就认为这个黄金单身汉会爱上她，反而对班纳特说彬格莱喜欢的是吉英，她清楚地认识自己，聪明如她，不加入这场没有硝烟的夫婿争夺战中。而在伊丽莎白与柯林斯的婚姻泡汤以后，她便知道自己的机会来了，她要抓住这个能给予她稳定生活

的男士，尽管他并不完美，但这就是现实中她能够得到的丈夫。她认为婚姻能否幸福完全是机会问题，就像她对伊丽莎白所说的"你知道我不是一个罗曼蒂克的人，我绝不是那样的人。我只希望有一个舒舒服服的家。论柯林斯先生的性格、社会关系和身份地位，我觉得跟他结了婚，也能够获得幸福，并不亚于一般人结婚时所夸耀的那种幸福。"彬格莱被光环围绕，她承担不起这样的光芒，一不小心便会被伤害。最终的结果证明她做了明智的选择。在与彬格莱接触以后，夏绿蒂便对于吉英与彬格莱的将来作了这样的判断："我以为即使她明天就跟他结婚，她所能获得的幸福，比起她花上一年的时间、研究了他的性格、再去跟他结婚所能获得的幸福，并不见得会少到哪里去。"她觉得应该少了解对方的缺点。她相信"距离产生美"，所以她选择结婚以后待在属于自己的空间，尽量不去"打扰"丈夫。夏绿蒂的觉醒不动声色，她不得不向现实屈服，但又不完全逆来顺受，她的觉醒只在那间小小的会客室里。

而伊丽莎白则不同，她太理想派了，她要爱就爱那人的全部，但并不是每个人都是那么完美的，每个人身上都或多或少有缺点，柯林斯不够绅士，没有她要的修养，所以她拒绝了这张还算有些价值的"长期饭票"，韦翰的绅士风度让伊丽莎白差点没把持住自己，但是她知道这个人无法给她理想中完美的婚姻爱情，毕竟没有面包的爱情没有想象中美好。白马王子达西的求婚本来让人期待，但是他却很扫兴地在求婚时"他一方面滔滔不绝地表示深情蜜意，但是另一方面却又说了许许多多傲慢无礼的话。他觉得她出身低微，觉得自己是迁就她，而且家庭方面的种种障碍，往往会使他的见解和她的心愿不能相容并存，"她受不了对方对于自己的多方挑剔，而且这番话强烈地伤害了自己的自尊心，达西的求婚更像是对于自己的施舍。如此高傲的她又怎会接受？

她们的对比鲜明而又深刻地真实再现了当受过教育的女性在面对与书中的罗曼蒂克完全不同的现实时是否还保持着自己的梦。她们对于自我的追求就像吃饭，夏绿蒂可以面包果腹，伊丽莎白则必须坐在华丽的餐桌上牛排加红酒，将就不得。伊丽莎白要的是精神情感的满足，而夏绿蒂要的只是简单的物质享受。

（二）班纳特太太与吉英

内向文静的吉英与母亲班纳特太太形成了鲜明对比。吉英更像喜欢待在书房里的父亲，一切尽在心中却不会拿出来与人分享。班纳特太太"她生平的大事就是嫁女儿，她生平的安慰就是访友拜客和打听新闻，"对于一个把嫁女儿当作一项生平的事业来经营的母亲来说，没有什么比为女儿物色到合适的结婚对象更大的事情了，一听到有一位有钱的年轻男士搬到这里便立刻打起了主意，要班纳特先生去打听那人的情况，从急切地求先生去到被拒绝的恼怒，至于后来知道先生去拜访了"邻居"的一系列情绪的转变。她甚至还会耍点小阴谋，如为了让女儿可以以更多的理由待在彬格莱家，故意不去接她，连女儿生病了也当作是可以留下来的绝佳机会。聚会上的表现，在乡邻中对女儿毫不吝啬地夸赞，甚至在大女儿还没有确定与彬格莱的恋爱关系的情况下，只是因为一起跳了两场舞便断定女儿将在不久与彬格莱订婚。她从不掩饰自己的喜怒哀乐，在丽迪亚私奔一事上可见一斑，从私奔到确定结婚那段时间，班纳特太太几乎是从绝望一下子就活了过来，甚至无比的兴奋，几乎是起死回生。

不同于母亲把情绪外挂于脸上，吉英更像一个谜语，需要你去猜测她的心思，她的喜好，她没有不满，她没有很多抱怨，她更愿意理智地去看问题、想问题，她从不愿意把问题往更坏的方向去想，她洞察许多事，她已经知道自己所要的东西，并且愿意以她自己的方式争取，如彬格莱小姐邀请她去尼日斐花园，她不拒绝，因为她同母亲一样知道这是一次接触彬格莱的好机会。对于夏绿蒂与柯林斯的结合"吉英也承认这门婚事有些奇怪，可是她嘴上并没有说什么，反而诚恳地祝福他们"。听到彬格莱可能不再回到尼日斐花园，她同样不露声色，甚至在自己妹妹面前也不肯承认自己因为彬格莱的离开而伤心。她的爱情不是大胆地争取，像溪流慢慢流淌，没有波涛打破她心里的那湖平静。因为从始至终都只是家人邻里在说两人很相配，作为当事人的彬格莱从没有对她做出过任何很明显的表示，但是她没有另投他人怀抱，找一位与自己"门当户对"的男士，因为她认定了那个人，她的爱情很坚定，她清楚地知道没有爱情的婚姻自己是无法接受的，她能够理解夏绿蒂，却无法认同这样建立在物质基础上的婚姻。

从这对母女的对比中我们可以看到年轻的吉英在女性意识萌芽阶段，那种不敢大胆表现爱意的怯弱与大胆将自己介绍给别人以追求自己的幸福，吉英同样渴望能够与心爱的人在一起，但是她有自己的顾虑，但同样因为这样的顾虑，使得她几乎与幸福擦肩而过。在母亲的帮助下，她才得以有机会与彬格莱有了那宝贵的几天的"单独"交流。

（三）丽迪亚与咖苔琳夫人

丽迪亚要的生活很简单，自由的爱情生活，不在乎家庭社会的异样眼光，不必像母亲一样每天还要操心那么多琐事，她喜欢跳舞，渴望被关注，在舞会上尽情地跳舞，哪怕是家里最小的女儿，哪怕大姐二姐还未许配人家，她依旧不愿意放弃美好的舞会，不愿意像大姐那样安静地做一个淑女，她受母亲的影响很大，她渴望婚姻，但是仅限于婚姻本身，不附带其他条件，韦翰的出现满足了她。她不在意韦翰是否有钱，他的过去究竟是如何的不堪，她要的是一种朴素的婚姻，甚至甘心与男人私奔，将世俗眼光抛到脑后。有人认为她年少无知，是贪玩的表现，但我更愿意理解为这是她对自我天性的释放，她不愿意等待安静地将自己嫁出去，她要追求属于自己的简单幸福，这份小小的幸福足以满足她。

咖苔琳夫人作为一个贵妇，她有自己的骄傲，她富有，拥有高贵的身份，她无论在上流社会还是下层，她都有自己的地位，她仿佛一个大女人，可以对人和她认为不合理的现象进行批判，她是柯林斯婚姻乃至全部生活的促成者，她甚至插手侄子的婚事，"这位贵妇人虽然没有担任郡里的司法职务，可是事实上她等于是她自己这个教区里最积极的法官"，她把金钱地位视为自己人生的全部，她对他人的"指点"都来自以为自己的金钱地位可以主宰他人。

相对于单纯的丽迪亚来说，咖苔琳夫人将奢华视为追求，在她们的身上，可以看到两个极端，只要爱情与只要金钱。丽迪亚是盲目的，她还没有真正地明白自己要的自由，不是摆脱一切的束缚，她的冲动与咖苔琳夫人极度的冷漠让我们又一次看到了女性对于自我解放的渴求。

在女性意识开始萌芽阶段，女性没能正确地认识到该做什么，能够做什么，她们的地位在哪里。她们要么附属地位，她们大多数习惯跟随前人的脚步，嫁给门当户对的男士是她们的归宿，当然也有例外，要么将自己置于家庭、社会的顶峰，甚至"大女子主义"。就像咖苔琳夫人那样的女性，她拥有比许多男士都丰富的财产、地位，她不甘心处于中产阶级，或是下层民众同样的层次，她更享受"指点江山"。丽迪亚要的是绝对的自由，她要做她自己，做自己喜欢做的事，不在意世俗的眼光。在丽迪亚与咖苔琳夫人身上，我们看到了女性意识的不同体现，丽迪亚渴望自我的自由，咖苔琳夫人掌握他人的自由。

二、从爱情／婚姻观看奥斯汀的女性意识

《傲慢与偏见》在简·奥斯汀的作品中具有极高的地位，在这部小说中，婚姻问题始终被置于各种社会与经济关系中，作者对婚姻现象和本质的描述与剖析可谓入木三分。

小说以男女主人公达西与伊丽莎白的爱情纠葛为主线，细致入微地描述了 5 桩不同的婚姻，并通过对比，向读者展示出作者心目中的理想婚姻，清晰地表达了作者的婚姻观：恋爱婚姻与财产和社会地位相互关联，但不能取决于财产和社会地位，美满的婚姻应当建立在相互爱慕、相互尊重的基础上。奥斯汀既反对为钱而结婚，也反对轻率结婚，一再强调没有爱的婚姻不会幸福。小说探讨了三种婚姻态度：第一种是为敛富攀高而结婚；第二种是被对方的魅力、美丽和激情所吸引，完全不顾对方的经济状况和个人优点而结婚；第三种是理想的婚姻，为真爱而结婚，并兼顾对方的个人优点、经济状况和社会地位。简·奥斯汀极力表明：单纯地为钱财或美丽而结婚是错误的，但不考虑经济状况而结婚同样是错误的。笔者下面对作品中的 5 桩婚姻进行具体分析。

（一）班纳特夫妇

班纳特先生是一家之主，他聪明、含蓄、幽默、洒脱，有怪癖，看不起愚昧无知的妻子，常拿她开玩笑、挖苦她。班纳特先生当年因为贪恋妻子的青春美貌而娶了这个智力贫乏、孤陋寡闻而又喜怒无常的女人，婚后不久便终结了对她的一片真情，夫妇间的相互尊重和信任早已荡然无存，他对家庭幸福的期待也化为泡影，终日除了拿太太的愚昧无知开心外，就是使自己沉迷于乡村景色和读书中。夫妇俩在性格品位和爱好上毫无共同之处。很显然，班纳特夫妇的婚姻是由于轻率而招致的不幸婚姻。

（二）丽迪亚与韦翰

丽迪亚与韦翰的结合代表了一见钟情、追求美貌、盲目的婚姻。丽迪亚小姐漂亮，头脑简单，轻浮而又虚荣，小小年纪便热衷于社交，喜欢与驻扎在麦里屯的军官们往来，并乐此不疲。"由于娇纵过度，她很小就进入了社交界。她生性好动，天生有些不知分寸，军官们见她颇有几分浪荡的风情，便对她产生了相当的好感。"放荡的她与韦翰一见钟情

后便不顾一切，连韦翰究竟是一个怎样的人都没有弄明白就轻率与之私奔。果然，韦翰是一个金玉其外败絮其中的人，他们婚后彼此用情不专，这段感情没能持续多久便"情淡爱弛"了。丽迪亚的这种建立在美貌与冲动基础上、盲目的婚姻态度，使得她自己后来居无定所，过着飘荡的日子。丽迪亚与韦翰的婚姻是一种反面教材，在18世纪崇尚理性的年代，这种婚姻态度是不可取的。简·奥斯汀对这种婚姻持否定态度。

（三）夏绿蒂与柯林斯

夏绿蒂与丽迪亚相反，是个极为现实的人，因为没有财产，长得也不漂亮，所以27岁了仍然待字闺中。为了安逸的生活，尽管柯林斯先生拘泥礼节、反应迟钝、满口废话、自以为是，她还是一口答应了他的求婚。因为"结婚到底是她一贯的目标：大凡家境不好而又受过相当教育的女子，总是把结婚当作仅有的一条体面退路，尽管结婚并不一定会叫人幸福，但总算给她安排了一个最可靠的会客室，日后可以不挨饿受饥。她现在就获得了这样一个会客室"。

当时，英国社会中金钱、财产具有巨大的魔力，已深入社会和个人生活的各个领域。而对于那时的女人来说，没有财产就意味着没有生活的保障。在严酷的现实面前，夏绿蒂放弃了自己的理想，牺牲了自己一生的幸福，把婚姻作为一个有吃有穿的"归宿"。原本聪慧、自主的她面对呆板、愚蠢的柯林斯，仅仅因为金钱与之结合，他们的婚姻无感情基础，完全是建立在经济、金钱的基础上。奥斯汀透过这桩婚姻传达出的态度是，夏绿蒂与柯林斯的这种无视感情，追求金钱、财产，寻找会客室的婚姻观念是错误的、失败的。

夏绿蒂虽然在爱情上不那么高尚、光彩照人，但明智、理性的抉择却不能不说她更近于18世纪英国妇女的真实生存原则，即生存远远重于爱情。而这桩没有爱情的利益婚姻正是当时社会中婚姻状况的一个代表。

（四）吉英与彬格莱

吉英，班纳特家的大女儿，美丽善良、温柔娴静，是一个典型的大家闺秀。但她性格过于拘谨，虽然对彬格莱怀有炽热的爱，表面上却不露任何痕迹，把强烈的感情隐藏在文雅的外表下。而彬格莱为人随和坦率、诚挚谦虚、相貌堂堂，很有绅士派头，他对吉英一见钟情，但缺乏自信，拿不准她究竟是否爱他。另外，他的妹妹从中作梗。因此，他们的婚姻受到了多方面阻碍。但爱的力量是强大的，在伊丽莎白帮助下，他们最终消除误会，幸福地结合了。他们的婚姻不是草率的，而是经过时间的洗礼，充分了解了对方才结为夫妻。他们把感情放在了第一位，并且经过时间考验和慎重的考虑，最终走进了婚姻的殿堂。简·奥斯汀认为，吉英与彬格莱这样的以感情为基础、信任为前提、知错就改的婚姻才是真正的爱情结晶。

（五）伊丽莎白与达西

作者在书中着重描写了伊丽莎白与达西的婚姻。他们的婚姻是作者心目中最美满、最成功的理想婚姻。达西相貌英俊，举止优雅、有钱有势，是大多数女孩理想中的丈夫人选。但他傲慢冷漠，总是以挑剔的目光看待每一个人，除了自家人，他不关心、看不起任何人。伊丽莎白聪明伶俐、活泼可爱、美丽大方，具有极强的洞察力和自尊心。她不愿奉承人，痛恨达西在第一次舞会上对自己的傲慢无礼，痛恨他破坏吉英与彬格莱之间的关系，再加上她轻信了韦翰对达西的诋毁，因而对达西产生了很强的偏见。在达西向她吐露爱慕之情时，她断然拒绝了他的求婚，并愤怒地指责了他的傲慢无礼。求婚失败的打击使达西幡然醒悟并意识到了自己的不足之处，他接受了指责，真诚地改正了自己的缺点。随着韦翰真实面目的显露，伊丽莎白消除了对达西的误解和偏见，与他缔结了美满姻缘。伊丽莎白对达西先后几次求婚的不同态度实际反映了女性对人格独立和平等权利的追求，这也是伊丽莎白这一人物形象的进步意义，作者把全部希望和理想都寄托在她身上。伊丽莎白与达西的婚姻既是理性的选择又有深厚的感情，体现了婚姻的真正价值和追求。伊丽莎白敢于面对阻挠她的一切力量，勇敢地捍卫了自己高尚纯真的爱情。伊丽莎白与达西消除误会与偏见，以双方深厚的感情为基石的婚姻正是作者所追求的理想婚姻。

奥斯汀认为爱情与婚姻水乳交融、不可分割，爱情是婚姻幸福美满最基本的条件。同时，她充分肯定金钱在婚姻中的重要地位，但她又反对单纯为了金钱而结婚，此外，婚姻还得门当户对。如果一个人在得到爱情的同时也获得了金钱，她就获得了美满的婚姻。奥斯汀的观点完美无缺，但她却没能实现心中完美的理想。爱情和婚姻是人类永恒的话题，《傲慢与偏见》中不同的婚姻观念和结局或许会给当代青年人追求美满婚姻一些启示。

三、对奥斯汀女性意识的认识

奥斯汀在作品中体现的女性意识有其进步的意义，我们从她们身上可以看到，在封建制度依旧盛行的时代，勇敢无畏的女性们对自我命运的挣扎。但是我们同样可以看到在经济、文化已经相当发达的当代，作品中体现出来的女性意识还有其局限性。

（一）女性意识的先进性

在男权当道的社会，作品中没有勇敢战士的影子，我们看到的更多的是绅士而不是男性战士，即便是，那也是为女性幸福战斗的女战士。从这个角度来看，作者的写作角度便可以视作女性意识的一个突破，对于她们自己的家庭、教育、法律地位作品中虽然没有详细介绍，我们透过字里行间却可以看到她们努力的脚步。

王颖在《〈傲慢与偏见〉中体现的女性意识》一文中提出了"男女平等，婚姻基础，女性价值"的观念，对于女性寻求独立自主地位的诉求作了解释。笔者认为，奥斯汀在本书中对于女性意识的表现主要体现在主要人物自我意识的觉醒，这一觉醒又主要表现在对于美好婚姻爱情的向往与大胆追求。

1. 对女性自我价值的寻求

不同于伊丽莎白的理想性格，夏绿蒂更理智，或者说更现实，她清楚地认识到自己的条件可以嫁得最好的丈夫是怎样的，她清楚地认识了自己所处的社会。假若她没有像伊丽莎白那样为理想的爱情付出任何努力，那么她可能不会一直"待字闺中"，她可以找到一个让她衣食无忧的丈夫，只是不会有自己的会客室，27 岁的时候，她遇到了那个可以给她一间会客室的丈夫，于是她毫不犹豫的"趁虚而入"，吸引了柯林斯的注意，成了柯林斯太太。

她最终屈从于命运，屈从于有限的自身条件，因为物质财产而选择嫁给了柯林斯，换得了那个看似不起眼的小小会客室，却是她对于命运的挣扎过后的结果，若是她完全屈从于命运，那么会客室便失去了意义。小小的会客室是属于夏绿蒂的，她可以自由地支配这样一个小小的空间，在她完成作为妻子的工作以后，她会拥有除却丈夫以外的空间，做自己喜欢的事情。这间会客室在一定意义上是作者赋予夏绿蒂女性意识觉醒的表现。她开始不甘心永远从属于丈夫，在丈夫以外的世界她同样活得精彩。

"家庭成为妻子们的住所、工作的地方、育儿室。丈夫供养她们，是为了让她们照顾他的家和孩子。她们精神压抑，痛苦不堪。"但是作品中的女主人公却不认同这样的"惯例"，在家庭以外，或者在丈夫身边以外的地方同样有她们的价值体现，她们不是寄生虫，只是社会并不愿意认同她们那并不亚于男性的强大的力量、智慧、创造力。作者并没有专门花笔墨去描写有关于她们的工作能力，但是在文中对于伊丽莎白拒婚的这一举动不妨大胆地猜测她是有了对于未来的规划，否则，她知道拒绝这两张"长期饭票"意味着什么。她不愿做家庭中的那个处于从属地位的一方，听命于自己的丈夫，或许还要听从将来的儿子。她要的是在平等地位基础上建立的婚姻关系，就算夏绿蒂最终屈从命运嫁给不喜欢的人，但会客室这一地点也在一定程度上表现了她对于自己家庭、丈夫以外的价值观。

2. 新的婚姻爱情观

作品是以 18 世纪末 19 世纪初的英国为写作背景的，那时候的英国乡村封建保守势力还没有被工业革命的浪潮打倒，思想保守、顽固不化的保守派依旧是农村中的"领导者"，他们对婚姻、爱情的理解建立在物质基础之上。就像中国的"父母之命，媒妁之言"，女孩子没有权利，也没有意识一定要嫁给一个自己爱的人。这主要是那个时候的经济、文化、社会等因素造成的，女孩子们长期被约束在乡下，没有机会见识外面的世界，外面的新思想、新事物，条件一般的家庭甚至没有钱请家庭教师，女孩子们的知识储备显而易见。

奥斯汀的小说中描述了几位拥有知识才华不输男子的女孩子，伊丽莎白机智幽默，吉英也是那么睿智，彬格莱小姐、凯瑟琳夫人家那位身体虚弱的女儿……，她们都是接受了相对多的教育，这样的教育改变了她们对于世界的看法，使伊丽莎白对于婚姻爱情摆脱了传统的建立在物质基础之上的"有婚姻无爱情"模式。这些年轻女性都渴望有爱情或者自由，甚至二者兼得的婚姻。

伊丽莎白两次拒绝了在一般人看来非常美满的求婚，第一次，因为没有她向往的爱情，她拒绝了他。第二次，因为没有意识到的爱情，她依旧拒绝另一个他。如果说拒绝柯林斯先生是因为他不是伊丽莎白眼中的绅士，那么拒绝达西就让人无法相信，就因为他对于她有点傲慢。我想只用这个词语来回答这两次拒绝，那显得太单薄。有人认为夏绿蒂掉进了婚姻阴冷的坟墓，那么伊丽莎白就是爱情坟墓的看门人，在她的世界里没有爱情的婚姻是不幸福的，既然要结婚，当然要让双方幸福，如果不幸福，就宁可不结婚。可能是从小耳濡目染了父母的婚姻并不幸福，她希望自己将来的婚姻是建立在幸福婚姻基础上的。

尽管她清楚地知道自己的处境，尽管在拒绝柯林斯以后，母亲强烈地谴责了自己，尽管她没有自己独自生存的能力，但是她的拒绝那么干脆，她坚定地认为女人不能只做一个家庭的妻子，她们必须与自己的丈夫拥有同样的权利，丈夫与妻子是处于平等地位的，同时作为女儿，她也有自己的权利选择自己喜欢的男士结婚，而不是听从母亲的要求嫁给不爱自己，将来不会幸福的男士。

（二）局限性

《〈傲慢与偏见〉的女性意识评析》一文中认为奥斯汀的女性意识的摆脱受父权文化的影响。她指出"她毕竟是生活在 18 世纪末 19 世纪初封建保守势力非常强大的农村，交际的范围十分有限，而她本人又出生在一个中产阶级家庭，是一个循规蹈矩的女儿，虔诚的基督徒，因此我们可以说奥斯汀绝不是一个现存社会的解构者。这就使她的作品最终除了初步地表达了女性意识，同时无法避免地表现出在她所处的时代的父权文化的影响"。奥斯汀本人生活在农村，过着舒适、悠闲的生活，她博览群书，非常有才华，但她并没有伊丽莎白那么幸运，遇到与她心灵相通的达西，所以她终身未婚。她显然并不是一个革命战士一样的人物，她的胳臂还不足以承担那样沉重的担子，她的作品虽然已经有了女性意识觉醒的影子，但也有许多方面展现得并不全面。

（三）奥斯汀女性意识现代启示

奥斯汀的作品不仅在当时引起了轰动，而且对现代社会的女性产生了深远影响。

1. 女性教育

奥斯汀生活在一个男权至上的时代，女性的教育和知识获取受到了很大限制。然而，奥斯汀在自己的小说中强调女性教育的重要性，鼓励女性积极学习和追求知识。在《傲慢与偏见》中，主人公伊丽莎白·班纳特是一位聪明、有思想的女性，奥斯汀通过她的形象表达了对女性教育的呼吁。

奥斯汀的女性教育观念对现代社会女性也具有重要的启示意义。随着现代社会的发展，女性的地位不断提高，女性更加注重自身教育和知识获取。奥斯汀的作品激励现代社会女性积极追求知识，提高自身素质和能力，发挥自己的潜力。

2. 女性婚姻观念

在奥斯汀时代，婚姻是女性最重要的生活选择，但女性的婚姻选择和地位往往受到家庭和社会的限制。然而，奥斯汀的小说不仅呼吁女性拥有自主的婚姻选择权，也表达了对于婚姻关系的一种理性思考和批判。

例如，在《理智与情感》中，主人公埃琳诺·达什伍德面对自己的婚姻选择，奥斯汀通过她的形象表达了对于婚姻关系的理性思考和批判。奥斯汀的作品呼吁女性不要为了经济利益或社会地位而嫁人，而应该寻找自己真正喜欢和尊重的人，坚持自己的婚姻选择。

这种婚姻观念启示了现代社会女性，应该根据自己的喜好和价值观选择婚姻，追求真正的幸福和满足。

3. 女性自我意识

奥斯汀的作品鼓励女性拥有自我意识和自我价值，要勇敢地表达自己的观点和感受。在《傲慢与偏见》中，主人公伊丽莎白·班纳特不仅聪明、有思想，还有自己独立的人格和价值观。她在婚姻选择和人际交往中坚持自己的原则和观点，最终收获了幸福。

奥斯汀的女性自我意识观念对现代社会女性具有启示意义。现代社会女性应该坚持自己的独立人格和价值观，勇敢地表达自己的观点和感受，追求自己真正的幸福和满足。同时，女性也应该坚持自我意识和自我价值，不要被家庭和社会的期望束缚，追求自己的理想和梦想。

4. 女性地位

奥斯汀的作品呼吁社会对女性的尊重和重视，探讨了女性地位的问题。奥斯汀的小说中，女性不仅是家庭和社会的支柱，也具有自己的思想和行动能力，她们在家庭和社会中发挥着重要作用。奥斯汀的作品也反映了当时女性的地位和生存现状，呼吁社会对女性的尊重和平等。

奥斯汀的女性地位观念对现代社会的女性具有启示意义。现代社会女性在家庭和社会中扮演着重要角色，应该得到社会的尊重和重视。同时，社会也应该为女性提供更多机会和平等的待遇，使女性能够充分发挥自己的潜力和才华。

简·奥斯汀作为一位著名的女作家，通过自己的作品探讨了女性教育、女性婚姻观念、女性自我意识和女性地位等问题，对当时的英国社会产生了深远影响。同时，奥斯汀的作品也对现代社会女性起到了重要的启示作用，鼓励女性追求知识和自我意识，坚持自己的价值观和婚姻选择，争取自己的平等和尊重。

现代社会女性不仅在教育和职业等方面取得了重大进展，也更加注重自我意识和价值观。奥斯汀的作品激励现代社会女性勇敢地表达自己的观点和感受，坚持自己的独立人格和价值观，追求真正的幸福和满足。同时，社会也应该尊重和重视女性的地位和作用，为女性提供更多机会和平等的待遇，共同推动社会的进步和发展。

在未来，我们应该继续发扬奥斯汀的女性意识，探索女性自我意识和自我价值的问题，推动社会对女性的尊重和平等，为实现性别平等和社会的和谐发展做出更大贡献。

第二节　艾米莉·勃朗特《呼啸山庄》人格心理学分析

艾米莉·勃朗特是19世纪英国著名女作家，其小说《呼啸山庄》流传至今，可谓脍炙人口。其中浮沉的爱情故事及各种矛盾，仍然是今天读者深思的问题。本文主要从《呼啸山庄》的心理分析来探索作者艾米莉·勃朗特的内心世界，使人深入理解小说中的故事和人物形象塑造方式。

自古以来，人们通过阅读和分析各个作家的小说、散文、诗歌等，就能大体看出作者的思想境界及内心世界。文字是作者内心世界的最好表达，从《呼啸山庄》的字里行间，人们可以感受到艾米莉·勃朗特的内心世界。至今，《呼啸山庄》仍然是英国文学史上一部发人深思的作品，时间的流逝并没有使其褪色。目前，《呼啸山庄》已经被改编成电影，无论是小说阅读量，还是电影收视率都不低。这样一部脍炙人口的小说，其中究竟蕴含了作者什么样的思想感情和内心世界，这是一个值得探究的问题。

一、《呼啸山庄》故事简述

《呼啸山庄》描述的故事是这样的：在英格兰北部，有一个叫恩萧的人收养了一个弃儿希斯克利夫，他让这个弃儿和自己的子女辛德雷与凯瑟琳生活在一起。时间是见证情感的最佳方式，因为生活在一起，希斯克利夫和凯瑟琳渐渐萌发了爱意，碰撞出爱情的火花。但是老恩萧去世之后，辛德雷禁止他们再接触，甚至侮辱、虐待希斯克利夫。这直接加重了希斯克利夫内心的痛恨，同时也增加了他对凯瑟琳的情意。后来，迫于物质生活的需要，凯瑟琳嫁给了林顿。希斯克利夫知道事情真相之后，痛不欲生，于是选择外出。数年之后，他回来对辛德雷及林顿一家进行打击报复。《呼啸山庄》所描述的就是爱恨交加的故事，希斯克利夫那种几近变态和疯狂的爱情观，被展现得淋漓尽致。当然，一切故事的灵感及内容，都与作者的家庭经历、生活背景和内心世界等有千丝万缕的联系。

二、《呼啸山庄》的艺术结构

《呼啸山庄》的故事情节以希斯克利夫这一人物的人生际遇展开。主人公是一位被山庄老主人收养的吉普赛弃儿，由于受辱及婚恋的失败，离开庄园去异地发展，事业有成后返回庄园所在地，并对前女友凯瑟琳的丈夫林顿及其子嗣实施复仇行动。小说通篇不仅着重阐述了对压迫的抗争、对幸福的渴望与争取，还从头至尾蕴含曲折离奇与紧张浪漫的氛围，给予人们无限遐想。然而，《呼啸山庄》在问世之初并不为世人所认同，遭到主流社会的诋毁与谩骂，时至20世纪，才得到社会的广泛肯定与赞扬，可以说这是一部超时代的作品。

（一）情节结构

《呼啸山庄》以希斯克利夫爱情悲剧为主线，把当时那种畸形的社会生活画面生动地展示在社会公众面前，描绘出当时畸形社会中人格与非常事件的扭曲。就故事情节而言，共分为以下几个部分。

第一部分描写了希斯克利夫与凯瑟琳两人美好的童年时光。由于两人的身份背景有天壤之别，两人的感情也变得与众不同，面对辛德雷的专横与非人性行为，两人极为默契地

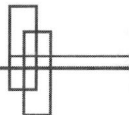

选择了激烈的抵抗。

第二部分作者运用大量的笔墨描写凯瑟琳将自己同希斯克利夫的感情弃之于不顾，转而寻觅一种普通人的"人间的爱"，于是，凯瑟琳成了画眉田庄主人的妻子。她曾向艾伦·迪恩坦言，埃德加·林顿年轻而富有，对于自己有深深的爱慕之情，同时又可以给予自己尊贵的地位，这些都是普通人无法给予的，所以她是爱埃德加·林顿的。然而，凯瑟琳又毫不忌讳地说："我的灵魂告诉我，我是真的错了。"这说明她的心中已然有希斯克利夫的爱，就像她说的那样："我对于林顿与希斯克利夫两人的爱是有区别的，前者如同红花绿叶，终有化作泥土之时；后者宛若岩石，尽管未能给予我足够的快乐，但不可或缺，贵在永久。"这是一种"超人间的爱"，它是爱情对幸福的执着追求再到对自我追求的一种转变。

第三部分着重描写了绝望中的希斯克利夫携带着满腔愤恨对林顿及其子女进行报复。小说末尾对希斯克利夫的命运做了交代，他死了，在他获悉哈里顿与小凯瑟琳彼此倾慕而走到一起后，男主人的思想发生了颠覆性的转变——人性的复苏，一丝希望之光将之前的恐怖爱情一扫而光，令人快慰。作为小说的精髓与主线，男主人公的"爱恨—复仇—人性的复苏"始终贯穿全文。艾米莉·勃朗特按照这一主线对小说全面进行筹谋，将故事场景布置得如真似幻，难以揣测，时而狂风骤雨、阴森惨暗的狭小庭院，时而阴云密布、鬼哭狼嚎的无垠旷野，使得小说通篇以一种神秘而紧张的气氛展现在广大读者面前。

（二）主要人物分析

小说里，希斯克利夫的形象是艾米莉着重介绍的。她把自身的理想、同情与愤慨都一起寄托于希斯克利夫身上。他原本就是一个被人遗弃的孤儿，渐渐在残酷的生活环境中滋生了一种仇恨情绪。他在辛德雷的皮鞭之下体会到什么是残酷与冷血，最终他毫不犹豫地选择去抗争，因为他明白忍让和退缩只会使自己的人生更加惨淡和不幸。原本，他有凯瑟琳这个共进退的亲密战友，相似的命运和人生际遇使得两人产生了男女之情——爱情。但是，希斯克利夫最后却遭到凯瑟琳的背叛，埃德加·林顿娶了凯瑟琳。凯瑟琳一直徘徊在"超人间的爱"与"人间的爱"两种感情中。

故事以希斯克利夫终于报仇雪恨，却也奔向死亡而落下帷幕。这种死表现了他对凯瑟琳至死不渝的爱，是一种殉情。他在将死之时放弃了报复下一代人的念头，这说明了他性本善，而他之所以变得无情冷酷，完全是由于现实的残酷歪曲了他善良的本性。希斯克利夫在恨与爱中纠结，是个悲剧，令人难以接受。他回忆起和凯瑟琳的往事时，他无比痛楚。不过最后他是笑着去世的，因为他是幸福的，他从仇恨中解脱了。主人公人性的复苏极为贴切地展示出作者的人道主义精神。

在《呼啸山庄》里，唯一能给予希斯克利夫心灵慰藉的就是凯瑟琳。凯瑟琳的心理和思维虽大众化，却有自己的个性。从真正意义上来说，她是呼啸山庄的女儿，不受束缚、勇敢、活泼，打从心底向往自由，就犹如一只已习惯于在蓝天中，自由自在飞翔的麻雀，不肯被笼子约束，热情奔放又犹如一匹无人能驾驭的野马。

一开始，凯瑟琳并不像小女孩一样，一味地青睐希斯克利夫，而是在朝夕相处中，了解到如果想得到真正的尊严、平等与自由，就不得不将自己与希斯克利夫的命运紧紧捆绑在一起，这样才有足够的力量来抗衡辛德雷的压迫。在携手战斗的过程中，两人察觉到双方都有一种需求，它是那么强烈与深沉，无法抗拒，不可度测，这是一种对命运、人生和生命的深刻感悟与理解。

英国维多利亚时期的文学作品中的英雄形象被埃德加·林顿活生生地体现出来，他诞生于一个有教养而且富有的家庭。凯瑟琳被他独特的气质与男性魅力所吸引，而希斯克利夫却妒忌他的高贵出身和富有的家世。他特有的利己主义让他执着地追求凯瑟琳，为了有更多的机会接触凯瑟琳，他三番四次去参观呼啸山庄。他之所以无法完全融入凯瑟琳的世界，是因为他的真实情感无法被理解。在整个悲剧中，埃德加既不是他们二人的平衡点，也不是他们二人间的破坏者。但是他并不是可有可无的，他是缺一不可的，如果没有他的存在，就不会凸显出希斯克利夫与凯瑟琳之间的爱情，就不可能达到艺术的效果。

（三）艺术特色

《呼啸山庄》作为一部享有世界声誉的小说，受到很多赞赏，英国文坛颇具影响力的小说家毛姆更是给予了极高评价，将这部小说列为十大优秀小说之一。众所周知，艾米莉·勃朗特在《呼啸山庄》中既把自己对理想爱情的追求展现出来，又把其封藏已久的激情进行了最为彻底的释放。在面对生命与爱情的抉择之时，作者表达的是一种融入了愤恨与孤苦的残缺爱情，而非一种予人希望、幸福和美满的人间至爱。这使读者在作品中看到的不是那种体现智慧、戏剧性和浪漫氛围的简·奥斯汀式爱情，而是感觉到一种无法言语的痛楚、压抑但内心激情澎湃，是一种让人受尽种种煎熬的爱情。而这些都与艾米莉对人生的悲剧性认识和内向型的性格有所联系。

全书的主要线索是凯瑟琳和希斯克利夫两人之间那种强烈而又无可奈何的爱情。书里描述的其他事情，包括物和人，甚至连那种仇恨也都是用来衬托这种疯狂情爱的。人物的个性弱点和那种无法改变的等级观念是这场爱情惨剧的重要因素。自尊、自卑与自大的希斯克利夫，委曲求全与犹豫不决的凯瑟琳，对这两个人之间的爱情来讲，虽说是深刻并真挚的，但是因为其本身的性格弱点，再加上世俗观念的阻挠，这两个人并未能开花结果。这种无法弥补的缺憾不仅是希斯克利夫的仇恨根源，他不但对身边所有人，甚至对自己产生了仇恨心态。这也是凯瑟琳闷闷不乐、最终死去的原因。

"《呼啸山庄》采用一种形象手法把19世纪中叶人们那种精神上压迫与混乱进行了完美的诠释。这种安慰从未暗示对于小说人物命运力量的操作是否人为，又是否能为人所及，因而处处透露虚假和谎言。对于天地万物、宇宙星空的最强音符的召唤是启迪生活本身真正的运动的关键环节。"这是著名评论家阿诺·凯尔特对《呼啸山庄》的赞誉之词。《呼啸山庄》作为一部典型的西方现代派杰作，不仅有与众不同的艺术特征，而且有其特殊的思想价值，主要体现在以下三个方面。

1.使得传统小说的叙事结构受到了颠覆性扭转

艾米莉在写《呼啸山庄》时，一开始就从故事的结尾叙述，给读者设下了一个很大的悬念，让读者带着疑问开始追溯故事的缘由，由此慢慢地展开故事情节。她颠倒了时间的先后顺序，放弃了姐姐简·奥斯汀和夏洛蒂·勃朗特那些由低到高的逻辑顺序或时间先后顺序来塑造人物的写法。整个故事的剧情都在两代人之间来回穿插，在整个故事的结尾做了个总结。但是开头与结尾又是颠倒的。例如，书中开始写小凯瑟琳和哈里顿受到希斯克利夫的严厉惩罚，但是结尾却是两人的爱情战胜了上代人之间的仇恨。

2.作者采用全知全能视角

全书都是以毫无相关的人洛克伍德先生的身份来叙述的，通过他来到呼啸山庄亲身经历的事情来展开画眉田庄与呼啸山庄这两个世族间上代人的爱恨情仇。而希斯克利夫的身世和复仇计划的实施或凯瑟琳与希斯克利夫的爱情则是由不一样的人叙述出来的。

3.采用大量的内心独白、意识流、梦境、魔幻现实主义等现代派艺术手法

希斯克利夫的幻觉占据了全书中的大量情节，如他总会在梦里看见凯瑟琳在自己四周徘徊。另外，运用了大量的魔幻现实主义的现代派艺术手法。比如，已过世的希斯克利夫和凯瑟琳的魂魄在教堂附近走来走去，或者在空旷的田野中也能见到他们的身影，甚至是老房子中。在莎士比亚的著名悲剧《罗密欧与朱丽叶》的结尾中，也能看到这种类似于神化的情节。不过，艾米莉却把凯瑟琳与希斯克利夫两人的爱情在错综复杂的情节展开过程中写得明明白白，让读者相信凯瑟琳与希斯克利夫在物质世界不能得到幸福美满，在非物质世界必然能够携手相依。

三、《呼啸山庄》的语言特色

《呼啸山庄》是英国天才女作家艾米莉·勃朗特所著的长篇小说，在英国文坛占有很高的地位，长期以来备受各国学者的青睐，其重要原因是这部作品与作者的亲身经历有密切的联系，她用独具特色的乡村语言风格将许多小人物刻画得惟妙惟肖，同时也将当时英国的阶级斗争等一些重大事件反映了出来，具有很明显的时代历史特征，其恰如其分的语言运用和表达，充分展现了文学与艺术的魅力。

（一）诗意浓厚的语言

《呼啸山庄》是一部充满诗意语言的小说，这种创作特点与艾米莉·勃朗特长期写作诗歌的经历密不可分。艾米莉·勃朗特一生所著诗篇数不胜数，这种创作习惯与经验积累为其小说的编著奠定了坚实的基础。因此，在《呼啸山庄》中读者不但能够体会到作者强烈的感情、热烈的激情、丰富的想象等特征，可以感受到诗歌的清新、唯美、情感等，小说与诗歌相融相生，使得《呼啸山庄》成为经典的散文诗。艾米莉·勃朗特将自己对诗的热忱与忠诚，把超越现实的神秘因素融入小说中，从而制造出一种激情而又浪漫的诗意氛围，她在作品中对爱与恨的表达是淋漓尽致的，语言叙述方式也是无与伦比的。从某种程度理解，小说男女主人公之间的强烈感情，在语言运用上是属于诗歌的。

诗意的环境语言描写。艾米莉·勃朗特自幼生活在英国约克郡的一个小山村里，那里不但偏僻、荒凉、贫穷，而且封闭，当地的风土人情与自然之景等鲜为外界所知，各方面的生活状态依然停留在伊丽莎白女王时代，而这也是小说语言描绘的大背景。艾米莉·勃朗特姐妹很少与村上的其他孩子玩耍。常常一同去荒野中散步，感受大自然中的美景与风光，而这种独特的精神体验给予了她们重要的精神寄托。尤其对艾米莉·勃朗特而言，她对自然的感情几乎深入骨髓，同时也成了她生活中不可或缺的部分。艾米莉·勃朗特独特的生长环境与生活经历，不但对其思想意识产生了深刻影响，而且在作品《呼啸山庄》中也能随处发现这种影子，即故事中的环境描写处处体现着人与自然的和谐相处之美。例如，小说的开篇就运用自然、流畅、质朴的语言，将呼啸山庄周围的景色几笔勾勒出来，虽然语言极其简单，但是却将山野的荒凉、凄冷之感表达得恰如其分，给予读者极深的印象。另外，小凯西向小希斯克利夫讲述自己理想世界的章节中，其语言表达犹如诗画一般。为广大读者描绘出一幅多姿多彩、明亮的画面。艾米莉·勃朗特在作品中还大量运用了头韵、半谐韵等诗歌创作特点，并将这些特点融为一个有机整体，使得整部作品充满了诗情画意。

（二）相互融合的语言

《呼啸山庄》语言上一个非常显著的特色就是口头语和书面语言相融合。故事中的第三代人物主人公所运用的语言风格都是来自第二代人物中的三个主要角色，即口头语的使用、书面语的使用以及口头语和书面语的交叉使用。在作品的起始部分，主要使用的是口语，主要代表角色就是希斯克利夫和哈里顿；然后开始以书面语为主，典型用之的人物是埃德加与林顿；最后在作品的结尾部分却是口语与书面语的混合使用，即凯瑟琳与小凯西的语言表达方式。

《呼啸山庄》中语言风格的不断转换，不但向读者表明了人物角色的地位、身份、生活等，而且向读者展示了他们的个性特征以及内心世界。例如，男主人公希斯克利夫一直运用的都是口语，而且在他讲话过程中，对其声音、思想、态度等都加以强调和凸显，因此读者能够从其话语问明显感受到他对阅读、写作等的轻蔑与不屑，尤其是通过借助口头语的修辞力量，使得他的各种语气与情绪变换等活灵活现，更是将他的雄辩才能表达到了极致。哈罗顿和林顿则分别是口语与书面语的最极端运用者，艾米莉·勃朗特恰当的夸张运用，更加凸显了哈里顿和林顿两者语言的差别与对比，哈里顿随意的口语表达，避免不了混乱的句法运用，而林顿则使用的是标准规范的书面语。从文中两者的对话就能看出两个人在文化修养方面的差异，而且能够发现两人思维方式的巨大差别。伊莎贝拉则会根据不同的场合变换使用口语或书面语。作品中针对她的语言描写并不多，却能让读者根据其语言风格的转换，体会她的情绪变化，以及人生经历与生活环境对人的思想、语言的影响与改变。洛克伍德虽然只是一个房客，但是无法忽略，书面语是他的唯一表达方式，辛辣且风趣的反语运用使读者印象非常深刻。另外，约瑟夫与山庄仆人所使用的约克郡当地土话遍布整部作品，为小说增添了浓浓的乡土气息。

人们常说"言由心生"。每个人都有属于自己的独特语言表达方式，即使是同一个人也可能因为场合的不同而采用不同的语言表达方式。《呼啸山庄》更是将作品中每个角色的语言表达特征发挥到了极致，每个人都有属于自己的声音，每个声音都彰显出了不同的角色形象与个性特点。艾米莉·勃朗特对口语和书面语的融合使用，将一个个形态各异的人物惟妙惟肖地展示在读者面前。

（三）独特的叙事语言

艾米莉·勃朗特在《呼啸山庄》中并未采取当时诸多作家都使用的平铺直叙的写作手法，而是成功地使用了新闻写作中经常使用的叙事方式。大胆采用双重第一人称的叙事手法。例如。作品中的希斯克利夫和凯瑟琳之间的爱恨故事，自始至终都是洛克伍德与耐莉根据事态的具体发展顺序进行叙述的。洛克伍德通过两次拜访呼啸山庄，隐隐约约听到了一部分和希斯克利夫有关的情况，正是这种看似不经意的细节，却牢牢地把握住了读者的好奇心与心弦，让人有股通览全书的冲动与欲望。故事是从 1801 年着手的，整个故事直到洛克伍德在 1802 年再次回到呼啸山庄时才彻底清洗，作者别具一格的叙事方法为这部作品增色不少。作品中凯瑟琳与希斯克利夫两人之间的跌宕情感，如果使用其他语言叙述技巧很难达到应有的效果，甚至是荒诞可笑的，然而，作者通过两个极其普通的人物将整个故事讲述出来，这种独特的叙述手法却让读者对整个故事情节毫不怀疑。

艾米莉·勃朗特笔下的人物洛克伍德不但理智，而且具有学究和绅士气息，对于所谓的追求罗曼蒂克的奔放式情感总是瞻前顾后，不但没有勇气去获取，甚至唯恐避之不及，他之所以去约克郡也是为了躲避一位夫人的执着追求。另一个典型特征就是作者刻画出的另一个人物形象，即耐莉———一个唠叨、庸俗的女管家形象。从故事的开头到结尾，洛克伍德与耐莉都从未对希斯克利夫和凯瑟琳之间的浪漫爱情产生过丝毫怀疑，这就自然让读者也对他们之间的感情深信不疑。同时，由于针对希斯克利夫和凯瑟琳的爱情故事，主要是通过毫无怜悯之心的洛克伍德和耐莉这两个人的描述表现出来的，所以，其效果就是引起读者对希斯克利夫和凯瑟琳之间曲折爱情故事的深深同情，还有故事情节中对荒野的深入描写，还可以让人体会到艾米莉·勃朗特的细微观察能力，因为一景一物的描写都是极其逼真的，由此可见作者的细心与敏锐。虽然作者对一望无际原野中的荒凉、寂寞、狂风等景色的描写绘声绘色，但是没有脱离真实的程度，相反却为内容增色不少。

艾米莉·勃朗特作为优秀的语言运用作家，能够根据作品内容的主旨、对象与环境灵活使用多种修辞方式。例如，凯瑟琳利用一个简单而又形象的比喻，就将她对希斯克利夫和林顿的爱情区别阐述得一清二楚，即她对林顿的爱情就如同广袤树林中的一片片叶子，叶子会随着时光的变化而改变，但她对希斯克利夫的爱情却如同亘古不变的磐石，虽然得不到很多快乐，但对其而言却是必需的。与这段文字描述相同的语言表达在整部作品中还有很多。由此可见，其非同一般的语言运用水平。

总之，艾米莉·勃朗特无论是运用诗意的语言、口语与书面语相融合的语言，还是独特的叙事语言，都彰显出了她高超的语言驾驭技巧。通过阅读她的语言表达，能够使人体会到文学的无穷魅力，因此，对其语言的研究不管如何探究、分析与学习都是不过分的。同时，我们对艾米莉·勃朗特的语言特色研究越深入，对她的思想了解越深刻，就越能掌握她的创作风格与语言运用特点，以及品味她的精彩佳作

四、从《呼啸山庄》的心理分析探索艾米莉·勃朗特的内心世界

（一）极端爱情主义，对爱情异常执着

在现代人眼中，大多数人都认为爱情应该是自私的，人们就应该为了自己的所爱而不择手段。在《呼啸山庄》中，主人公希斯克利夫对于爱情极其自私、执着，这表现出作者艾米莉·勃朗特内心对爱情的看法。艾米莉·勃朗特终身未嫁的原因与其奇怪的爱情观有密不可分的关系。她相信爱情应该是心灵与心灵的碰撞，是两个灵魂相遇的火花撞击，在她的潜意识中，爱情没有阶层、没有物质的阻碍、没有世俗的干扰。艾米莉·勃朗特一生孤独，性格内向，不习惯与人交流。毋庸置疑，她的灵魂中充满了强烈的孤独色彩，正是因为这样，她所描写的希斯克利夫同样是一个孤独的灵魂，他与凯瑟琳的爱情，是两个孤独灵魂的高度契合和统一。

艾米莉·勃朗特对于爱情异常执着，就如同她描写的希斯克利夫一样。小说中，凯瑟琳去世后，希斯克利夫竟然疯狂地打开凯瑟琳的棺材。这种极端的爱情主义、因爱生恨的复杂情感得到了充分体现。故事主人公对于爱情的态度，正是作者内心对于爱情的认知，也是作者心中爱情观的表达。

（二）内心孤独，生性寂寞

史铁生曾说："人生来只能注定是自己，人生来注定是活在无数他人中间，并且无法与他人彻底沟通，这意味着孤独。"在茫茫人海的尘世间，每个人都是孤独的个体。《呼啸山庄》是一部饱含孤独情感体验的惊世骇俗小说，也是一部半自传体，其中的孤独主义色彩显而易见。在追求爱情的道路上，希斯克利夫是孤独的；在对辛德雷及林顿一家进行报复时，他是孤独的；甚至站在人生的终点，在剧痛中死去时，他依然是孤独的。通过这种孤独情感的表达，人们可以看出艾米莉·勃朗特内心的孤独。在心理学上，孤独体验又被称为分离焦虑，是内心欲望、人际交往、心灵体验等得不到客观表达的一种情感认知。艾米莉·勃朗特从小性格内向，母亲和两个姐姐因为肺病去世，父亲沉迷于书堆，不关心自己，再加上贫困与疾病的干扰，塑造了一个极度孤独的灵魂。她喜欢离群索居，独立思考，这在《呼啸山庄》中被表达得淋漓尽致。

五、艾米莉·勃朗特《呼啸山庄》对中国文学的启示

《呼啸山庄》是英国女作家艾米莉·勃朗特所写的一部文学巨著，它深刻地揭示了爱情、亲情、人性等主题。这部小说对中国文学也有深刻的启示，笔者从以下几个方面进行阐述：人物性格刻画、情感叙述、反叛意识和自由意志。

（一）人物性格刻画

《呼啸山庄》中的人物形象鲜明、独特，塑造了许多深刻的人物性格，如希斯克利夫和凯瑟琳等人。他们的性格被赋予了复杂和矛盾的特点，其中希斯克利夫的性格尤为鲜明，他是一个充满激情、又酷爱自由的人，被视为一个不受拘束、独立自主的英雄形象。

这种人物性格刻画方式对中国文学有深刻的启示。在中国文学中，也有许多刻画深刻、形象生动的人物，如鲁迅的《阿Q正传》中的阿Q、老舍的《茶馆》中的王利发等。这些人物塑造对于中国文学的发展起到了重要的推动作用，也让读者深入了解了人物的内心世界和情感体验。

（二）情感叙述

《呼啸山庄》中的情感叙述方式也值得我们借鉴。小说中，作者通过深入描写人物内心的情感和思想，展现了他们复杂的心理世界。凯瑟琳和希斯克利夫之间的感情是小说的核心内容，他们的感情因为种种原因而不断发生变化，从友情到爱情再到仇恨，作者巧妙地描绘了情感的转变和发展。

情感叙述对于中国文学的发展具有重要的启示。中国文学中，情感叙述一直是一个重要的创作主题。例如，《红楼梦》中描述贾宝玉和林黛玉之间的情感，以及《骆驼祥子》中描述祥子的爱情。这些情感叙述不仅为中国文学带来了丰富的情感色彩，也让读者更加深入地了解人性的复杂性。

（三）反叛意识

小说中的希斯克利夫是一个非常反叛的人，他在很多方面都表现出强烈的反叛意识，例如他反抗家庭的传统和规矩，反对贵族的特权和傲慢。他的反叛意识在小说中被描绘得十分深刻，表现出作者对社会现实的批判和对个人自由的追求。

这种反叛意识对于中国文学也有深刻的启示。在中国的文学史上，涌现出了很多反叛的文学作品，如《围城》《沉默的大多数》等。这些作品通过反叛的形式，表达了作者对社会现实的批判和对自由的追求，展示了文学在推动社会进步和个人自由方面的积极作用。

（四）自由意志

小说中，希斯克利夫所追求的自由意志是一种深刻的思想理念，也是作者希望表达的主题之一。他渴望自由，反对社会对个人自由的限制和束缚。他所追求的自由并不是一种放任自流的自由，而是一种在理性、法治和道德约束下的自由，是一种自由与责任相统一的自由。

第三节　斯威夫特《格列佛游记》中人的研究

《格列佛游记》是一部扰乱人心的书，长期困扰读者的是如何理解斯威夫特颠覆亚里士多德"人是理性动物"的命题与他在 18 世纪"古今之争"事件中支持古典派的矛盾。在分析其真实立场时，须探究"自然"和"理性"两个关键词语在他心仪的古代和所处的现代两种背景下的具体意蕴。

一、自然秩序

在《理想国》中，"自然"概念是由格劳孔引入的，他没有像色拉叙马霍斯那样把正义理解为利益，而是从自然生成的角度理解正义，并要求找到不同于习俗意义的正义本身 / 自然（physis），这种正义的自然基于人与人之间身体上的自然差异。为了满足格劳孔这一"虔诚"的愿望，苏格拉底提议先从大写的城邦入手，陆续建立以满足自然需要为目的的健康城邦、满足多余欲望的发烧城邦和最后用以净化狂热的新型城邦。谈到护卫者的幸福时，苏格拉底关心的是整个城邦而非某个阶层的幸福，他认为在治理良好的城邦里，人的自然本性会让每一个社会阶层享受到幸福，所谓正义就是让每个人从事适合本性的工作。为了将这种正义和德行勾连起来，苏格拉底再次借助城邦与人的对应关系，声称在灵魂内部也存在与城邦相同的结构，因此，正义作为一种德行也可以被理解为灵魂各部分各司其职而达到的和谐状态。具体地说，这种自然秩序是指灵魂的勇敢部分（激情）听从理性的指挥，理性和激情共同统治欲望这一非理性部分。正是人的自然构成的等级秩序，为古典派所理解的自然正当（natural right）提供了基础。按照苏格拉底的区分，在新建的城邦里存在两种人：一种受制于大量的欲望和情感，另一种受理性和正确观念支配，前者属于大多数人，后者是具有最优秀的自然本性和受过最好教育的极少数人，这种人对应的是智慧美德，只有这种人才能充当统治者。

相应地，斯威夫特选取了代表理性和"完美自然"的慧骃马担当统治者。有学者认为，如此选择是因为马的高贵，布鲁姆认为斯威夫特有意只把灵魂中的理性部分赋予它（慧骃马），而激情和欲望部分归于耶胡这种动物。但实际上，慧骃马两度表露过愤怒的激情，具体发生在格列佛讲述人类如何阉割和奴役马匹的时候。与苏格拉底相同，在慧骃看来，理性者统治无理性者是符合自然正当的，这种自然等级秩序的破坏和颠倒，正是触发它们义愤的直接原因。值得注意的是，这种义愤是基于理性优越性的灵魂正义，而不是每个阶层的人做符合天性之事的城邦正义。另外，愤怒究竟出于对个体灵魂欲望部分的控制，还是对他人或城邦的不正义行为的报复，这正是苏格拉底从愤怒来定义灵魂激情部分时所遇到的困难。这一困难在慧骃处得到了一定程度的解决，原因在于它确实不存在多余的身体欲望，所以它不用考虑驯服欲望。因此，慧骃的激情只为捍卫理性统治秩序而存在，需要驯服的不是慧骃自己的欲望，而是慧骃国里象征欲望的物种耶胡，用以驯化它们的不是激情而是理性，因为慧骃坚信"理性终将胜过蛮力"。

在提出正义就是灵魂的理性部分统治非理性部分的基础上，苏格拉底继而把正义这种德行等同于健康，亦即设定人的自然本性趋向于善。由此，自然与德行之间的联结才真正达成：

"促成健康就是把身体各部分合其自然地安排在统治和被统治的位置，引发疾病就是把它们反其自然地安排在相互颠倒的统治和被统治的地位。""的确如此。""难道不是同样道理，"我说，"导致正义就是把灵魂中的各个部分合其本性地安排在统治和被统治的位置，导致非正义就是把他们反其自然地安排在相互颠倒的统治和被统治的地位？""正是这样，"他说。"因此看来，美德可说是一种灵魂的健康、美和安好，邪恶则是灵魂的疾病、丑和困弱。""就是这样。"

斯威夫特笔下的慧骃就是以"高超的美德为准"的生物。在慧骃看来，人类和耶胡同属令人憎恶的物种，除了身体上的形似之外，主要原因是对金钱和财产的过度热衷。慧骃认为财产应该共有，因为物产都是大地为所有动物提供的，所以不存在私人财产，这点与柏拉图笔下的城邦护卫者相似。在当时的英国甚至欧洲，一如色拉叙马霍斯所描绘的，不正义者掌握大量财富，正义者只能付出辛劳。耶胡虽然不知金钱为何物，但对于发光的石头却情有独钟，甘愿为其茶饭不思、惶恐终日。

不但如此，对财富的追求激发了征服的欲望，从而不可避免地酿成无尽的战争。对于耶胡来说，总想多得的天性注定它们之间不是内讧就是对其他动物发动战争。战争成了它们的自然状态。有鉴于此，不少学者将耶胡看作霍布斯"自然状态"下的人，甚或现代人的表征。有人可能会说《理想国》里的格劳孔也曾将人类的原初状态界定为战争，而后弱者制定互利的法律或契约，强者则依然故我。霍布斯确实认为正义来源于契约关系，但关键的不同之处是，他不承认自然不平等的存在，否定每个人在力量和智力上的差异，从而勾销了强者和弱者、贤者和众人的区分。这点可以清楚地解释为何斯威夫特笔下的耶胡族群之首不是力量最强大者，而只是外表更畸形、性格更奇怪的动物。虽然霍布斯假定有缺陷的自然状态将由公民社会救治，但这个社会并非柏拉图意义上以至善作为目标的社会，而是建立在对人影响最大的激情而非理性的基础之上。从自然状态可推导出人最强烈的激情就是畏死，所以，人们享有的自然权利首先是自我保存。霍布斯的学生洛克进一步地界定自然权利包括无止境获取的权利。于是，现代英国人进行扩张是合理的，因为他们对未经开发的土地的占有带有劳动成分，根据自然正义便享有了财产权。由此看来，现代社会强调激情与欲望之于理性的优先性和人与人之间的无条件平等，彻底背离了柏拉图所提示的灵魂秩序的根本前提。

二、自然法则与理性的误用

格劳孔赞成从健康的角度理解正义德行，在他看来，若身体和灵魂的自然被搅乱和腐蚀，人生也会显得不值一活。同样，格列佛抵慧骃国不到一年就"决心再也不返回人群，而要在这些可敬的慧骃中度过余生，思索、修习每项美德，因为这里没有罪恶的事例或诱惑"，而且这期间从未生病，体会到"自然'需求'很容易满足"。然而，仅以身体的健康类比灵魂的健康，这种对灵魂的理解是不精确的，所以，苏格拉底两度提醒格劳孔再次踏上另一条更长、更坎坷的弯路。巧合的是，从本体论角度展示灵魂的章节，都出现在慧骃国之旅和《理想国》这两个文本靠近中心的位置。

要了解何为哲人，苏格拉底分两个阶段向格劳孔说明知识与意见的区别。

第一阶段（卷5）是指出它们所涉及的对象和各自的能力不同，哲人热爱的是整合的智慧，这种智慧就是真理，是关于存在本身的知识；大众热爱的是关于各种事物的意见，而意见处于知识和无知之间，因为一个人不可能臆想不存在的东西。

第二阶段（卷6）借助著名的线段喻，进一步将知识和意见分别定位于可知世界和可见世界，可知世界细分为理念（eidē）和数学（mathēmatica）领域，可见世界则划分为实物和影像（eikones）。哲人的理性（noēsis）对应于可知世界的理念，因为他们使用辩证法而非几何数学家从假设到结论的研究方法。苏格拉底最后在洞穴喻补充解释中指出，意见就是基于影像而进行的想象，虽然这种想象会被习俗和法律固定为一种信念，就像囚徒和城邦护卫者需要坚信的世界图景，但没有理性的参与就无法上升到可知世界。

熟读古今经典的格列佛很快就意识到，慧骃对理性的理解方式出自柏拉图笔下的苏格拉底，故而特别提到柏拉图名字，以此"向那位哲人中的君王致上最高荣誉"。初看之下，慧骃俨然是一个苏格拉底所描述的哲人，因为它相信理性是自明的：

我们人类可以为一个问题的正反两面来争辩，而且各有道理；但理性使你当下信服，因为它必然不受激情和利益的掺杂、蒙蔽、沾染。我记得费了很大力气才让主人了解"意见"这个词的意思，或怎么来争辩一个论点；因为理性教导我们，只有对自己确定的事才能肯定或否定，如果超越了我们的知识，就无法肯定或否定。因此，针对错误或可疑的命题来争议、喧嚣、辩论、断言，都是慧骃们所不知道的罪恶。当我向他们解释我们有关自然哲学的种种设想体系时，他会嘲笑我们这些假装理性的生灵，竟然自夸知道别人猜测和其他事物，这些就算真正知道也没有实益。

依"哲人利用纯粹的概念进行探索，而不是影像或任何可被感知的东西"的观念，所以"必然不受激情和利益的掺杂、蒙蔽、污染"。在苏格拉底看来，这种理性是一种辩证能力，具体以假设为起点走向理念（原型），依附理念之后再返回，最后得到的是真理、知识和本然，故而可以使人信服。然而，慧骃与苏格拉底最大的不同在于是否承认意见的存在，慧骃只考虑和谈论"什么是"的东西，不能接受复合或者杂多的存在，而"意见"是纷繁而又相互冲突的，这超越了它们的认知范畴，因而不可言说。反观苏格拉底，他承认意见的必然存在，每个人都生活在洞穴之中，而真正的哲学就是引导人由意见组成的变化世界上升到实在世界，努力回到常识世界，从人们关于事物本然的意见来了解这些事物的本然，这是苏格拉底不同于自然哲人的地方。相较之下，慧骃只满足于不变的存在，因而更接近自然哲人。如果说苏格拉底的哲学在于由意见升华到知识或真理，那么慧骃的哲学欠缺了这种升华，从而导致他们对异质事物的理解产生偏差，难以把握事物的整体，譬如不能理解格列佛既是又不是耶胡这一事实。另外，格列佛完全将慧骃视作苏格拉底式哲人（"慧骃完全同意苏格拉底的感受"），这种认识表明他并没有察觉到两种哲理的根本差别。

通过事物的本然，而非根据关于事物本然的意见来判断，这是慧骃所理解的理性，也是它们所遵循的自然法则。和苏格拉底一样，慧骃没有明确提出自然法的概念，但它们承认存在一种建立在自然基础之上的普遍法则，每一个理性的生灵出于其本性都会选择遵守："单单理性就足以统治理性的生灵"，"自然和理性就足以教导我们什么该做、什么不该做"。苏格拉底始终坚持以自然本性为依据来建立美好城邦（Callipolis）的法律，而慧骃则一直根据自然本性来鉴别格列佛和耶胡的异同。诚然，这种理解方式具有一定局限性，因为对于超出慧骃理解范围的内容，慧骃常常会判定为"所言非实"，由此判断人类只是碰巧具有少量理性的动物。慧骃不相信大海之外存在别的生物具有制作船的能力和知识，也怀疑人类可怜的体质能否造成惊人的伤亡规模。慧骃认为存在即真实，不存在则是虚伪，而他们所见的耶胡的邪恶仅限制在自然范围内，因此无法理解人类的狡诈和虚假——这完全是技艺和理性的产物。

虽然慧骃对人类的罪恶闻所未闻，但他们可以根据耶胡身上自然的恶与人类具有的理性能力的结合，推断出人类可能具备的破坏力。它们认为，人类罪恶的根源在于理性的误用，导致自然本性的败坏。

在他看来，我们这种动物，不知为了什么他猜想不出的原因，竟然碰巧拥有少许德行，而我们没有把它用在正途，不但借着它助长了自然的腐败，还造成了自然所没有的新的腐败；我们摒弃了自然赋予的一些能力，却使得原先的缺陷愈加扩大，似乎把一生都花在以自己的发明来弥补这些缺陷，却徒劳无功。

现代战争和司法是格列佛与慧骃多番对话的重要主题之一，也是体现所谓"理性误用"的典型事例。为了突出这一关键点，格列佛毫无保留地构建出两种法律之间的紧张：慧骃所代表的不成文自然法以共同善为目的；人类的现代习惯法或普通法目标在于利用理性满足个体欲望，使做邪恶之事不受惩罚。对于何为正当和合法的问题，代表古典自然法的慧骃无疑认为只有具备高度理性者才能决断，因为最佳政制已被证明是一种理智者合乎自然的绝对统治，而在现代，以律师和法官为主体的司法系统垄断了这一裁决权。按格列佛的描述，律师是在律法专业外对所有事情最无知、最愚笨的人，而法官则是最有手腕的律师中年纪最大或个性懒散的人。就具体的案例判定而言，慧骃会寻求公民大会的集体咨议，根据具体情境和自然正当进行论证，通过劝服执行决议；英国律师则是尽力"收集违反人类普遍正义和一般理性的判决"并形成判例，以此作为权威供法官判决。这种做法可以说是一种"教条主义"——"凡是以往做过的，都可以合法地再做"，这意味着习惯是合法性的唯一来源，但实际上习惯只是一种事实，可以不包括任何正义和善好的价值。由此，理性与自然正当的纽带被彻底打破，现代人的理性被运用在巧言令色、混淆真假上，这种理性自以为是地认为已经一劳永逸地解决了何谓正义 / 合法的问题。

三、《格列佛游记》中精湛的讽刺艺术

（一）夸张的影射

夸张是一种修辞方式，主要扩大或者缩小事物的特性、功能、程度等，服务于表达效果，在《格列佛游记》中主要突出作者强烈的讽刺，其中使用的夸张手法多为漫画式的，在小说中漫画式的夸张和对细节逼真细腻的描述形成很大反差，使小说的幽默感、滑稽感更为强烈。运用夸张的艺术手法，可以艺术地缩小和扩大所要描述的对象，更易于揭露问题的本质，使讽刺批判的效果更显著。

一直以来，讽刺家们都喜欢使用夸张的手法。《格列佛游记》中对夸张的手法使用得更巧妙。这部长篇小说，作者设置的场景为：医生格列佛出海游历了小人国（国民最高身高 6 英寸）、大人国（国民最高身高 60 英寸）、飞岛等，对作者所处社会中上层社会的纷争的现状：阴谋诡计、奉承、权力角逐等描绘得淋漓尽致。在小人国中，虽然国王深感仅仅比臣民多一个指甲的高度，但他却自命不凡，感觉自己是宇宙中的王者，统治着整个宇宙。在他统治的王国中，要想获得前途，必须会跳绳，部长们为了获得更高的官职拼命地练习跳绳的技巧。也就意味着当部长并不需要有多么出色的才华和能力，只需要敏捷、灵活就足够了，使用这样的夸张手法主要对平庸的英国政府机构进行映射。在这个王国中也存在政党，政党有明显的标志，如拥护甲党的人穿高跟鞋，拥护乙党的人则穿低跟鞋，这也是对英国当时托利党与辉格党的一种映射，在小说中作者特意地说明，从本质上而言，甲乙两党并没有太大的区别，而现实中存在的区别却显得那么可笑。

（二）鲜明的对比

所谓的对比，指的是相互比较一种事物不同的方面或者截然相反的两个事物。1827年，法国一代文豪维克多·雨果发表了洋洋洒洒的雄文《〈克伦威尔〉序言》，在文学批评历史上占据重要的位置。在该文中，雨果提出一个新的美学原则：对照。在雨果看来：美的旁边是丑，优美的旁边有畸形的依靠，崇高的背后存在丑怪，美和丑并存，光明与黑暗相处。对照原则的出现极大地影响了后世。事实上，在雨果之前，这条美学原则存在于很多文学作品中，而《格列佛游记》中使用对比、对照的手法更为突出。

斯威夫特讽刺艺术的特点之一便是利用对比。在巨著《格列佛游记》中，他先后写小人之小，自己之大；大人之大，自己之小。在这里，斯威夫特不仅使用了极度夸张的手法，同时使用了对比，便于更好地展示讽刺艺术。在小说一开始，格列佛和小人国的居民

相比，处处都比他们好，不仅身高要远远高于他们，居民的理解能力也远远逊色于格列佛。作为新兴资本主义的儿子，格列佛处处有优越感，在他看来，小人国的社会制度、生活等非常落后。但是到了第二部分，他来到了大人国，和大人国居民的正义感、聪慧相比，自己恰如小人国中的居民，是那样渺小和无知。如果说在小人国中格列佛什么都懂、无所不知，和他们相比自己有很强的优越感，那么到了大人国，他自己变得比小学生还智障者，需要对这个社会现实充分地去理解。通过小人国和大人国的遭遇，两国制度相对比，使格列佛对存在于英国社会的各种弊端有了充分的了解，认清了资本主义的本质，让自己大彻大悟原来英国也和小人国一样，对其认为完善的社会制度产生了深深的怀疑。此刻的格列佛和小说刚开始的格列佛相比有很大不同，刚开始他对英国现存的制度非常推崇，而经过大人国的遭遇后，他对这种制度持很大的怀疑态度。使用这种对比的手法，读者充分地领略了斯威夫特讽刺力量的强大，以及讽刺艺术产生的深远影响。

（三）强烈的反讽

斯威夫特比较常用的讽刺手法之一是反讽，这种手法精妙之处在于完全地相信读者，让他们自己去猜测，读者可以和作者一起嘲讽存在于生活中荒谬的事情。在文章中斯威夫特大量地使用反语，他机智幽默讽刺的才能被充分地凸显。文章中大量地使用反语也让文章更加辛辣，同时《格列佛游记》的灵魂尖锐深邃。司各特不得不承认在这部作品中斯威夫特的幽默让这部作品的道德含义更加丰富，使用讽刺的手法对荒诞进行无情的揭露，通过构建人物性格和叙事框架让很难想象和接受的事情变成可接受的事实，就叙述的刻薄性以及多样性而言，《鲁滨孙漂流记》很难与其相媲美。通过《格列佛游记》，斯威夫特无情、辛辣地讽刺、抨击了其所处时代的议会制度以及反动的势力，有的是直接讽刺，有的则是借助小说中的人物进行挖苦，有的则是以兽讽人，不管使用什么样的方法，在严肃中不失滑稽，神情兼具。不仅如此，现实的真实性和小说情节的幻想性的无缝结合显示了小说独特的艺术魅力。虽然小说中描述的是一个充满童话意境的世界，但是其却是以当时英国的社会百态为基础。由于作者描述得精确、细腻、贴切，读者没有任何虚构的感觉，似乎一切都是实际存在的，这也是斯威夫特在写《格列佛游记》时的高明之处。

小说不仅对社会现状进行了深刻的批判，就其更深层次而言，也对人性本身作了直接的讽刺。在第四卷中，关于"钱"的议论就是对人性的抨击。格列佛来到不存在金钱、军队的马慧胭（马）国，对他的马主人解释说：在我们国家，不管是用还是节省，钱是越多越好，人们从来没有感觉够了。因为他们就是这样的天性，不是奢侈就是贪婪。富人无条件使用穷人的劳动果实，而富人和穷人的比例为 1 : 1000，所以我们那很多人过的生活非常悲惨。与其说这句话是格列佛说的，不如说是斯威夫特对资本主义以及人性深刻的认识和讽刺，这是对人性的拷问和深思。

四、慧骃的理性与格列佛的人

慧骃身上存续的"苏格拉底—柏拉图"灵魂教诲，让格列佛深切地体会到现代世界的贫乏和罪恶，促使他"以新的眼光审视人类的行为和激情"，并逐渐在低劣天性所允许的范围内改正了坏习惯和个性。格列佛最大的变化在于，他原先坚信自己对人性的理解比慧骃清楚得多，但通过亲身观察耶胡和与慧骃交谈后，却发现慧骃对人性的了解更为深刻。其实，格列佛在按照慧骃的理性生活和认识事物的过程中，其人性不自觉地受到了质疑和改写；模仿慧骃，意味着选择一种疏离人性和人世的哲人生活。

即便格列佛甘愿放弃人性融入哲人慧骃的群体，这种生活也并非轻易可求。其中最大的困难在于证明格列佛与慧骃族在灵魂的自然本性上是相同的。苏格拉底反复向格劳孔提及哲人的诸多天性：爱好智慧、擅长学习、记忆力好、喜欢并且接近真理、思维开阔；拥有正义感、性格温和，具有勇气和对死亡处之泰然。就所论的理智德行和道德德行而言，格列佛完全有资格与年轻的慧骃一道成为真正的哲人。格列佛出游的目的不单单是商业利益和航船的指挥权，更多的是出于对异域的好奇和求知欲；他闲暇时阅读古今最好的作家书籍，而且擅长于记忆很快学会各国语言；他在身形渺小时，独力用剑击退众多巨兽的袭击，展现出过人的勇气；当他身形庞大时，主动出面参与国际战争，反对不义的侵略等。然而，在高于人类的慧骃面前，格列佛尽管保持高度的求知热忱和语言天赋，但似乎失去了原有的勇气和坚毅，特别是差点被母耶胡强行施暴时，他说"这辈子从没这么怕过"，这正是慧骃最介怀的人性弱点——恐惧、奴性和软弱，这些在现代哲人霍布斯眼里是再自然不过的人自然激情，但在慧骃看来都是灵魂低劣部分"天生的愚蠢"。

在《理想国》终章，苏格拉底以同样的理由拒绝诗人进入一个法治优良的城邦。因为诗人通过制作虚幻的东西唤醒灵魂的低劣部分，使其强大得足以毁坏灵魂的理性部分，即破坏了理性统治欲望的自然秩序、面对偶然事件带来的痛苦，苏格拉底认为必须依靠理性（logos）和礼法（nomos）加以克制。礼法劝服人们遇到不幸尽可能保持冷静，不要动怒，这是最佳的方法；而理性要求人们依着最终落定的结果采取合理行动，这是最正确的方式。与苏格拉底一样，慧骃的哲学教育意在强化抑制欲望（包括宣泄悲痛和快乐的欲望和血气等）的能力，所以他们感知不到格列佛哀痛、眩晕、轻生和依依不舍这些人类的感性；但不同的是，慧骃依赖的是自然与理性，而非礼法和理性，因为在慧骃的世界不存在习俗的维度，一切都是依照自然法建立的，没有繁文缛节（ceremony）。从自然权利观念的发生史来看，慧骃以自然取代礼法，象征哲学所发现的自然对来自习俗和神法权威的颠覆。驱逐格列佛这一事件，从表面上看是慧骃的自然和理性与格列佛的人性之间的冲突，实际上隐含了古希腊自然法的重要命题——自然与习俗的冲突。

格列佛并不反抗慧骃大会要求他只身游回原地的命令，但他"根据差劲、拙劣的判断"，疑思"如果不那么严苛的话，可能更符合理性"。慧骃式哲人考虑的是"离开"的道德必然性，而不考虑如何离开更合理的现实情况。

在尼采看来，柏拉图是从"善"这种最高的理念中把握理性，而不像修昔底德那样基于现实中人的本能或激情来看待理性。苏格拉底批评诗人，就是因为诗人太过接近本能的人性，譬如描绘怕死、多变和易于哭笑的情节，这并不利于城邦护卫者达到哲学的真实，亦即理性的真实。修昔底德也反对诗人的虚饰和夸大事件的真实，但认为回到现实中的人性本身才是真实的。乍看之下，格列佛显然是修昔底德的信徒，他反复强调自己的游记是真实的叙述，不添加任何修饰，只为"告知"，这与修昔底德的史观完全吻合。格列佛把人性的真实悉数记录在各国的游记中，而慧骃则不诉诸文字，他们的诗歌只用作歌颂赛会的优胜者、教育年轻慧骃和增加谈资。然而，不可忽视的是，格列佛之所以决定写下这些游记，完全是受慧骃的美德和理性的感召；慧骃国游记虽然是最晚出的一部分，但却奠定了《格列佛游记》的写作原则和目的，因为除了追求记录的真实，格列佛还寄望于游记能够"改进人的灵魂"，"使人变得更明智、更善好"。

因此，格列佛身上融合了两种异质的思想资源，他既毫不回避自己本能的激情和欲望，坚持"修昔底德/马基雅维利"意义上的现实主义，同时又不掩饰对柏拉图意义上"善"的追求。任何对格列佛的片面化解读，都不免落入斯威夫特精心编制的骗局。从这个角度看，正因为格列佛是异质的存在，追求同质化的慧骃必然无法接受他进入共同体。饶有趣味的是，慧骃有意将代表大会审议的内容分两次（第9、10章）向格列佛叙述，暗示铲除耶胡和驱逐格列佛两个议题之间存在的关联，如苏格拉底所示，哲人的统治需要在一个干净的城邦进行。历史上外来的两支耶胡所造成的大规模罪恶，是慧骃所无法容忍的，所以，部分慧骃担心格列佛也会带领其他耶胡重蹈历史的覆辙。慧骃国的绝对统治，是基于其他动物的"自然敬畏"和对耶胡的规训，而格列佛威胁着这种平衡。在同质化的城邦中，慧骃唯一需要讨论的是耶胡和格列佛的问题——寓意着无穷的欲望和软弱的人性。慧骃提出的解决方法只有一个：清洗。但他们并未像启蒙思想家那样乐观地认为恶能从世间彻底清除，所以多年前杀老留幼，寄望以此驯化整个耶胡族群，尽管后来知道它们是最不受教的动物。可见，哲人与制度之间的根本冲突，才是驱逐格列佛的真正肇因。

五、斯威夫特《格列佛游记》对我国文学的影响

《格列佛游记》通过虚构的旅行故事，探讨了人类社会的经济、文化等问题，并对当时的英国社会进行了深刻的批判。同时，它对中国文学产生了深远影响。

（一）讽刺意义

《格列佛游记》中的讽刺意义非常明显，它通过虚构的故事和人物形象，对当时的社会现实进行了尖锐的批判。例如，在小说中，格列佛所到之处都有各种各样的怪物和荒谬景象，这些景象往往是对当时社会现实的讽刺和批判。

这种讽刺意义对于中国文学产生深远影响。中国文学中也有许多揭示社会问题和探讨人性弱点的作品。这些作品通过讽刺的形式，深刻地揭示了社会现实和人性的弱点，为中国文学的发展和创作提供了重要的启示。

（二）社会批判

《格列佛游记》中的社会批判是这部作品的核心内容之一。小说通过虚构的故事和人

物，对当时的社会现实进行了深刻的批判和反思。例如，在小说中，作者通过对英国社会的讽刺和批判，揭示了当时英国社会的种种问题。

这种社会批判对于中国文学产生深远影响。中国文学中也有很多揭示社会现实和探讨人性问题的作品，如茅盾的《子夜》、钱钟书的《围城》等。这些作品通过批判和反思，深刻地揭示了社会现实和人性的问题，为中国文学的发展和创作提供了重要启示。

（三）文学形式

《格列佛游记》的文学形式对中国文学产生了重要影响。这部小说通过虚构的故事和人物，探讨了复杂的经济和文化问题，展示了文学的多样性和表现力。同时，它为文学形式的多样性和创新提供了重要范例。

在中国文学中，也有很多多样性和创新的作品，如鲁迅的《狂人日记》、余华的《活着》等。这些作品通过不同的文学形式和表现手法，探索了不同的主题和问题，为中国文学的发展和创新提供了重要的启示和借鉴。

（四）道德教育

《格列佛游记》中的道德教育对中国文学产生了深远影响。小说中，格列佛在旅途中所经历的各种奇怪和荒谬的景象，使他不断反思和探索人类的道德和价值观念。小说通过虚构的故事和人物，揭示了人类社会的道德和价值观念的缺失和危机。

综上所述，《格列佛游记》作为一部英国文学的经典之作，对中国文学的发展和创作产生了深远影响。小说中的讽刺意义、社会批判、文学形式和道德教育等主题都为中国文学的发展和创作提供了重要的启示和借鉴。未来，我们应该更加重视文学的多元性和表现力，借鉴国外文学的经验和成果，推动中国文学的发展和创新，使文学更好地服务于社会，反映人类的精神世界，展现人性的多样性和复杂性。

参考文献

[1] 丁艳宾. 浅议英美文学作品阅读中文化意识的培养——评《英美文学作品赏析——以谭恩美为例》[J]. 语文建设, 2021 (23): 85.

[2] 吴莉. 英美文学与时代发展的互动研究——评《英美文学作品选读研究》[J]. 语文建设, 2021 (12): 87.

[3] 黄莹. 茶文化在英美文学作品中的应用——评《英美文学经典作品主题与特色研究》[J]. 粮食与油脂, 2021 (7): 169

[4] 杨晓玲. 英美文学理论汉译的描写性研究 [A]. "决策论坛——决策理论与方法研究学术研讨会"论文集（上）[C]. 2016.

[5] 张秀芝. 和谐共生中的生命意义分析—— D.H. 劳伦斯对敬畏生命的思索 [J]. 西安文理学院学报（社会科学版）, 2015 (2): 10-13, 16.

[6] 权继振. 浅析英美文学的精神价值和现实意义 [J]. 赤峰学院学报（汉文哲学社会科学版）, 2014 (9): 199-200.

[7] 郭晓娟. 国际农业交流视野下英美文学跨文化差异——评《基于生态思想的英美文学多维研究》[J]. 热带作物学报, 2021 (3): 916.

[8] 朱珊珊. 论在英美文学传播中新闻传媒的重要性——评《英美文学批评在现代中国的传播与变异》[J]. 新闻爱好者, 2020 (12): 2.

[9] 牛欢. 媒介学下英美文学在中国的传播研究——评《外国文学经典生成与传播研究》[J]. 新闻与写作, 2021 (1): 115.

[10] 蒙雪梅, 张扬. 在英美文学经典作品教学中提升人文素养——基于多媒体的合作学习模型在理工科院校的应用研究 [A]. 深化教学改革·提升高等教育质量（上册）[C]. 2015.

[11] 孙亚敏. 文化差异视角下英美文学作品语言风格研究 [J]. 青年文学家, 2020 (27): 124-125.

[12] 赵雪影. 跨文化角度下英美文学作品中的语言艺术分析 [J]. 青年文学家, 2020 (6): 131.

[13] 喻晋蓁. 跨文化视角下对英美文学作品中语言艺术的赏析 [J]. 北方文学, 2019 (4): 82-82.

[14] 王江华. 跨文化视域下的英美文学作品语言艺术鉴赏分析 [J]. 流行色, 2019 (6): 164-165.

[15] 李煜. 探析如何以跨文化视角下对英美文学作品中语言的欣赏 [J]. 人文之友, 2019 (2): 21-22.

[16] 朱桃英. 跨文化视域下英美文学作品的语言特点研究 [J]. 短篇小说（原创版），2018（1Z）：67-68.

[17] 郝丽宁，邵黎明，刘艳红. 跨文化角度下英美文学作品中的语言艺术 [J]. 文化创新比较研究，2019，3（7）：103-104.

[18] 朱寿桐. 文化自信与文化认同：中国文学与语言视角的观察（笔谈）[J]. 探索与争鸣，2021（2）：60，178.

[19] 侯瞳瞳，单世联，鄢楚茜. 中国网络文学跨文化传播的悖论、偏差与疏离 [J]. 南昌大学学报（人文社会科学版），2021，52（6）：110-119.

[20] 李永秀. "文学桂地"视野中的广西侗族作家文学书写 [J]. 广西民族大学学报（哲学社会科学版），2019，41（2）：189-196.

[21] 李宏岩. 英美文学参照下民族文学创作的文化认同差异 [J]. 贵州民族研究，2015，36（11）：137-140.

[22] 崔宁. 英美文学评价中不同文化的影响研究 [J]. 青年文学家，2019（29）：76-77.

[23] 刘静文. 试论英美文学评价中不同文化的影响 [J]. 青年文学家，2019（26）：92-93.

[24] 魏小然. 英美文学评价中不同文化的影响分析 [J]. 中国民族博览，2018（8）：219-220.

[25] 刘娟，路阳. 中西方文化差异背景下英美文学作品翻译研究 [J]. 青年文学家，2018（5）：143-145.

[26] 曾帆. 语境滤补视角下英美文学翻译研究——以 LeavingTime 节选为例 [J]. 齐齐哈尔师范高等专科学校学报，2017（4）：63-64.

[27] 郁邓. 中西文化差异与英美文学作品英汉翻译研究 [J]. 戏剧之家，2016（20）：275.

[28] 王艳艳. 跨文化背景下英美文学的翻译要素研究 [J]. 佳木斯职业学院学报，2016（7）：356-357.

[29] 徐荣嵘. 斯坦纳阐释学翻译理论下的译者主体性研究——以《爱在集市》中译本为例 [J]. 哈尔滨学院学报，2021（5）：108-113.

[30] 段小莉. 在转换生成语法和萨丕尔－沃尔夫假说之间——论乔治·斯坦纳阐释学翻译理论的源起 [J]. 中国翻译，2020（3）：110-117，189.

[31] 陈丽丽. 英美文学翻译中的语境文化因素分析 [J]. 英语广场，2019（8）：42-43.

[32] 高博. 探究英语文学翻译中美学价值与艺术特征所在 [J]. 教育现代化，2017（2）：145-146.

[33] 刘畅. 阐释学理论视野下译者主体性的彰显 [J]. 上海翻译，2016（4）：15-20.

[34] 高小慧. 文化差异对英美文学翻译的影响研究 [J]. 黑龙江教育学院学报，2016（6）：115-117.

[35] 何欣. 跨文化视角下英美文学作品的语言特点分析 [J]. 作家天地，2021（12）：46-47.

[36] 余薇. 大众传媒对英美文学传播的作用——评《跨文化视角下的英美文学发展研究》

[J].新闻爱好者,2020(3):115-116.

[37] 卢婕."中华文化走出去"背景下的大学英美文学教学刍议[J].成都理工大学学报(社会科学版),2020(1):79-84.

[38] 汪婧.文化差异视角下英美文学翻译研究[J].哈尔滨学院学报,2019(9):100-102.

[39] 张芳.跨文化背景下英美文学翻译的策略研究——评《翻译问题探讨》[J].江西社会科学,2017(10):7-8.

[40] 田霞.论文化差异对英美文学翻译的影响[J].语文建设,2017(21):75-76.

[41] 张建花.跨文化视角下的英美文学教育探索——评《英美文学文化读本》[J].语文建设,2020(13):82

[42] 蒋翠.跨文化视角下的英美文学经典阅读[J].海外英语,2018(9):151-152.

[43] 肖思慧.跨文化视角下的英美文学作品语言艺术研究[J].作家天地,2022(34):111-113.

[44] 母小妮.英美文学翻译中的美学特点及价值分析[J].汉字文化,2022(23):149-151.

[45] 赵颖.英美文学翻译的差异性及其美学价值研究[J].今古文创,2022(7):102-104.

[46] 马鼎.中西方文化差异对英美文学翻译的影响研究[J].江西电力职业技术学院学报,2022(1):136-138.

[47] 侯金萍.网络科技时代英美文学翻译策略探究——评《英美文学与翻译研究》[J].人民长江,2022(5):239.

[48] 李静.从《三体》的成功译介探究英美文学中的乡村情怀——评《三体1:地球往事》[J].热带作物学报,2020(12):2619-2620.

[49] 洪芳.英美文学陌生化语言特点探析——《尤利西斯》为例[J].青年文学家,2019(15):140.

[50] 袁媛.从乔伊斯《尤利西斯》看英美文学的陌生化语言特点初探[J].牡丹,2018(20):111-112.

[51] 王俊生.探究英美文学的审美传统和文化气质[J].青年文学家,2020(32):136-137.

[52] 刘巧丽.刍议英美文学的审美传统与文化气质[J].青年文学家,2019(36):102-103.

[53] 石丽华.英美文学的审美传统与文化气质研究[J].疯狂英语(理论版),2017(4):199-200.

[54] 关琳.英美文学作品中的女性人物形象对中国现代女性的影响[J].今古文创,2021(19):30-31.

[55] 王磊.试分析英美文学作品中的女性人物形象——以维多利亚·希斯洛普的《岛》为例[J].开封文化艺术职业学院学报,2020(11):30-31.

[56] 李燚.从经典英美电影分析英美文学作品中的女性形象[J].湖北函授大学学报,2018(1):182-184.

[57] 周珊.从文学到电影的嬗变——英美文学经典女性形象管窥[J].大众文艺,2016(4):170.